KB012193

비블리아 고서당
— 시오리코 씨와 끝없는 무대 사건수첩

원제 biblia koshodou no jikentecho 7

ⓒ EN MIKAMI 2017
Edited by ASCII MEDIA WORKS
First published in 2017 by KADOKAWA CORPORATION, Tokyo.
Korean translation rights arranged with KADOKAWA CORPORATION, Tokyo, through KCC.

미카미 엔 지음, 최고은 옮김

古書堂の事件手帖

ア

비블리아 고서당
사건수첩

— 시오리코 씨와 끝없는 무대

7

D&C
BOOKS

비블리아 고서당 사건수첩 7
- 시오리코 씨와 끝없는 무대

1판 6쇄 발행 2023년 3월 23일 | **지은이** 미카미 엔 | **옮긴이** 최고은 | **펴낸이** 신현호
편집장 김승신 | **편집** 권세라 | **북디자인** 이혜경디자인 | **본문조판** 한방울
흑백 일러스트 녹시 | **마케팅** 김민원
펴낸곳 (주)디앤씨미디어 | **출판등록** 2002년 4월 25일 제 20-260호
주소 서울시 구로구 디지털로 26길 111 JnK디지털타워 503호
전화번호 02.333.2513 | **팩스** 02.333.2514

ISBN 978-89-267-1287-0 (04830)
ISBN 978-89-267-9364-0 (SET)

정가 12,000원

잘못 만들어진 책은 구매처에서 바꾸어 드립니다.

ビブリア古書堂の事件手帖 7

주요 등장 인물

◎ **고우라 다이스케** │ 외할머니가 남긴 나쓰메 소세키의 『그 후』를 둘러싼 수수께끼를 계기로 비블리아 고서당에서 일하게 된 청년. 과거의 경험으로 책을 읽지 못하게 된 특이체질의 소유자다. 험상궂은 외모라 오해를 사기 일쑤지만, 책을 향한 일종의 동경심을 가지고 있다.

◎ **시노카와 시오리코** │ 비블리아 고서당을 책임지는 젊고 아름다운 사장. 초면인 사람과는 제대로 대화를 나누지 못할 정도로 낯가림이 심하지만, 고서에 관한 지식만큼은 타의 추종을 불허하는 진성 책벌레. 두뇌회전이 빨라 뛰어난 추리력을 발휘한다. 어머니와 사이가 좋지 않다.

◎ **시노카와 아야카** │ 시오리코의 동생. 시오리코와는 정반대의 발랄한 소녀로, 거짓말을 못하는 성격. 고서당 일은 잘 모르지만 입시 공부를 하는 한편 언니를 대신해 집안일을 맡고 있다.

◎ **시노카와 지에코** │ 시오리코와 아야카의 어머니. 고서에 관한 지식은 시오리코를 능가하지만, 다소 위험한 거래를 기필코 성사시키는 일면도 존재한다. 어느 날 시오리코에게 『크라크라 일기』를 남기고 집을 나간 뒤 10년 동안 자취를 감추었다.

◎ **시다** │ 절판된 문고본을 주로 취급하는 책등빼기 업자. 구게누마 해안 근처 다리 밑에 사는 노숙자였지만, 현재는 행방불명됐다.

◎ **이노우에 타이치로** │ 마니아들 사이에서 유명한, 쓰지도에 있는 SF와 미스터리 전문 고서점 히토리 서방의 주인. 지에코와의 갈등으로 예전에는 시오리코를 경계했다.

◎ **다키노 렌조** │ 고난다이에 있는 다키노 북스의 아들. 고서시장의 운영진으로 일하고 있다. 동생이 시오리코의 동창으로, 시오리코와는 구면. 시노카와 집안의 과거 사정에 정통하다.

◎ **구가야마 쇼다이** │ 협박에 가까운 거래조차 서슴치 않는 위험한 고서점 주인. 지에코의 아버지일 가능성이 크다. 고인.

◎ **구가야마 마리** │ 쇼다이의 아내. 다자이 오사무의 『만년』에 집착하며 시오리코가 소장한 언컷본을 노렸지만 실패로 끝났다.

◎ **요시와라 기이치** │ 요코하마에 있는 마이스나 도구점의 주인. 과거 구가야마 쇼다이의 집에서 기거하며 일을 배웠다.

관계도

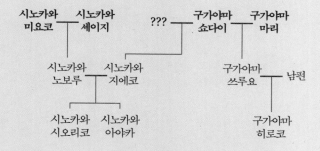

시노카와 미요코 — 시노카와 세이지　???　구가야마 쇼다이 — 구가야마 마리

시노카와 노보루　시노카와 지에코　　구가야마 쓰루요 — 남편

시노카와 시오리코　시노카와 아야카　　구가야마 히로코

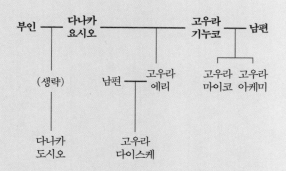

부인 — 다나카 요시오　고우라 기누코 — 남편

(생략)　남편　고우라 에리　고우라 마이코　고우라 아케미

다나카 도시오　고우라 다이스케

프롤로그

큼지막한 흑단으로 만든 탁자에 대형본 세 권이 나란히 늘어서 있었다.

표지와 책등을 감싼 아름다운 송아지 가죽에는 제목도, 지은이의 이름도 없고 책의 삼면에는 두껍게 금박이 들어가 있다. 세 권 다 크기와 장정은 같았지만, 가죽의 빛깔은 빨간색과 파란색, 하얀색으로 달랐다.

이곳은 니시가마쿠라의 어느 요정이었다. 장지문에서 쏟아져 들어오는 강한 햇살을 받은 가죽 표지가 어렴풋한 광택을 흘리고 있었다. 창문 너머에서 초록빛 단풍나무 잎이 흔들렸다.

쪽빛 기모노 차림의 풍채 좋은 노인이 팔걸이가 달린 좌식 의자에 앉아 있었다. 축 늘어진 목덜미 살이 옷깃 언저리를 파고들었다.

"이 중에서 한 권 골라 보거라."

두툼한 입술 사이로 탁한 목소리가 들렸다. 노인의 맞은편에는 검은 생머리의 소녀가 정좌하고 있었다. 교복으로 보이는 하얀 블라우스에 남색 치마를 입고 검은 테 안경을 끼고 있었다. 얌전한 외모와는 달리 성격은 무척 강인하고 눈썰미가 좋았다. 노인의 날 선 시선에도 눈 하나 깜짝하지 않았다.

"이 중에 한 권만 가치가 있는 책이다. 책을 펼치지 말고 찾아내 보거라. 찍어 맞추는 건 안 된다. 왜 그걸 골랐는지 이유도 물을 게다."

노인은 시종일관 부루퉁한 표정이었지만, 목소리에서는 희미하게 희열이 묻어났다. 제 세련된 취향을 자랑하고자 믿기지 않을 정도의 거금을 들여 색이 다른 책을 가져온 것이다.

"제가 찾아내면 어떻게 됩니까?"

"그 책을 너에게 주마. 내 가게와 일전에 보여 준 다른 장서도 다 함께. 이건 시험이다."

마치 배우처럼 묵직한 목소리로 말한 노인은 한참 뜸을 들인 뒤 다시 말을 이었다.

"합격하면 너를 내 후계자로 삼겠다. 정식으로 가업을 잇거라."

정적에 휩싸인 서재에 노인의 거친 숨소리만이 들렸다. 오랫동안 좋지 않은 생활습관을 유지한 탓에 다수의 내장

질환에 시달리고 있었다.

소녀는 살며시 미간을 찌푸렸다.

"저 말고도 딸이 있잖아요. 쓰루요 씨는 어떻게 하고요?"

절반의 피가 섞인 언니의 이름을 꺼내자마자 노인의 얼굴에 파문이 일었다. 서로 만난 적이 없을 텐데, 언제 이름을 알아낸 걸까.

"쓰루요는 그저 문학소녀일 뿐이야. 너와 달리 고서 거래엔 영 소질이 없어. 이 일은 무슨 일이 있어도 물품을 손에 넣어 팔아넘기는 열의와 각오가 필요해. 너라면 내가 지금까지 쌓아 올린 것들을 훌륭히 이어받을 수……."

"사양하겠습니다."

딸은 아버지의 말을 단칼에 잘랐다.

"……뭐라고?"

"무엇이 진본인지 가려낼 수는 있습니다. 하지만 가게는 물려주지 않으셔도 됩니다."

"말조심하거라. 이런 행운이 날마다 오는 줄 아느냐? ……네 어미가 반대하기 때문이냐?"

"말씀대로 어머니는 고서점 일을 마뜩치 않아 하시죠. 하지만 다른 이유도 있습니다."

서서히 약해지는 노인의 목소리와 대조적으로, 소녀의 목소리는 한층 강하게 울려 퍼졌다.

"전 남이 준비한 시험으로 인생을 결정하고 싶지 않습니다. 그런 건 제가 아니에요. 언제 어디서 무엇을 할지, 어떻게 살아갈지는 제가 정합니다."

"내가 준비한 게 갖고 싶지 않은가 보지?"

"당연히 갖고 싶죠."

화살처럼 올곧은 대답이었다.

"분명 엄청난 가치가 있는 책이겠죠. 하지만 그 책도, 다른 책도, 모두 갖고 싶으면 제 힘으로 구할 거예요. 그거야말로 무슨 일이 있어도."

소녀는 가볍게 자리에서 일어났다. 노인은 여전히 바위처럼 그 자리에 버티고 있었다. 일어나고 싶었다 하더라도 기운이 쇠해서 마음처럼 움직일 수 없었으리라.

"안녕히 계세요. 다시는 절 찾지 마세요."

망설임이라고는 전혀 느껴지지 않아서일까, 마지막 인사는 한층 더 싸늘하게 울려 퍼졌다. 소녀는 치맛자락을 휘날리며 방을 나섰다. 남겨진 노인은 몸을 가늘게 떨고 있었다. 거절당하리라고는 꿈에도 생각하지 못했던 것이리라. 심혈을 기울여 준비한 무대를 이렇게 엎고 나가다니, 더없는 굴욕이었다. 동서고금을 막론하고 차인 남자만큼 비참한 것은 없었다.

뭐, 나는 이렇게 될 줄 진작 알았지만.

"언제까지 쥐새끼처럼 엿듣고 있을 셈이냐!"

노인의 호통 소리가 들렸다. 나는 장지문을 열고 어깨를 으쓱하며 들어갔다.

"엿듣다니요. 옆방에 있으면 싫어도 귀에 들어옵니다."

"건방지게 어디서 말대답이냐. 부끄러운 줄 알아."

탁자 위에 놓인 대형본으로 시선을 돌렸다. 진본이 무엇인지는 모르지만, 어떤 책인지는 알고 있다. 분명 시장에 내놓으면 눈이 번쩍 뜨일 만한 거금이 들어올 것이다.

"누구 허락을 받고 손대는 게냐?"

"한 번쯤 본다고 어떻게 됩니까? 닳는 것도 아닌데."

"손 떼. 누구도 만질 수 없다."

부루퉁한 얼굴로 손을 내렸다. 저렇게까지 매몰차게 굴거 있나. 이제 하나밖에 안 남은 제자인데. 성마른 성정과 음흉한 속내를 견디다 못한 선배들이 떠난 뒤에도 그림자처럼 스승의 곁을 지켜 온 내가 아닌가. 한집에 살며 잔심부름을 도맡아 했고, 오늘도 여기까지 운전기사 노릇을 했다.

"당돌한 계집애 같으니. 감히 낳아 준 나한테 대들어? 이제껏 보살펴 준 은혜도 모르고…… 천벌을 받을 것."

노인은 큰 덩치를 구부정하게 웅크린 채 중얼거리고 있었다. 마치 기 죽은 곰 같은 겉모습처럼 두뇌도 동물급으로 퇴화했는지도 모른다. 소녀는 노인이 밖에서 낳은 자식으로, 불과 몇 년 전까지 나 몰라라 했었다. 본처의 딸이 미덥지 못하니, 황급히 데려다 길들이려고 하는 것이다.

당신 목숨은 이제 얼마 안 남았어.

나를 후계자로 삼는 길도 있다. 하나부터 열까지 혹독하게 가르친 나라면, 어떤 거래라도 성사시킬 열의와 마음가짐을 갖추고 있으니까.

"기필코 혼쭐을 낼 것이야…… 죽어서도 저주해 주마. 저것이 모든 것을 버리고, 모든 것들로부터 버려지도록. 그래, 전 세계를 떠돌게 만들어 줘야지…… 이봐, 내 말 듣고 있는 게냐, 이 얼빠진 놈."

"듣고 있습니다. 귀마개 챙겨 드릴까요? 소름 끼치는 소리만 하시더군요."

"펜 가져와라."

얼굴을 찌푸리며 만년필을 건넸다. 뭐, 말마따나 나도 얼빠진 놈이다. 이제 별 볼 일 없는 외로운 노인네를 떠나지 못하고 우물쭈물하고 있으니. 셈 빠른 녀석들은 모두 떠났는데.

"지금부터 내가 적는 것들을 준비해 놔. 이 일은 절대로 아무에게도 발설하면 안 된다."

노인은 몸을 웅크리고 수첩에 뭔가 적기 시작했다. 기왕 시작한 거, 마지막까지 지켜보자. 그것이 내 임무다. 그런 뒤, 스스로 생각해서 마음 가는 대로 살아야지. 그 소녀처럼.

歓び以外の思いは

01

기쁨 아닌 모든 감정들은

베니스의 상인 │ The Merchant of Venice, 1958 │

셰익스피어의 5대 희극 중 하나. 안토니오는 고리대금업자인 샤일록에게 '돈을 기한 내에 갚지 못할 경우, 안토니오의 살 1파운드를 베어 낸다.'는 조건으로 돈을 빌린다. 사정을 모르는 바사니오는 안토니오의 도움으로 결혼 승낙을 받아내지만, 안토니오 돈을 갚지 못해 재판장에 서게 된다. 이때 재판관으로 분한 포샤가 기지를 발휘해 "살은 베어 가되 피는 한 방울도 흘려서는 안 된다."고 선언한다.

1

유리문을 열자마자 개의 숨결 같은 축축한 바람이 들어
왔다. 순간 하얗게 빛났던 시야가 원래대로 돌아왔다. 파란
줄무늬의 전차가 요코스카 선 승강장으로 들어오는 모습이
보였다.

나는 가급적 왼쪽 어깨를 쓰지 않으려 노력하며, 회전식
철 간판을 끌고 밖으로 나갔다. 한동안 청소를 하지 않아서
인지 겉면에 먼지가 뽀얗게 내려앉아 있었다. 하얀 페인트
로 적힌 상호명을 열심히 걸레로 닦았다.

가게의 이름은 '비블리아 고서당'.

JR 기타가마쿠라 역 인근에 자리한 전통 있는 고서점이

다. 내 이름은 고우라 다이스케. 작년에 대학을 졸업하고 이곳에서 아르바이트를 하고 있다. 취직에 실패하고 허송세월을 보내는 나를 이곳 주인이 거둬 주었다. 한 달가량 일을 쉬다가 복귀한 지 얼마 되지 않았다. 쉬는 동안 몸이 굳었는지 7월의 더위가 유난히 힘겨웠다. 티셔츠 등 쪽은 이미 땀으로 축축했다.

"오늘은 장사 안 하나요?"

탁한 목소리에 돌아보자 시원해 보이는 남색 원피스 차림에 양산을 든 나이 지긋한 여성이 서 있었다. 남자처럼 짧게 자른 백발이 낯익었다. 오전에 자주 들르는 손님이었다.

"죄송합니다. 내일은 영업합니다만⋯⋯."

"그래요? 그럼 다시 올게요."

딱히 유감스러워하는 기색도 없이 여성은 발길을 돌려 엔가쿠지 쪽으로 떠났다. 아마 동네 주민이리라. 이곳을 산책 코스로 삼는 노인들도 많았지만 대부분은 책을 구입하지 않는 손님들이었고, 3월 이후로 더욱더 그런 경향이 강해졌다.

동일본 대지진 이후, 책을 사러 오는 손님들의 수가 확 줄었다. 고서를 음미할 마음의 여유가 없기 때문일까. 게다가 지난 한 달 동안 비블리아 고서당은 상품 매입과 판매가 원활하지 않다. 내가 왼쪽 어깨뼈에 골절상을 입어서 무거운 책을 옮길 사람이 없었기 때문이다. 오늘은 임시 휴업하고 상품을 들여 놓는 중이었다.

간판을 두고 안으로 들어왔다. 높은 서가가 마주 보고 선 가게 안쪽에는 고서들이 빼곡하게 쌓여 있었다. 서가의 책을 교체하는 중이라 평소보다 더 발 디딜 곳이 없었다. 간판을 밖으로 빼낸 건 작업에 방해가 되기 때문이기도 했다.

나는 이곳에 있는 막대한 책들의 내용을 거의 알지 못했다. 오랫동안 활자를 읽으면 속이 울렁거리는 특이한 '체질' 때문에 관심은 있지만 책을 읽을 수 없었기 때문이다.

"후쿠타케 문고도 다시 진열할까요?"

가게 안쪽을 향해 물었지만 답은 없었다. 카운터 안쪽에는 아무도 없었다. 아까까지만 해도 주인이 책에 가격을 매기고 있었는데.

나는 작업을 중단하고 발소리를 죽이며 카운터로 돌아갔다. 아직 가격이 정해지지 않은 절판 문고본과 연필이 놓여 있었다. 우치다 핫겐의 『신(新) 대빈장』. 후쿠타케 문고. 마지막 장을 펼치자 아직 가격은 적혀 있지 않았다.

삐걱, 의자 소리가 들렸다.

입하된 책 정리를 하려고 L자 형 카운터 안쪽에 공간을 넓게 빼놓았다. 책들이 담벼락처럼 높이 솟아 있었지만, 그 안쪽에 사람 한 명이 숨을 만한 공간이 있었다. 주인은 그

곳에 의자를 놓고 앉아 있었다.

등을 덮은 긴 머리. 여느 때처럼 민소매 블라우스와 롱스커트 차림에 작업용 앞치마를 두른 수수한 차림새였다. 하지만 소매 밖으로 드러난 둥그스름한 어깨에 가슴이 뛰었다. 반쯤 등을 돌리고 앉아 있어서인지 내 시선을 아직 알아채지 못한 듯했다.

그녀의 이름은 시노카와 시오리코. 나와 나이 차이는 별로 나지 않지만, 비블리아 고서당의 3대 주인이다. 타의 추종을 불허하는 고서에 대한 지식과 통찰력을 살려, 손님들이 들고 온 책에 얽힌 사연을 해결해 왔다.

하지만 본인이 관심을 가진 책이 들어오면 영업 중에도 구석에서 몰래 읽기 시작하고는 했다. 그때마다 '일해야죠.' 라고 넌지시 주의를 주는 게 내 역할이었다.

"시……."

입 밖으로 튀어나오려던 말이 멎었다. 시오리코 씨가 잡아먹을 듯 들여다보고 있는 것은 책이 아니라 컴퓨터 화면이었다. 카운터 위에는 데스크톱 컴퓨터가 놓여 있었다. 주로 인터넷 판매 업무에 이용하는 컴퓨터였지만, 지금 켜 놓은 건 회계 소프트인 듯, 세세한 숫자들이 나열되어 있었다. 가게의 수입 지출 내역인 듯했다.

"어쩌지……."

한숨을 쉬며 카운터에 턱을 괴었다. 나는 내심 반성했다. 일을 팽개치고 몰래 책을 읽는 게 아니었다. 아르바이트인 나와 달리 주인으로서 챙겨야 할 일들이 많을 것이다. 고서점 경영이 순탄할 리 없다. 분명 지금까지도 내가 모르는 곳에서 진지한 고민을…….

'음?'

카운터에 턱을 괸 채 시오리코 씨는 천천히 머리를 좌우로 흔들기 시작했다.

"큰일이네…… 큰일이야……."

멜로디를 붙여 조그맣게 노래하고 있었다. 그녀의 콧노래를 들은 적은 있어도, 노랫말까지 붙인 노래는 처음이었다. 부드럽고 고운 목소리였다. 나보다 연상이었지만 귀여웠다. 좌우지간 귀여웠다. 참고로 나와 그녀는 두 달 전부터 사귀고 있다.

"이번 달에도 적자겠네. 다음 달에도 어쩌면. 랄랄라."

하지만 음정은 미묘하게 어긋났고, 노랫말도 왠지 어두웠다.

"어쩌지, 다이스케 군의 월급……."

"네?"

저도 모르게 소리쳤다. 시오리코 씨의 어깨가 들썩이더니 내 쪽으로 천천히 고개를 돌렸다. 두꺼운 안경테 너머로 기다란 속눈썹이 드리워진 두 눈이 동그래졌다. 도자기처럼 하얀 살결이 고서로 가득한 이 공간에 잘 녹아들었다. 눈에 띄는 타입은 아니었지만, 균형 잡힌 외모였다. 하지만 블라우스 아래의 풍만한 가슴만이 뭔가 언밸런스한 느낌을 주었다. 이미 엎질러진 물이었으나 두 손으로 입을 꼭 막고 있었다.

"아, 내 정신 좀 봐. 다이스케 군이 퇴원했다는 것도 깜빡하고……."

손가락 사이로 중얼중얼 목소리가 흘러나왔다.

"죄송해요, 실은 전부터 혼자 노래를 부르는 버릇이 있어서……. 나, 남들 앞에서는 되도록 조심하려고 하는데, 최근에는 다이스케 군도 없어서, 저도 모르게…… 아, 가격을 매겨 달라는 거죠?"

그녀는 내가 들고 있던 『신(新) 대빈장』을 가져가 팔락팔락 넘기며 상태를 확인했다.

"연마 작업도 되어 있고, 가름끈도 없으니까 균일가 매대에 넣어 두세요."

시오리코 씨는 대화를 마무리하듯 책을 다시 건넸다. 어깨 너머로 보이는 컴퓨터 화면에는 여전히 수입 지출 내역이 표시되어 있었다. 혼자 노래를 부르는 버릇보다 더 마음에 걸리는 게 있었다.

"가게 사정이 그렇게 안 좋습니까?"

"그런 건 아니고요……."

그녀는 불편한 듯 말끝을 흐렸다.

"요즘 계속 적자인 건 사실이지만…… 만에 하나, 고가의 책을 매입할 경우에 대비해서 어느 정도의 금액은 가게 계좌에 예치해 두었거든요. 그러니까 월급 걱정은 마세요."

그다지 마음이 놓이지 않았다. 월급 같은 건 아무래도 좋은…… 건 아니었지만, 매입 자금에까지 손대는 건 좋지 않다고 생각했다. 오후나에서 오랫동안 식당을 꾸려 온 외할머니는 '돈의 사용처를 정확하게 구분하는 게 장사를 오래하는 비결'이라고 했다. 만에 하나 비축해 둔 돈을 내 월급으로 사용한다면, 재정에 큰 타격을 주는 건 아닐까?

"내가 너무 오랫동안 쉬어서 그렇군요. 한 달도 더."

정확히는 40일이었다. 수험생인 동생에게 가게 일을 돕게 할 수도 없었을 테니, 다리가 불편한 시오리코 씨 혼자서는 가게를 꾸려 나가기 쉽지 않았을 것이다. 매출이 떨어질 법도 했다.

"다이스케 군."

시오리코 씨가 언성을 높였다. 벽에 세워 놓은 지팡이를 팔꿈치에 끼우고 자리에서 일어났다. 살짝 비틀거리는 그녀의 팔을 부축했다. 나를 올려다보는 까만 눈동자에 노기가 어려 있었다.

"다이스케 군 잘못이 아니에요. 다쳐서 입원했던 거잖아요. 이렇게 빨리 회복한 것도 기적이에요. 그 높은 돌계단에서 굴러 떨어졌는데."

시오리코 씨가 어깨를 가늘게 떨었다. 본인이 떨어진 날의 공포감이 되살아난 건지도 모른다. 우리는 둘 다 기타가마쿠라에 있는 같은 돌계단에서 각자 다른 시기에 떨어져 입원했다. 물론 우연은 아니다. 다자이 오사무의 『만년』 두 권에 얽힌 무척 복잡한 속사정이 있었다.

2

1년 전, 시오리코 씨는 다나카 도시오라는 고서 마니아에게 스토킹을 당했다. 그가 노린 것은 비블리아 고서당에 대대로 전해져 내려오는 다자이 오사무의 『만년』 초판본의 언컷본이었다.

다나카는 시오리코 씨를 돌계단에서 밀쳐서 지금도 다리에 후유증이 남을 정도로 다치게 했다. 아무리 생각해도 제정신은 아닌 놈이었지만, 실은 나와 피를 나눈 사촌지간이었다. 다나카의 할아버지와 우리 외할머니는 한때 불륜 관계였고, 그사이에서 우리 어머니가 태어났다. 물론 그 사실을 아는 이는 거의 없었다.

시오리코 씨는 장서를 지키기 위해 가짜 책을 불태워 언컷본이 이 세상에서 사라진 것처럼 위장했고, 그 즈음 아르바이트를 시작한 나까지 이용해 다나카를 경찰에 넘겼다.

하지만 올해 5월 말, 다나카 도시오의 이름으로 협박장이 날아왔다. 시오리코 씨의 꿍꿍이를 다 알고 있다는 내용이었다. 보석 중인 다나카를 찾아가 떠봤더니, 협박장에 대해서는 아무것도 모른다고 시치미를 떼며 과거 조부인 다나카 요시오가 소장했던, 시오리코 씨의 언컷본과 다른 『만년』 초판본을 찾아 달라는 기묘한 의뢰를 했다.

대체 무슨 속셈인가 싶어서 책에 대해 조사해 보니, 다나카 요시오가 기타가마쿠라에 살았던 구가야마 쇼다이라는 냉혹한 고서점 주인의 협박을 이기지 못해 『만년』을 반강제로 양도했다는 사실이 밝혀졌다. 쇼다이의 사후 『만년』을 물려받은 이는 종일 병석에 누워 지내는 쇼다이의 아내, 구가야마 마리였다.

다나카 도시오와는 다른 의미로 『만년』에 집착했던 그녀는 다자이가 개인용으로 소장했던 『만년』 하나로는 만족하지 못하고, 시오리코 씨가 소장한 언컷본까지 손에 넣을 심산으로 계략을 꾸몄다. 이 가게에 협박장을 보낸 것 역시 그녀로, 우리의 일거수일투족을 체크하고 있었다.

나는 구가야마 마리의 수족이 되어 계획을 실행했던 손녀 히로코와 『만년』을 두고 실랑이를 벌이던 끝에 돌계단에서 굴러 떨어졌다.

내가 입원한 동안, 구가야마 마리는 상태가 악화되어 도쿄의 병원으로 이송되었다. 그녀는 협박과 강도 미수, 상해 등의 죄목으로 처벌을 받아야 했다. 하지만 고령의 그녀에게서 진술을 받아 내는 게 어려운 데다, 체포된 구가야마 히로코도 "『만년』의 언컷본을 애타게 찾는 외할머니를 위해 제가 저지른 범죄입니다."라고 주장한 탓에 결국 히로코 혼자 모든 혐의를 뒤집어썼다. 할머니의 죄를 대신 받을 작정인 듯했다. 우리도 주범은 구가야마 마리라고 경찰에 증언했지만, 증거는 나오지 않았다.

"구가야마 집안사람들은 요즘 어떻게 지낸답니까?"

내 물음에 시오리코 씨는 눈을 내리깔았다.

"마리 할머님은 지금도 병원에 계시고……. 어제 쓰루요 아주머니와 통화했는데, 요새는 의식도 거의 없으신가 봐요. 아주머니도 꽤 지치신 것 같더라고요. 구치소에 있는 히로코 면회도 가셔야 하니까요."

6월 사건으로 가장 피해를 입은 건 우리였지만, 구가야마 마리의 딸이자, 히로코의 어머니인 구가야마 쓰루요 역시 또 다른 피해자였다. 어머니와 딸이 저지른 짓을 전혀 몰랐던 그녀는 그 뒤처리를 하느라 동분서주했다. 우리 집에도 찾아와 사죄하며 치료비와 정신적 피해 보상을 하겠다고 했지만 입원비만 받고 다른 건 거절했다.

구가야마 마리는 『만년』의 언컷본을 빼앗기 위해 다나카 도시오를 조종해 나를 공격하게 했다. 다나카가 막판에 우리 쪽으로 돌아서지 않았다면, 더 많은 사람이 다쳤을지도 모를 일이었다.

다나카는 재판에서 실형을 선고받고 지금은 교도소에서 복역 중이다. 시오리코 씨가 『만년』을 숨겨 가지고 있었던 사실을 경찰에 털어놓았지만 불복하지 않고 판결을 받아들였다. 우리도 다나카에게 공격을 받았다는 사실은 말하지 않았다.

서로 힘을 합치기는 했지만 결코 믿음에서 비롯된 관계는 아니었다. 구가야마 마리가 소장한 『만년』 초판본을 비블리아 고서당에서 사 들여 다나카에게 다시 양도하겠다는 약속을 통해 간신히 유지되는 관계인 셈이다.

만일 그 약속을 지키지 않으면 출소 후에 어떤 보복을 가해 올지 알 수 없었다. 구가야마 쓰루요에게 사정을 말하자, 반드시 우리가 원하는 대로 해 주겠다고 대답했다. 원래부터 어머니에게 유산을 상속받으면, 구가야마 쇼다이의 장서는 모조리 처분할 작정이었던 듯했다.

지금 그 일에 관한 문제로 우리는 골머리를 앓고 있었다.

"구가야마가에 있던 『만년』은 찾았습니까?"

내가 돌계단에서 떨어진 날, 다자이 오사무의 자가용 『만년』을 포함한 구가야마 쇼다이의 장서는 구가야마가의 서재에 있는 여닫이 선반에 분명히 꽂혀 있었다. 하지만 어느샌가 선반은 텅 비어 있었고, 책들도 흔적도 없이 사라졌다고 했다. 시오리코 씨가 소장한 언컷본이 도난당할 뻔했던 사건과 구가야마 집안의 고서는 직접적인 관계가 없어서, 경찰도 증거품으로 압수하지는 않았다고 했다.

구가야마 마리가 어딘가에 숨긴 게 분명했다. 자신의 계획을 방해한 시오리코 씨를 골탕 먹이려는 속셈이겠지만, 건강이 좋지 않은 탓에 행방을 알아낼 수도 없었다.

"쓰루요 아주머니와 그 이야기도 했어요. 실은 나쁜 소식이 있는데…… 다자이의 개인 소장용 『만년』은 이미 다른 사람에게 넘어갔다고 해요."

시오리코 씨의 대답에 나는 순간 말문이 막혔다.

"다른 사람에게 넘어갔다니, 팔았다는 겁니까?"

"네. 제가 방심했어요. 할머님의 성격으로 보아, 책을 양도하거나 훼손하지는 않을 거라고 생각했어요. 도쿄의 병원으로 이송하기 전에, 쓰루요 아주머니가 외출하신 틈을

타 전부터 알고 지내던 업자를 통해 전부 반출했다고 들었어요. 아주머니도 백만 엔짜리 매매 영수증을 받고서야 아셨다고 하더라고요. 벌써 할머님 개인 계좌로 매매 대금도 입금됐고요."

"이대로 괜찮은 겁니까?"

백만 엔의 대금을 지불한 이상, 거래는 성립되었다고 봐야 한다. 한번 시장에 나온 고서를 되찾기란 쉬운 일이 아닐 터였다. 만일 열렬한 다자이 팬에게 넘어갔다면, 과연 작가의 개인 소장본이라는 귀한 책을 남에게 양도하려 할까?

"아마 괜찮을 거예요. 업자와 연락이 닿았는데, 구가야마 집안에서 매수한 장서는 아직 한 권도 팔지 않았다고 해요. 오늘 밤에 그분이 오시기로 했어요. 『만년』을 우리에게 파신다는데, 그 일 때문에요."

"그랬군요. 다행이네요."

나는 가슴을 쓸어내렸다. 거래 상대가 구가야마가에서 그 업자로 바뀌었을 뿐이다. 하지만 괜찮다는 말과는 달리 시오리코 씨의 표정은 썩 좋지 않았다.

"무슨 문제라도 있습니까?"

"마음에 걸리는 게 있어서…… 왜 할머님은 책을 매매하기로 결심하신 걸까요?"

"그건 뭐, 시오리코 씨를 골탕 먹이려던 거 아니겠습니까. 우리가 다나카와 한 약속을 지키지 못하게 하려고요."

"그럴 작정이었다면 하루라도 빨리 어느 수집가에게 팔라고 지시했을 거예요. 업자분 말로는 딱히 그런 지시는 없었다고 해요."

"깜빡 잊은 게 아니고요?"

내 생각에는 별일 아닌 것 같았다. 몸도 성치 않은 노인이니 충분히 그럴 수 있었다.

"그러면 다행인데…… 뭔가 꿍꿍이가 있는 것 같아서요."

나는 그보다 매입에 드는 비용이 더 신경 쓰였다. 큰돈이 필요한 일이다. 이런 경우에 대비해 비축해 둔 자금이 있다고는 했지만, 지금 가게 사정은 적자였다. 정말 괜찮은 건지…… 걱정밖에 할 수 있는 일이 없는 내가 한심스러울 따름이었다.

"어느 고서점에서 매입했답니까?"

"전문 고서점이 아니라, 요코하마에 있는 골동품점이에요. 마이스나 도구점이라고, 해외 앤티크와 외국 서적을 취급하는 곳인데…… 전부터 구가야마 집안과 교유가 있었다고 들었어요."

"시오리코 씨도 모르는 가게인가 봐요?"

그녀는 고개를 끄덕였다. 고서 마니아로 잔뼈가 굵은 그녀는 당연히 고서를 취급하는 가게에도 빠삭했다. 그런 시오리코 씨조차 모르는 가게가 있다니.

"15년쯤 전에 점포 문을 닫은 뒤로, 소수의 단골들에게 목록 판매만 해 온 모양이에요. 일 년의 거의 대부분을 해외에 체류하신다고 들었어요. 목소리를 들어서는 꽤 연세가 있으신 것 같았어요. 어머니라면 알지도 모르겠네요."

생각지도 못한 인물의 등장에 나는 움찔했다. 시노카와 지에코. 시오리코 씨보다 고서에 정통한, 방심할 수 없는 인물이었다. 10년 전에 어떤 책을 찾아 비블리아 고서당을 나간 뒤로, 최근까지도 행방이 묘연했었다.

"왜 그렇게 생각하시죠?"

"어머니도 오랫동안 해외에 머물며 양서 거래를 해 왔으니까요. 같은 일본인 동업자라면 잘 알고 있지 않을까 해서…… 굳이 물을 생각은 없지만요."

시오리코 씨는 가시 돋친 목소리로 말했다. 나는 그녀의 얼굴을 뚫어져라 바라보았다. 이 사람은 어머니와 무척 닮았다. 그렇기에 더욱더 용서할 수 없는 것일지도 모른다. 동족혐오라는 걸까. 하지만 만일 또 하나의 비밀을 안다면, 혐오하는 인간이 하나 더 늘어날지도 모른다.

확실한 증거는 없지만, 구가야마 쇼다이는 시노카와 지에코의 친아버지일 것이다. 니시가마쿠라의 후카사와에 살던 내연녀와의 사이에서 태어난 아이가 지에코인 모양이었다. 고객을 협박해 반강제로 거래하는, 위험한 고서점 주인이 시오리코 씨의 할아버지가 되는 것이다.

"……다이스케 군."

내가 그 사실을 깨달은 건 어깨 골절로 입원해 있던 동안 병원에 찾아온 시노카와 지에코와의 대화를 통해서였다. 아마 내가 알아채도록 의도적으로 대화를 끌고 간 것이리라. 딸과 사귀는 내가 어떻게 반응할지 떠본 것 같기도 했다. 물론 그 이야기는 아무에게도 하지 않았지만…….

"저기…… 다이스케 군. 잠깐만요."

시오리코 씨의 목소리에 나는 현실로 돌아왔다. 그녀는 눈을 꼭 감은 채 어깨를 움츠리고 있었다.

"이, 일하는 중에는 안 돼요……. 아야카도 곧 올 텐데."

잠길 듯 말 듯 속삭이는 목소리였다.

"네? 무슨 말입니까?"

"네?"

시오리코 씨는 고개를 들었다. 생각보다 서로의 거리가 가까웠다. 아니, 내가 얼굴을 들이댄 모양이었다. 생각에 빠진 사이에 저도 모르게 고개를 앞으로 숙인 모양이다. 그녀가 일어나려고 했을 때 부축하려 잡은 손도 그대로였다.

키스하려는 줄 착각한 모양이었다. 반사적으로 그녀의 입가로 시선이 갔다. 핑크색 립글로스를 바른 윤기 흐르는 입술이 살짝 벌어져 있었다. 나도 모르게 침을 꿀꺽 삼켰다. 그 순간, 가게와 안채를 연결하는 문이 큰 소리를 내며 열렸다.

"여기 뜨겁게 타오르는 커플이 있는가!"

나마하게아키타 현의 연중행사로, 가면을 쓰고 짚단을 두른 신의 사자가 집집마다 돌아다니며 나쁜 놈 있나, 우는 아이 있나, 하고 소란을 피운다 같은 대사와 함께 나타난 건 고등학생 정도 돼 보이는 자그마한 소녀였다. 무릎까지 오는 반바지와 줄무늬 티셔츠 차림은 방금 막 바다에서 놀다 온 사람 같았다.

까무잡잡한 피부에 포니테일이 잘 어울렸다. 작은 동물을 연상시키는 생김새나 전체적인 분위기는 전혀 달랐지만, 이 소녀가 시오리코 씨의 동생이다. 이름은 시노카와 아야카. 지금 여름방학 중인 고등학교 3학년이다.

"아, 정말 있었네……."

아야카는 멋쩍게 웃었다.

"미안, 정말 미안. 그냥 장난이었는데…… 저기, 난 신경 쓰지 말고 하시던 일 계속하세요……."

이쪽을 향해 두 손을 뻗은 채 뒷걸음질 치며 안채로 되돌아가려고 했다.

"아, 아야카! 그런 거 아냐! 오해 마!"

시오리코 씨가 황급히 아야카를 불러 세웠다. 진짜 오해인지 아닌지는 장담할 수 없었지만.

휴대전화 화면에는 하얀 배냇저고리를 입은 갓난아기가 짙은 색 선글라스를 낀 초로의 남자에게 안겨 있었다. 장소는 툇마루로, 인물 뒤로 유리문이 보였다. 둘 다 눈을 가늘게 뜨고 카메라를 바라보고 있었는데, 판박이처럼 미간에 주름이 잡혀 있었다. 피를 나눈 부자지간이라는 걸 한눈에 알 수 있었다.

"사카구치 씨하고 정말 붕어빵이죠?"

시노카와 아야카는 휴대전화를 내밀며 말했다. 오늘 그녀는 즈시에 사는 사카구치 부부의 집에 다녀오는 길이라고 했다. 사카구치가 『논리학 입문』이라는 책을 팔겠다며 가져온 일을 계기로, 우리는 그들 부부와 가까운 사이가 되었다. 이번 달 초에 아이가 태어났다는 소식을 듣고, 아야카에게 나와 시오리코 씨를 대신해 출산 축하 선물을 전해 달라고 했다. 우리도 직접 가 보고 싶었지만, 가게 일이 있어서 좀처럼 시간을 낼 수가 없었다.

"시노부 씨하고도 닮았어요. 남자애지만."

다음 사진에서 갓난아기는 둥근 얼굴의 중년 여성의 무릎에 자리하고 있었다. 사카구치의 아내인 시노부다. 누군가 농담이라도 던졌는지, 얼굴 한가득 웃음을 머금고 있었다. 그 웃음소리가 여기까지 들리는 것 같았다. 아야카의 말대로 아이의 얼굴 윤곽은 엄마를 닮았다.

"이런 모습을 보니 나도 조만간 아기를 품에 안을 날이 올지도 모른다는 생각이 들더라고."

"조만간……? 아야카 네 아기?"

"설마 나겠어? 언니 아기 말이야. 언제 결혼해도 이상하지 않으니까."

"뭐?"

시오리코 씨는 목에 뭔가가 걸린 듯한 소리를 냈다.

"그럴 리 없잖아! 겨, 결혼 같은 건 아직 나중 일이고……. 다이스케 씨 어머님께도 정식으로 인사드린 적 없단 말이야!"

벌써 거기까지 생각한 것일까. 생각해 보니 아직 우리 어머니에게 소개시켜 주지 않았다. 결혼을 염두에 두고 사귀기 시작했으면서도 이제껏 그런 생각조차 못하고 있었다.

'다음에 우리 집에 초대해야겠다.'

하지만 그녀의 말대로 결혼은 아직 한창 나중 일이라고 생각했다.

입원 중에 뼈저리게 느꼈다. 몸을 움직이지 못하면, 나는 아무 쓸모도 없다. 입원 중에도 가게를 꾸려 나갔던 시오리코 씨와는 전혀 딴판이다. 이대로 체력이 유일한 장점인 인간으로 남고 싶지는 않았다. 시오리코 씨와 결혼한 뒤에도,

내가 비블리아 고서당에서 어떤 역할을 할 수 있을지 천천히 시간을 들여 생각하고 싶었다.

"아, 그러고 보니 고우라 오빠."

휴대전화를 집어넣으며 아야카가 물었다.

"시다 아저씨 요즘 어떻게 지내는지 알아요?"

"시다 씨라……."

그는 구게누마의 다리 밑에 살았던 노숙자 겸 책등빼기다. 세 달 전까지는 이 가게에 자주 드나들던 언제나 당당하고 싹싹한 성격의 사람이었다. 연락이 끊기지만 않았어도 시오리코 씨와의 결혼에 대해 조언을 구했을지도 모른다. 내 주변 연장자 중에, 비블리아 고서당의 속사정과 시노카와 모녀의 관계를 잘 아는 이는 시다밖에 없었다.

"나도 잘 모르겠어. 4월 말부터 갑자기 발길을 끊었던데…… 전화도 메일도 없고."

예전에도 며칠간 자취를 감춘 적은 있었지만, 이번에는 좀 달랐다. 시다의 아지트였던 히키지가와강 다리 밑으로 찾아가 본 적이 있었는데, 그는 없고 쓰던 텐트만 깨끗하게 정리되어 있었다. 책을 팔러 다니던 다른 고서점에도 5월 이후로 나타나지 않았다고 했다.

"시다 씨는 왜?"

"아까 가마쿠라 역에서 나오를 만나서 얘기했는데, 방학

40

하고부터 시다 씨를 찾아 여기저기 다니는 모양이더라고요. 한창 입시 준비로 바쁠 시기인데, 선생님이 어디서 쓰러지기라도 했으면 어떡하냐고 걱정이 이만저만이 아니던데."

고스가 나오는 아야카와 같은 고등학교에 다니는 학생이었다. 신초문고에서 나온 고야마 기요시의 『이삭줍기·성 안데르센』이라는 책을 계기로 시다와 가까워지면서 강가에서 책 이야기를 나누게 되었다. 그녀는 시다를 '선생님'이라 부르며 잘 따랐다.

"만에 하나라도 무슨 일이 생긴 거라면, 어딘가의 고서점에 연락이 갔을 거야. 거래하는 가게의 주소나 전화번호를 늘 들고 다녔으니까. ······아마 이사하신 게 아닐까."

나는 힐끗 시오리코 씨의 안색을 살폈다. 자신의 의지로 이사한 거라고 생각하는 이유가 하나 더 있었다. 지난 몇 달 동안 시오리코 씨는 시다에 관한 이야기를 먼저 꺼낸 적이 없었다. 뭔가 아는 게 있는 것 같았다. 4월 말, 시오리코 씨는 《월간 호쇼》라는 잡지의 과월호를 둘러싼 사건에 관여했는데, 시다가 자취를 감춘 건 그 직후였다. 그 사건에는 그의 친구가 관련되어 있었다.

"그렇겠죠······. 시다 씨가 오다가다 사고를 당할 사람은 아니니까. 하지만 이사를 할 거면 한다고 연락이라도 해 줬으면 좋았을걸."

아야카의 말이 맞다. 사정이 생겨서 다른 곳으로 옮긴 거라면, 나중에라도 편지 한 장쯤은 보낼 수 있었을 터다. 내심 잔정이 많은 사람이라고 생각했는데 의외였다.

"나오한테는 내가 그렇게 전할게요. 너무 걱정하지 않아도 된다고."

아야카는 그렇게 말하더니 언니를 보았다.

"그럼 난 저녁 전까지 방에서 숙제하고 있을게. 부엌에다 과 준비해 놨으니까 손님 오면 그거 차려서 내면 돼."

말을 마친 아야카는 안채의 문을 열고 들어가려고 했다. 나는 고개를 갸웃거렸다. 낮에 손님이 온다는 뉘앙스였는데, 그런 이야기는 처음 들었다.

"잠깐만…… 손님은 저녁에 오신다고 했잖아."

시오리코 씨가 당황한 듯 말했다. 뒤돌아본 아야카는 목젖이 보일 만큼 입을 활짝 벌리더니, 갑자기 천장을 올려다보며 두 손으로 얼굴을 가렸다.

"역시 안 듣고 있었구나. 다시 확인할 걸 그랬어."

"어? 무슨 소리야?"

"아침 먹은 뒤에 말했잖아. 아침 일찍 그 손님한테 전화가 와서, 어쩌면 오후에 올 수도 있다고……. 대충 대답하는 걸 보고 혹시 못 들었나 했는데……."

이야기를 들은 시오리코 씨의 낯빛이 변했다. 뭔가 짐작

가는 일이 있는 모양이었다.

"혹시 책을 읽든지 양치질을 하든지 둘 중 하나만 하라고 혼냈을 때……?"

"그래, 그때!"

시노카와 아야카는 언니를 가리키며 외쳤다. 책을 읽는 중이었다면 못 들었다 해도 이상할 것은 없었다. 그보다 양치질을 하면서도 책을 읽는 건가. 시오리코 씨라면 딱히 이상할 건 없지만.

그때 바깥 유리문이 열렸다.

"실례하겠습니다."

노래하듯 곡조를 붙인 목소리가 가게 안에 울려 퍼졌다. 새파란 줄무늬 양복에 같은 무늬의 모자를 쓴 자그마한 남자가 문턱을 넘어 들어왔다. 오렌지 빛깔의 두꺼운 넥타이가 눈부셨다. 손에는 가죽 소재의 007가방이라 불리는 서류가방을 들고 있었다.

7월의 기타가마쿠라 풍경과는 너무도 어울리지 않는 그 모습은 주변과 분리되어 붕 떠 보였다. 처음에는 웬 개그맨이 찾아왔나 싶었다.

전체적으로 통통한 체형이었지만 걸음걸이는 가벼웠다. 남자는 책 더미를 쏙쏙 피해 우리가 있는 카운터 쪽으로 다가왔다. 어안이 벙벙해진 우리는 아무 말도 하지 못했다.

"비블리아 고서당 여러분, 처음 뵙겠습니다. 마이스나 도구점의 요시와라 기이치라고 합니다."

느긋하지만 힘 있는 목소리로 자기소개를 하더니, 배우처럼 과장된 동작으로 모자를 벗었다. 머리카락 한 올 없는 민머리가 광택을 뿜어내고 있었다. 조각칼로 새긴 듯 이목구비는 또렷했지만, 입매와 눈가의 잔주름이 눈에 띄었다. 적지 않은 나이인 것 같았다.

"다자이 오사무『만년』거래 건으로 찾아뵈었습니다. 시간 좀 내주실 수 있으실까요?"

그제야 머리가 돌아가기 시작했다. 구가야마 마리에게 쇼다이의 장서를 매입한 업자가 바로 이 노인이었다. 지금까지 만난 어떤 고서점 주인과도 다른 타입이었다. 외모나 복장에 빈틈이 없고, 구석구석까지 신경 쓴 티가 역력했지만 어딘지 모르게 작위적이었다. 마치 하나부터 새로 창조한 캐릭터를 충실히 연기하는 듯한 느낌이었다.

불길한 예감에 가슴이 희미하게 뛰기 시작했다.

3

시오리코 씨가 안채 응접실로 손님을 안내했다.

나는 그 옆의 부엌에서 손님용 찻잔에 보리차를 따르며 상황을 살폈지만, 본격적인 이야기는 아직 시작되지 않은 듯했다. 요시와라라는 이름의 노인은 맞은편에 앉은 시오리코 씨를 바라보고 있었다. 서글서글한 표정으로 눈을 가늘게 뜨고 있었지만, 유리 조각처럼 표정의 변화는 전혀 없었다. 시오리코 씨는 영 불편한 듯 앉은 자세를 바로 하고 있었다.

응접실에서 사각지대인 식기장 그늘에 딱 붙어 있는 아야카의 모습이 보였다. 아까는 여름방학 숙제를 한다더니.

"아야카, 거기서 뭐해?"

작은 소리로 묻자 아야카는 손가락을 입에 대며 쉿, 하는 시늉을 했다.

"엿들으려고요. 저 할아버지, 좀 수상하잖아요."

엿듣겠다고 이렇게 당당하게 선언하는 사람은 처음 봤다. 아야카는 손님의 이야기를 멋대로 엿듣는 버릇이 있었다. 어차피 말려도 듣지 않을 테지만 일단 연상으로서 넌지시 주의는 줬다.

"……이상한 소리 말고 방에 가 있어."

나는 다과가 든 쟁반을 들고 응접실로 들어갔다. 나란히 앉은 두 사람 앞에 찻잔을 놓고 있는데, 느닷없이 노인이 웃는 얼굴로 말문을 열었다.

"수상하게 여기는 것도 이해는 가지만, 너무 경계하지 않으셔도 됩니다."

부엌에서 놀란 듯 딸꾹질하는 소리가 들렸다. 소리를 죽인다고 죽였는데, 여기까지 들린 모양이었다. 시오리코 씨가 정중히 고개를 숙였다.

"죄, 죄송합니다……."

나도 황급히 고개를 숙였다. 누가 봐도 우리 잘못이었다. 참고로 부엌에서 인기척은 나지 않았다. 이 판국에도 계속 엿들을 작정인 듯했다.

"해외에서 오래 생활해서인지 과장된 화법이 몸에 배었습니다. 특히 영미권 사람들에게 일본식으로 에둘러 말하면 못 알아들으니까요. 처음에는 영 거북스러웠지만 지금은 이 세상이 모두 무대다 생각하니 익숙해지더군요. 세상 사람들은 모두 제 역할을 연기하는 배우니까요."

노인은 의미심장하게 눈을 찡긋했다. 처음에는 거북스러웠다고 했지만, 지금은 완전히 몸에 익은 듯했다. 본래 타고난 성격과 맞았겠지.

"마이스나…… 라는 건 성함에서 따오신 건가요?"

시오리코 씨 앞에 노인의 명함이 놓여 있었다. '요시와라 기이치'라는 이름 옆에 '마이스나 도구점'이라고 인쇄되어 있었다. 주소는 요코하마시 나카구 모토마치였다. 요

46

시와라는 시오리코 씨에게서 눈을 떼지 않은 채 마디가 불거진 손으로 깍지를 꼈다. 대답이 돌아올 때까지 잠깐 시간이 걸렸다.

"제 조부님이 독일인이셨는데 성이 마이스너였습니다. 저희 가게의 시작은 다이쇼 시대에 처음 개업한 수입 잡화점이었죠. 처음에는 조부님의 성을 따서 마이스너라는 상호를 썼지만, 태평양 전쟁 중에는 외래어를 쓰는 걸 곱게 보지 않았기 때문에, 뒤를 이은 아버지가 한자로 표기했다고 합니다. 저도 어릴 때라 당시 일이 잘 기억나지는 않습니다만."

들고 보니 다소 이국적인 외모였다. 태평양 전쟁 중에 태어났다면 상당한 고령일 테니, 적어도 70대는 되었으리라.

"……구가야마 서방과 교유가 있으시다고 들었습니다."

다시 침묵이 흘렀다. 아까부터 이 노인은 시오리코 씨의 표정을 살피고 있었다. 상대가 무엇을 알고 있는지 읽어 내려는 듯. 왠지 시오리코 씨의 어머니, 시노카와 지에코가 떠올랐다. 그 사람도 비슷한 태도를 보일 때가 있기 때문이다.

"원래 저는 골동품보다 고서에 관심이 많았습니다. 구가야마 쇼다이 씨와 제 아버지가 친구였던 인연으로, 구가야마가에서 먹고 자며 일을 배웠죠. 사장님이 돌아가시기 직전 몇 년 동안은 집사 겸 책임자로 일했습니다. 돌아가신 뒤에는 본가로 돌아와 아버지 가게를 물려받았습니다만."

어느샌가 목이 뻣뻣하게 굳어 있었다. 요시와라가 '집사'였다면 구가야마 쇼다이가 했던 위험한 거래들에 대해서도 알고 있을 것이다. 그뿐 아니라 위험한 거래에 가담했을 가능성도 있다.

"제 할아버지를 아시나요?"

시오리코 씨의 표정은 여느 때와 다르지 않았다. 평소처럼 상대의 눈을 보지 않고 중얼거리듯 말하고 있었다. 책 이야기를 하지 않을 때의 그녀였다.

"……시노카와 세이지 씨 말이군요. 물론 잘 압니다."

노인은 잠깐 숨을 멈췄다 고개를 끄덕였다.

"몇 년 동안 함께 구가야마 서방에서 일했으니까요. 책임자였던 세이지 씨가 독립하여 비블리아 고서당을 창업하면서 제가 그 뒤를 이었죠. 말이 좋아 책임자지, 실제로는 온갖 잡일을 다 도맡아 했습니다. 근무 시간이건 아니건 사장님이 시키는 일을 했었죠."

하나 더 마음에 걸리는 일이 있었다. 근무 시간 외에도 잡일을 했다면, 구가야마 쇼다이의 사생활도 잘 알고 있을 것이다. 고용주에게 지에코라는 혼외자가 있다는 사실을 알고 있어도 이상하지 않다.

"그런 인연으로 사모님이 저에게 사장님의 장서를 처분

해 달라고 부탁하신 겁니다……. 이거 실례했습니다. 잡담이 길었군요. 슬슬 본론으로 들어가죠. 가져온 물건을 보여드리겠습니다."

요시와라는 하얀 가죽 소재의 서류가방을 열었다. 그리고 보자기로 싼 꾸러미를 꺼내 탁자 위에 펼쳤다. 『만년』이라는 제목의 낡은 책이 나타났다. 시오리코 씨는 책을 들어 책장을 넘기며 면밀히 살펴보았다.

"……틀림없네요."

나는 안도의 숨을 내쉬었다. 이제 와서 팔지 않겠다고 딴소리를 하지는 않을 모양이었다.

"다행이군요. 그럼 팔백만 엔에 양도하겠습니다."

노인의 입에서 자연스레 튀어나온 금액에 나는 내 귀를 의심했다. 팔백만 엔이라고? 『만년』을 보자기에 다시 돌려놓은 시오리코 씨의 움직임이 멈췄다.

"팔백만 엔이라고요?"

"네. 귀한 물건이니까요. 그 정도 가치는 있다고 봅니다만."

터무니없는 소리였다. 시오리코 씨의 이야기로는 『만년』 초판본도 언컷이 아니면 백만 엔 전후로 거래된다고 했다. 다자이가 개인용으로 소장했던 희귀본이라고는 하나, 이렇게까지 비쌀 리는 없었다. 무엇보다 노인이 구가야마 마리에게 장서 매매 대금으로 지불한 돈은 모두 합쳐 백만 엔이었다. 어처구니없는 뻥튀기였다.

"시세보다 훨씬 비싼 값을 부르시네요."

시오리코 씨가 애써 차분한 목소리로 말했다.

"그런가요?"

요시와라는 웃음을 머금은 채 달걀형 머리를 갸웃했다. 하지만 시선은 여전히 시오리코 씨에게 고정되어 있었다.

"제가 보기에는 적절한 가격입니다만. 팔백만 엔에라도 사겠다는 손님은 있으니까요."

"말씀대로 다자이가 개인 소장했던 『만년』에 관심을 보이는 수집가는 많을 테지만…… 그 가격에 사시겠다는 분이 과연 있을까요."

"이곳 고객분들은 그럴지도 모르겠군요. 이를테면 시오리코 양을 크게 다치게 해, 지금은 교도소에 있는 다나카 도시오 씨도 그런 큰돈은 지불하지 못하겠죠. 아무리 다나카 요시오 씨의 손자라지만요."

이제야 상황 파악이 됐다. 이 노인은 비블리아 고서당이 무슨 수를 써서라도 다자이의 개인 소장용 『만년』을 사들여야 하는 속사정을 알고 있는 것이다. 물론 다나카 요시오가 이 『만년』을 구가야마 서방에 헐값에 넘긴 내력도 알고 있을 것이다. 다 알면서도 우리를 쥐어짜 받을 수 있을 만큼 받아 내려는 것이다. 스승과 마찬가지로 냉혹하고 탐욕스러운 고서 업자였다.

구가야마 마리도 이런 상황을 예상하고 남편의 옛 제자에게 장서를 넘긴 것이리라. 시오리코 씨에게 복수하겠다는 명백한 의지였다.

"정 내키지 않으시면 다른 매수자를 찾아 봐야겠군요. 물론 저희는 고객의 개인정보 보호를 최우선으로 여기기 때문에, 어느 분께 양도했는지는 절대로 밝히지 않을 겁니다. 오늘이 지나면 당신이 이 『만년』을 매입할 기회는 두번 다시 오지 않을지도 모릅니다. 적어도 다나카 도시오 씨의 출소에는 맞추지 못하겠죠. 그렇게 되면 얼마나 성을 낼까요. 상상만 해도 끔찍하군요. 고서를 위해서라면 무슨 짓이든 하는 분이라고 들었습니다."

노인은 짐짓 몸을 부르르 떨었다. 화가 치밀었다. 협박이나 다름없는 발언이었다. 이런 인간이 바라는 대로 해 줄 생각은 없었다.

"알겠습니다. 팔백만 엔에 거래하죠."

시오리코 씨가 낮은 목소리로 말했다. 저도 모르게 고개를 돌려 그녀의 얼굴을 보았다. 진심이냐고 묻고 싶었다. 시오리코 씨는 살짝 고개를 흔들어 나를 만류했다.

"……달리 방법이 없는 것 같으니까요."

그녀는 정면을 보며 중얼거렸다. 인정하고 싶지는 않았

지만 거래의 주도권이 우리에게 없는 건 확실했다. 상대가 거래를 파기하겠다고 하면 방법이 없었다.

"감사합니다."

요시와라는 공손하게 인사를 했다. 그 반질반질한 머리를 보니 부아가 났다.

"지불은 어떻게 하시겠습니까? 금액이 금액인지라 바로 현금을 마련하시기는 힘들 테니, 얼마간의 말미는 드릴 수 있습니다."

"내일 절반을 지불하겠습니다. 나머지는 다음 달에 드려도 되겠습니까?"

"물론이죠. 그럼 이 자리에서 매매 계약서를 작성하도록 하죠. 선금을 주시면 오늘 『만년』을 양도하겠습니다."

나는 눈앞에서 담담히 이루어지는 거래를 그저 지켜볼 수밖에 없었다. 아까 했던 시오리코 씨의 이야기를 떠올렸다. 고가의 매입에 대비해 마련해 둔 돈이 있다고 했는데, 그걸로 충분할 리 없었다. 대체 어디서 돈을 구할 생각인 걸까. 그렇지 않아도 비블리아 고서당의 경영은 적자였다.

"……그럼 이걸로 거래는 성립했습니다. 물건을 받으시죠."

요시와라는 우리 쪽으로 『만년』을 밀더니, 시오리코 씨가 책을 집기 전에 다른 책 한 권을 그 옆에 놓았다.

작은 판형의 얇은 책으로, 겉보기에는 팸플릿처럼 보였

다. 제목은 『인육담보재판』. 종이 질이나 빛바램 정도로 보아 상당히 낡은 책 같았다.

"『만년』을 구입해 주신 감사의 표시로 드리는 겁니다. 물론 돈은 받지 않겠습니다."

표지를 훑어보는 시오리코 씨의 얼굴에 당혹스러운 기색이 역력했다. 어째서 이런 걸 꺼내 놓았는지 전혀 짐작이 가지 않는 듯했다.

"구가야마 쇼다이 씨가 소장했던 책이죠? 『만년』과 함께 선반에 꽂혀 있던……."

"맞습니다. 제가 매수한 책 중 한 권이죠."

요시와라는 고개를 끄덕였다. 시오리코 씨는 『인육담보재판』을 들고 재빨리 책장을 넘겼다. 요시와라는 그 움직임을 집요하게 살펴보았다.

"고맙습니다. 감사히 받겠습니다."

시오리코 씨가 고개를 숙였다. 굳이 거절할 이유는 없다고 판단한 것이리라. 그녀는 『만년』 위에 그 책을 얹었다.

제 입으로 거래가 성립되었다고 말해 놓고도, 요시와라는 좀처럼 자리를 뜨려 하지 않았다. 말없이 앉아 있는 상대에게 시오리코 씨가 조심스레 말을 걸었다.

"저기, 달리 뭔가……."

"저에 대해, 지에코 씨께 뭔가 들으신 게 있습니까?"

요시와라가 선수를 쳤다. 서글서글한 표정은 여전했지만, 지금까지와는 어딘지 분위기가 달랐다. 어머니의 이름을 들은 순간 시오리코 씨의 표정이 굳어졌다.

"……아뇨."

"최근 지에코 씨와 만난 적이 있습니까?"

"한동안 못 만났습니다. 연락도 없었고요. 어디 있는지도 모릅니다. 왜 어머니 얘기를 물어보시는 거죠?"

요시와라의 눈빛이 갑자기 날카로워졌다. 가슴이 술렁거렸다.

"우리는 구면입니다. 지에코 씨가 대학생일 때, 외국 서적에 대한 기초 지식을 제가 가르쳤죠. 무척 우수한 학생이었습니다. 당시 지에코 씨는 역사학을 전공하는 학생이었고, 구미의 고서에 관련된 분야를 연구했었죠. 뭐, 개인적인 취미를 겸한 연구였지만요."

서늘한 뭔가가 등줄기를 타고 지나갔다. 시노카와 지에코가 학창 시절 '근세 유럽의 출판유통'에 관심을 가졌다는 이야기를 그녀의 친구에게 들은 적이 있었다. 요시와라의 이야기가 사실이라면, 눈앞의 노인은 시노카와 지에코의 스승인 셈이다.

타인의 감정을 읽는 듯한 거북한 눈빛. 아까는 시노카와 지에코와 닮았다고 생각했는데, 실은 그 반대일지도 모른다. 지에코가 이 노인을 닮은 게 아닐까?

"원래는 사장님이 직접 가르쳐 주고 싶어 하셨지만, 그분은 고서 거래에는 능해도, 그 내용에 대해서는 문외한이나 다름없었습니다. 책을 거의 읽지 않는 분이셨으니까요. 그래서 저를 지에코 씨의 공부 선생으로 삼은 겁니다. 조부님이 독일인인 까닭에 외국 서적에 둘러싸여 자랐으니까요."

요시와라는 독일이라는 이름을 자랑스레 강조했다. 시오리코 씨는 미간을 찡그리며 물었다.

"왜 구가야마 쇼다이 씨가 어머니에게 고서 공부를 시킨 거죠?"

순간 요시와라는 의아한 듯 눈을 가늘게 떴다. 이내 만면에 지금까지 볼 수 없었던 희색이 번졌다. 큰일이다. 시오리코 씨는 구가야마 쇼다이와 시노카와 지에코의 관계를 모른다. 하필이면 요시와라에게 그 사실을 들키다니. 그는 제 머리를 찰싹 치며 말했다.

"이거 놀랐습니다. 그조차 모르시다니. 지에코 씨도 참 짓궂은 사람이군요."

"……무슨 말씀이시죠?"

"별거 아닙니다. 사장님은 지에코 씨의……."

"잠깐만요!"

저도 모르게 큰 소리가 튀어나왔다. 이 역시 실패였다.

노인은 힐끗 나를 보았다. 시오리코 씨조차 모르는 시노카와 집안의 비밀을 제삼자인 내가 알고 있다는 걸 이 자리에 있는 모두에게 털어놓은 꼴이었다.

"사장님은 지에코 씨의 친부입니다. 구가야마 서방의 후계자로 삼을 요량으로 이것저것 가르쳤죠. 결국 실패했습니다만."

요시와라는 아랑곳하지 않고 말을 이었다.

"시오리코 양은 사장님의 손녀입니다."

"뭐라고요?"

갑작스레 터져 나온 외침은 우리의 목소리가 아니었다. 모두 고개를 돌려 부엌 장지문을 보았다. 아직도 엿듣고 있던 모양이다. 생각해 보니 아야카 역시 구가야마 쇼다이의 손녀였다.

"무슨 말씀인지 알아들었습니다. 더 하실 말씀이 있으신가요?"

시오리코 씨가 말했다. 이제 냉정함을 되찾은 것처럼 보였다. 지금 이야기를 어떻게 받아들였는지, 겉으로 보기에는 도통 짐작이 가지 않았다.

"아뇨. 다 끝났습니다. 그럼 조만간 또 뵙기를 바랍니다."

요시와라는 가슴에 손을 얹고 배우처럼 말했다.

다시는 볼일 없을 거라 말하고 싶었지만, 입 밖으로 낼 수는 없었다.

4

이튿날, 비블리아 고서당은 영업을 재개했다.

나는 카운터 옆에 있는 낡은 만화책 코너에서 상품을 진열하고 있었다. 어느샌가 책을 구경하던 손님도 사라져 가게에 홀로 남게 되었다. 살인적인 무더위에 오후가 되어도 가게를 찾는 손님은 거의 없었다. 시오리코 씨는 마이스나 도구점에 『만년』의 대금을 입금하러 은행에 갔다.

어제 요시와라 기이치가 돌아간 뒤, 질문 공세에 시달릴 줄 알았는데 시오리코 씨는 '내일 차분히 이야기하자.' 고만 했다. 오늘 아침에 출근했을 때에도 업무 지시 외에 대화다운 대화는 없었다.

후지코 후지오의 『신(新) 요괴 Q타로』를 책장에 꽂다가 문득 손을 멈췄다.

'진작 말할 걸 그랬어.'

시노카와 지에코가 구가야마 쇼다이의 딸이라는 사실을 알아챈 건, 한 달도 더 전이었다. 증거가 없다는 걸 핑계 삼아 시오리코 씨에게도 말하지 않고 이제껏 입 다물고 있었다.

진실인지 아닌지 스스로 확인하려 하지 않았다. 두려웠던 것이다. 시오리코 씨가 가족 일로 더 이상 괴로워하는 모습을 보고 싶지 않았다. 하지만 그런 식으로 알게 될 거였다면, 차라리 내 입으로 말하는 게 백 배 나았다.

카운터 안쪽 문을 열고 시오리코 씨가 들어왔다.

"……다녀왔습니다."

안채 현관으로 들어온 것이리라. 가게 앞을 지나쳤을 텐데도 전혀 알아채지 못했다. 은행에서 곧바로 왔는지 하얀 목덜미와 팔에 땀방울이 희미하게 맺혀 있었다.

"고생했어요. 밖에 많이 덥죠?"

가게 안도 은근히 더웠다. 돌아보니 문이 반쯤 열려 있었다. 아까 나간 손님이 깜빡 잊은 모양이었다.

"……덥네요."

시오리코 씨는 쑥스러운 듯 작은 소리로 말했다. 하지만 내 눈을 보려고 하지는 않았다. 어제부터 계속 이 상태였다. 역시 정식으로 사과해야겠다. 나는 작업을 중단하고 그녀를 보았다.

"다이스케 군."

느닷없이 시오리코 씨가 내 이름을 불렀다. 시선을 떨군 채 그녀는 말을 이었다.

"어머니한테 어디까지 들었어요? 제 외조부모님에 대해서."

시노카와 지에코에게 들었다는 건 이미 아는 모양이었다. 그럴 만했다. 나한테 그런 이야기를 할 사람이 달리 누가 있겠는가.

나는 마음을 굳히고 간략하게 설명했다. 지에코의 어머니가 구가야마 쇼다이의 내연녀였다는 이야기. 그녀는 지금 새 가정을 꾸려 지금도 가마쿠라의 후카사와에 산다는 이야기.

그리고 구가야마 서방의 후계자만 볼 수 있는, 구가야마 집안의 장서 상태를 시노카와 지에코는 속속들이 꿰뚫고 있었고, 그 책들을 볼 기회가 있었던 건 쇼다이의 아내와 내연녀의 딸뿐이었다는 이야기까지.

이야기가 끝난 뒤에도 시오리코 씨는 같은 자세로 미동도 하지 않았다. 미리 말하지 못해서 미안하다고 고개를 숙이자, 그녀는 놀란 듯 나를 보았다.

"뭐가요?"

"그러니까…… 알면서도 모른 척해서요."

"아뇨, 저라도 그랬을 거예요. 그런 건 아무렇지도 않아요."

시오리코 씨는 단호하게 말했다. 화가 난 건 아닌 듯해서 살짝 마음이 놓였다.

"그리고 저도 어렴풋이 짐작은 했어요."

"그랬어요?"

"네. 다이스케 군이 지금 말했듯이, 어머니는 구가야마 쇼다이 씨의 장서 상태를 파악하고 있었어요. 몰래 훔쳐봤을 가능성도 있지만, 그런 빈틈을 내보일 사람들은 아닐 것 같았거든요. 만일 어머니가 쇼다이 씨의 딸이라면 그런 기회가 있었어도 이상할 건 없겠구나 해서요."

역시 시오리코 씨도 의구심을 가지고 있었던 것이다. 그러면 그렇지, 내가 알아챈 걸 이 사람이 전혀 몰랐을 리 없었다.

"외할머니가 살아 계시다는 사실을 안 것만 해도 다행이에요. 어머니는 가족이 없다고 늘 말했지만, 지금 생각해 보면 돌아가셨다고는 안 했어요. 분명 재가해서 더 이상 내 가족이 아니라는 뜻이었겠죠."

시오리코 씨의 목소리는 들떠 있었지만, 나는 마냥 기뻐할 수만은 없었다. 재혼해서 새로운 가정을 꾸린 건 알겠다. 하지만 이렇게 근처에 살면, 보통 손녀들의 얼굴쯤은 보러 오는 게 인지상정 아닌가? 그럴 수 없는 사정이 있든지, 아니면 일반적인 성격이 아닐지도 모른다. 그 시노카와 지에코의 어머니니까.

"저기…… 괜찮아요?"

"아, 미안해요. 뭐라고 했죠?"

시오리코 씨가 뭐라고 말을 했는데도 듣지 못했다. 그녀는 지팡이를 연신 고쳐 쥐더니, 다시 용기를 쥐어짜듯 말문을 열었다.

"우리 집…… 너무 엉망이죠?"

"네?"

무슨 소리를 하려는 것인지 도통 가늠할 수가 없었다.

"이, 이런 식으로 말하면 그렇다고 고개를 끄덕일 수 없는 건 알지만…… 어머니는 그 모양이고, 외할아버지라는 사람도 멀쩡하다고는……. 다이스케 군은 이런 복잡한 집안에서 자란 내가 싫어지지는 않았을까 해서……."

"그럴 일 없어요."

의도했던 것보다 어조가 강해졌다. 시오리코 씨는 눈을 동그랗게 뜨며 나를 바라봤다. 나는 심호흡을 하며 마음을 가라앉혔다.

"싫어질 일 없습니다. 어머니나 외할아버지 일은 시오리코 씨와 전혀 상관없잖아요. 그렇게 따지면 우리 집안도 멀쩡하지는 않고요."

내 외할머니는 불륜을 저질러 아이까지 낳았다. 사정은 다르지만 떳떳하게 말할 수 없는 일인 건 마찬가지였다. 정도야 다르겠지만, 어느 집이나 나름대로 사정은 있을 것이다. 대놓고 말하지 않는 것뿐이지.

"우리 집안 일 때문에 내가 싫어졌어요?"

시오리코 씨는 세차게 고개를 저었다.

"그럼 됐어요. 모두 옛날 일이고, 현재 진행되는 일도 아니니까. 앞으로 우리가 잘하면 돼요."

시오리코 씨 스스로 의식하지 않는 걸지도 모른다. 아마 그녀가 진정 우려하는 건 언젠가 자신이 외조부와 어머니처럼 고서를 위해 남을 협박하거나 가족을 버리는 것일 터였다. 아니면 더 끔찍한 무언가를.

나는 그녀가 누군가를 짓밟으면서까지 제 욕구를 채우려는 사람일 리 없다고 생각했다. 무슨 일이 있어도, 분명 다른 길을 모색하리라 믿었다. 나는 그런 그녀의 받침목이 되어 주고 싶었다.

"……아아, 기쁨 아닌 모든 감정들은 허공으로 사라졌다. 수많은 의구심도 성급한 절망도, 치 떨리는 불안과 녹색 눈의 질투도……."

고개를 숙인 채 시오리코 씨가 중얼거렸다. 말끝이 가늘게 떨렸다.

"그게 뭐야?"

아야카가 물었다. 그래, 나도 궁금했다. 책에서 인용한 글귀일지도…… 응?

"여기서 뭐하는 거야?"

어느새 아야카는 우리 바로 옆에 서서 팔짱을 끼고 있었다.

"뭐하다니? 엿듣지 말라면서. 이제 당당하게 들으려고."

미안해하는 기색은 털끝만치도 없었다. 나는 한숨을 내쉬었다.

"기어코 듣겠다는 거구나……."

"나하고도 상관있는 이야기잖아! 내 외할아버지, 외할머니이기도 하니까."

아야카는 콧김을 내뿜으며 주장했다. 그 말도 일리가 있었다. 아야카 역시 관계자였다.

"마리 할머님의 남편이 우리 외할아버지면, 구가야마 집안사람들은 우리 친척인 셈이네. 쓰루요 아주머니는 이모, 히로코 언니는 사촌이고……. 아, 마리 할머님은 아니구나. 우리 진짜 할머니는 후카사와에 사신다니까."

아야카는 여기저기 손가락을 흔들며 혼자서 고개를 끄덕였다.

"아야카, 우리만 알고 있자. 쓰루요 아주머니와 히로코가 사정을 모를 수도 있으니까."

시오리코 씨가 진지한 표정으로 못을 박았다. 적어도 구가야마 히로코는 시오리코 씨 자매와 이종사촌지간이라는 사실을 전혀 반길 것 같지 않았다. 시오리코 씨와의 혈연관계에 더욱 반발심을 느끼지 않을까.

"나도 알아……. 그래도 할머니는 만나 보고 싶어. 이렇게 가까이 사는데도 왕래가 없다니 너무 아쉬워."

후카사와 쪽을 가리키며 아야카가 말했다. 상대가 좋다 고만 하면 당장 내일이라도 찾아가 데려올 기세였다. 좋은 뜻으로 거리낌 없고 삐뚤어진 구석 없는 성격이었다.

"그건 그렇고, 언니 괜찮아?"

"……뭐가?"

"돈 말이야. 다자이 오사무 책 살 돈. 우리 집에 팔백만 엔이나 낼 여유가 있어?"

아야카는 거침없는 말투로 핵심을 찔렀다. 시오리코 씨 가 멋쩍은 듯 나를 힐끗 보았다. 역시 돈이 부족한 건가.

"괜찮아. 언니가 어떻게든 구할 거야."

시오리코 씨는 단칼에 대답했다. 동생은 납득이 가지 않 는다는 표정이었지만, 갑자기 두 팔을 벌려 언니를 껴안았 다. 언니도 당연하다는 듯 마주 안았다. 이 자매는 서로 포 옹하는 습관이 있었다. 잠시 후 둘은 아무 일도 없었던 양 떨어졌다.

"오늘은 이쯤 해 둘게! 하지만 돈 문제로 곤란한 일 생기면 나한테 말해. 집안 살림 가계부는 내가 쓰니까. 그럼 난 학원 다녀올게. 슈퍼 들러서 장도 볼 거라 늦을지도 몰라."

말을 마친 아야카는 안채로 들어갔다. 당연한 일인 양 집 안일도 도맡아 하고 있었지만, 입시 준비와 병행하기 쉽지

않을 터였다. 문이 닫힌 후에도 우리는 한동안 아무 말도
하지 않았다.

"가게 재정만 놓고 보면 별 문제없을 것 같아요."

궁금해하는 내 속내를 알아챘는지 시오리코 씨가 겨우
말문을 열었다.

"그거 말고 또 뭐가 있습니까?"

"음…… 다음에 말할게요. 다이스케 군도 알아야 할 것
같아서요."

이 자리에서 이야기하기 힘든 일 같았다.

"그보다 마음에 걸리는 게 있어요. ……요시와라 씨와의
거래, 이걸로 마지막이 아닐지도 몰라요."

"그 영감이 또 뭐라고 했습니까?"

"그건 아니지만…… 그분의 의도가 결국 무엇이었는지
지금으로서는 전혀 짐작이 가지 않아서요. 『만년』을 비싸
게 파는 것 말고도 뭔가 있는 것 같은데."

시노카와 지에코와 닮은, 마음속 깊은 곳까지 들여다보
는 듯한 노인의 눈빛이 뇌리에 떠올랐다. 분명히 돈 때문이
라고만 하기에는 이해가 가지 않는 부분도 있었다.

"이것 좀 보세요."

시오리코 씨는 카운터에 놓아 둔 얇은 책을 집어 표지를
내밀었다. 『인육담보재판』. 그 노인이 다자이의 『만년』과

함께 두고 간 고서였다. 나는 책을 받아 책장을 넘겼다. 표지는 얄팍했고 본문도 이삼십 페이지밖에 되지 않았다.

상당히 오래된 책인 듯 한자도 모두 옛날 한자였다. 행갈이나 구두점도 전혀 찾아볼 수 없었다.

……여기에 돈이 있으니 당장 넘기라는 요구를 판관 포셔가 부드러운 목소리로 말리며 바사니오여 서두르지 마시오 샤일록은 계약대로 살덩이 1파운드가 아닌…….

순간적으로 눈앞이 어질했다. 고개를 흔들며 시선을 들었다. 최근에는 책을 못 읽는 '체질' 도 조금 나아졌지만, 이렇게 글자가 빼곡한 책은 아직 버거웠다. 내용은 하나도 알아볼 수 없었다. 제목에 '재판' 이 들어간 걸 보면 법정 다툼일지도 모른다.

"요시와라 씨는 이 책을 넘긴 뒤에 우리 반응을 노골적으로 살폈죠. ……저기, 괜찮아요?"

시야 바깥에서 시오리코 씨의 목소리가 들렸다. 괜찮다고 대답하며 다시 『인육담보재판』을 보았다. 즉, 뭔가 의미가 있는 책인 것이다. 단숨에 마지막 장을 넘겨 판권장을 확인했다. 출판사는 가쿠메이도라는 곳이었고, '번역인' 은 이노우에 쓰토무. 그리고 '메이지 19년 8월 9일' 이라고 인쇄되어 있었다.

"메이지 19년이라면……."

"1886년이죠. 지금으로부터 130여 년 전이에요."

시오리코 씨가 기다렸다는 듯 대답했다. 조금만 더 거슬러 올라가면 에도 시대다. 지금까지 비블리아 고서당에서 보았던 어떤 책보다 오래된 책이었다.

"이 책은 희곡을 번안한 거예요. 유명한 작품을 처음 일본어로 옮긴 책 중 하나죠. 1886년에 간행된 이 책은 재판이고, 다른 출판사에서 1883년에 처음 출간되었어요."

여전히 책 이야기만 나오면 시오리코 씨는 마치 딴사람처럼 달변을 쏟아 낸다.

"번안이라면 외국 희곡인가요?"

"네. 다이스케 군도 제목은 들어 본 적 있을 거예요."

1883년에 번안되어 출판되었다면, 작품은 그 이전에 발표되었다는 소리다. 해외 고전문학은 나에게 너무나 아득한 존재였다. 지금까지 계속 출판된다는 건 오랫동안 사랑받는 작품이라는 거겠지.

"……전혀 모르겠는데요."

백기를 든 나에게 시오리코 씨가 답을 내놓았다.

"윌리엄 셰익스피어의 「베니스의 상인」이에요."

5

아, 소리칠 뻔했다.

아무리 나라도 「베니스의 상인」은 들어 본 적 있다. 인간의 살덩이를 담보로 돈을 빌려주는 악덕 고리대금업자가 재판에서 호되게 당하는, 그런 이야기였던 것 같다. 생각해 보니 『인육담보재판』이란 제목이 내용을 그대로 표현하고 있었다. 아까 읽은 문장에서도 '살덩이'며 '계약'이라는 단어가 등장했다.

물론 희곡을 읽어 본 적은 없었고, 연극으로 본 적도 없었다. 「베니스의 상인」뿐 아니라 다른 셰익스피어 작품 역시 마찬가지였다.

"셰익스피어라면······「로미오와 줄리엣」을 쓴 사람이죠?"

"네. 가장 널리 알려진 작품은 역시 「로미오와 줄리엣」이죠. 영화로도 여러 번 만들어졌고요."

그 작품만큼은 나도 줄거리를 파악하고 있었다. 레오나르도 디카프리오가 주연한 영화를 보았기 때문이다. 적대하는 두 가문에 태어난 남녀가 사랑에 빠졌지만 결국에는 죽음을 맞이한다는 비극적인 내용이다. 어머니가 디카프리오의 팬이라 집에서 DVD를 질리도록 봤다. 영화는 현대 배경으로 각색되었다.

"셰익스피어는 어느 시대 사람입니까?"

교과서에 등장하는 먼 옛날의 위인이라는 이미지밖에 없었다. 초상화도 어렴풋이 기억이 날 듯 말 듯했다.

"1564년에 잉글랜드 중부 스트랫퍼드어폰에이번에서 태어나, 16세기에서 17세기 초까지 런던에서 극작가로 활동한 사람이에요. 1616년에 52세를 일기로 사망했죠. 일본으로 따지면 아즈치 모모야마 시대에서 에도 시대 초기에 해당하네요. 태어난 해와 사망한 해가 도쿠가와 이에야스랑 같아요. 셰익스피어 본인에 관련된 자료는 거의 남아 있지 않아서, 그 생애는 베일에 싸여 있지만요."

시오리코 씨는 막힘없이 술술 대답했다. 일본으로 따져 보니 아주 먼 옛날 사람처럼 느껴졌다. 전국시대의 무장과 비슷한 시기에 태어나 활동한 사람이었다.

"하지만 세상에서 가장 유명한 문학자 중 한 사람이에요. 일본에서도 이 『인육담보재판』이 출판된 메이지 10년대부터 본격적으로 번역이나 번안이 이루어져서, 시대를 초월한 사랑을 받았죠. 요즘에도 새 번역으로 전집이 출간되었고요."

그러고 보니 나도 서점에 셰익스피어 희곡집이 늘어선 걸 본 적이 있었다. 연극으로 보는 것뿐 아니라 책으로 읽는 사람도 많은 모양이었다.

"작품이 뭐가 있었죠?"

"여러 가지예요. 일단은 비극으로 「로미오와 줄리엣」뿐 아니라 4대 비극이라 불리는 작품들도 무척 유명해요. 「햄릿」, 「맥베스」, 「오셀로」, 「리어왕」……."

"그러고 보니 다 들어 본 것 같아요. 아, 「오셀로」는 처음 듣는 것 같지만요."

"「오셀로」도 제목은 널리 알려졌어요. 오셀로라는 보드게임 있잖아요, 앞뒤가 흑백으로 된 동그란 말로 하는……. 기원이 된 게임은 리버시라는 이름이었다고 하지만요."

"아……. 그 게임의 기원이 셰익스피어였습니까?"

시오리코 씨는 고개를 끄덕였다.

"「오셀로」는 중세 이탈리아를 배경으로 무어인[Moors, 711년부터 이베리아 반도를 정복한 아랍계 이슬람교도] 장군 오셀로가 부하인 이아고의 계략에 빠져 질투에 미친 나머지 아내 데스데모나를 죽인다는 이야기예요. 오셀로와 데스데모나의 피부색과, 등장인물들이 쉴 새 없이 태도를 바꾸는 전개에서 따왔다고 해요."

처음 듣는 이야기였다. 의외로 생활과 밀접한 작가였구나.

"그러고 보니 셰익스피어의 비극 중에 유명한 대사가 있었죠. '죽느냐 사느냐' 라는……."

"To be, or not to be, that is the question. 「햄릿」에 나오는 대사죠."

시오리코 씨가 눈을 반짝이며 대답했다. 의외로 평범한 영어 발음에 내심 친근감이 들었다.

"중세 덴마크 왕가를 무대로, 아버지가 암살당한 뒤 왕자 햄릿이 범인인 숙부에게 복수를 결심하면서, 자신의 인생을 고민하는…… 그야말로 고뇌하는 장면의 대사예요. 우유부단한 일면도 있는 청년 햄릿의 인물상은 후세 문학에 큰 영향을 미쳤죠. 다자이 오사무도 「햄릿」에서 영감을 얻어 『신(新) 햄릿』이라는 장편소설을 썼어요."

우유부단한 청년이라. 다자이 오사무나 그의 팬들이 자신과 동일시할 법한 캐릭터였다. 햄릿은 덴마크의 왕자지만. 불현듯 든 의문에 나는 고개를 갸웃거렸다.

"음? 「햄릿」도 그렇고 「오셀로」도 영국을 배경으로 한 이야기가 아니네요. 작가는 영국 사람인데."

"엘리자베스 왕조 이전의 잉글랜드 왕가를 무대로 한 역사극은 많아요……. 하지만 셰익스피어가 활동했던 당시 영국을 배경으로 한 희곡은 거의 없어요. 「줄리어스 시저」나 「안토니우스와 클레오파트라」 같은 작품은 고대 로마가 배경이고요. 셰익스피어는 다양한 시대를 배경으로 다채로운 장르의 이야기를 집필하는, 자유분방한 작풍으로 인기를 끌었다고 해요. 희극도 여럿 썼고요."

"희극이요?"

나는 되물었다. 「로미오와 줄리엣」 때문인지 굳이 따지자면 심각한 작품을 쓰는 작가라는 이미지가 강했다.

"네. 심각한 요소가 섞인 내용도 많아서, 어디까지 희극으로 분류해야 할지는 애매하지만…… 대표적인 작품으로 「말괄량이 길들이기」, 「뜻대로 하세요」, 「한여름 밤의 꿈」, 「사랑의 헛수고」, 「헛소동」 등이 있어요."

시오리코 씨는 술술 작품명을 읊었다. 희극을 대표하는 작품도 꽤 많았다. 대체 희곡을 얼마만큼 쓴 걸까. 그리고 제목들도 다 한 번쯤은 들어 본 것들이었다.

"……물론 「베니스의 상인」도 유명한 희극이에요."

"그렇군요……. 아, 「베니스의 상인」이 희극이에요?"

살덩이 운운하는 끔찍한 내용이라 필시 어두운 이야기라고 생각했는데.

"다양한 요소가 뒤섞여 있지만, 일단 희극으로 분류되는 작품이에요. 셰익스피어의 희곡 제목에는 법칙이 있어서, 비극이나 역사극 같은 내용이 심각한 작품은 등장인물의 이름을 제목으로 썼죠. 이 「베니스의 상인」도 그 법칙을 따랐지만 다른 희극은 해당되지 않아요."

나는 시오리코 씨가 읊은 희곡의 제목을 떠올렸다. 듣고 보니 모두 그랬다.

"줄거리를 잘 몰라서 그러는데…… 어떤 면이 희극이라는 거죠?"

"음, 어디서부터 설명해야 할까……."

시오리코 씨는 곁에 있던 의자에 앉으라고 권하더니, 본인도 자연스레 다른 의자에 앉았다. 이야기가 길어질 것 같았다. 지금이 영업 중이라는 사실은 머릿속에서 떨쳐 냈다. 이쪽이 더 재미있을 것 같았다.

"이야기는 베니스의 청년 바사니오가 아름다운 상속녀 포셔에게 구혼하기 위해 친구인 무역상 안토니오에게 자금 원조를 부탁하는 장면에서 시작돼요. 마침 수중에 돈이 없었던 안토니오는 유대인 고리대금업자 샤일록에게 돈을 융통해 줄 것을 부탁하지만, 안토니오에게 악감정을 가졌던 샤일록은 기한 안에 갚지 못하면 1파운드의 살을 내놓아야 한다는 조건을 걸었어요."

"살덩이 1파운드면, 대충 어느 정도입니까?"

"오백 그램이 좀 안 되니까…… 대충 이 정도일까요."

시오리코 씨는 두 주먹을 하나로 붙였다. 꽤 컸다. 부위에 따라서는 확실히 사망에 이를 크기였다.

"안토니오는 그 조건을 받아들이지만, 태풍으로 상선을 잃는 바람에 기한 안에 빌린 돈을 갚지 못하게 되고, 샤일록은 계약을 이행하라고 으름장을 놓아요. 주변의 설득에도 불구하고 샤일록은 기어코 안토니오에게 1파운드의 살덩이를 받아 내겠다고 요구하죠."

어느샌가 머릿속에서 샤일록의 모습은 달걀 모양 머리의 노인이 되어 있었다. 요시와라 기이치도 『만년』을 팔겠다며 터무니없는 금액을 불렀다. 그 역시 샤일록처럼 시오리코 씨에게 어떠한 악의를 품고 있었을지도 모른다.

나는 카운터에 놓인 『인육담보재판』을 보았다. 그러고 보니 시오리코 씨도 아까 이 책을 남기고 간 데 필시 어떠한 의미가 있을 것이라고 했다.

"……이 『인육담보재판』이 요시와라 씨의 시험일지도 모른다는 생각이 들어요."

시오리코 씨가 중얼거렸다. 어느샌가 그녀도 책을 보고 있었다.

"시험이요?"

"이 책으로 제 지식의 깊이를 시험해 보려던 게 아닐까 싶어요."

아닌 게 아니라 시오리코 씨가 이 책을 살펴보던 때에도 요시와라는 그녀의 움직임을 줄곧 눈으로 좇고 있었다. 무엇 하나 놓치지 않겠다는 양.

"그분이 이렇게 말씀하셨죠……. '지금은 이 세상이 모두 무대다 생각하니 익숙해지더군요. 세상 사람들은 모두 제 역할을 연기하는 배우니까요.' 라고요."

"아, 그러고 보니 그랬죠."

나는 고개를 끄덕였다. 범상치 않은 표현이라 기억에 남아 있었다.

"이 세상은 무대고, 사람들은 그 위에서 연기하는 배우라는 발상은 셰익스피어의 희곡에 종종 등장하는 사고방식으로, 테아트람 문디(theatrum mundi)······ '세상은 극장이다' 라는 뜻이죠. 「베니스의 상인」 제1막에서도 안토니오는 친구에게 이렇게 말하죠. '세상이야 세상일 뿐. 그라티아노, 세상은 무대야. 누구나 배역을 맡아야 해.' 라고."

그 노인이 했던 말과 비슷했다. 단번에 그걸 간파하는 시오리코 씨도 보통내기는 아니었다. 그때 요시와라는 의미심장하게 눈을 찡긋했다. 마치 연기하는 배우처럼. 명확히 언급하지는 않았지만, 곳곳에서 「베니스의 상인」을 암시하고 있었던 것이다.

"시오리코 씨가 셰익스피어를 잘 아는지, 확인해 봤던 겁니까?"

"네. 그리고 어떤 이야기를 들으면 동요하는지······ 어머니가 자주 쓰는 방법이었죠."

요시와라의 태도에서 시노카와 지에코를 떠올린 건 나뿐

만이 아니었다. 친어머니의 일이니 알아챌 법도 했다.

"그래서 내색을 안 한 겁니까?"

긴장은 하고 있었지만, 시오리코 씨는 그 외의 감정은 거의 드러내지 않았다. 시노카와 지에코의 이름이 나오기 전까지는.

"네, 뭐…… 마지막에 삐끗했지만요."

시오리코 씨는 한숨을 내쉬었다. 아니, 무엇을 내밀어도 낯빛 하나 달라지지 않는 시오리코 씨를 보고 요시와라는 내심 조바심을 냈을지도 모른다. 그래서 비장의 카드로 지에코의 이름을 꺼낸 것은 아닐까. 정작 놀라서 반응한 건 나였지만.

"아, 미안해요.「베니스의 상인」줄거리를 설명하는 중이었죠."

가라앉은 분위기를 바꾸려는 듯 시오리코 씨가 환한 목소리로 말했다. 그러고 보니 그랬다. 나는 자세를 바로 했다.

"살덩이 1파운드를 담보로 설정한 계약을 둘러싼 다툼은 법정으로 무대를 옮겨요. 샤일록은 증서를 바탕으로 안토니오를 살해하려 하지만, 그의 친구 바사니오와 결혼한 포셔의 기지로 살을 도려낼 때 단 한 방울도 피를 흘려서는 안 된다는 조건을 들어 위기를 모면하죠."

"아, 그래서 이겼군요."

피를 흘리지 않고는 살을 도려낼 수 없다. 그런 장치였나. 이제야 제대로 알았다.

"네. 재판에서 진 샤일록은 안토니오 살해 미수로 유죄 판결을 받아 전 재산을 몰수당하지만, 베니스 공작의 자비로 딸에게 재산의 절반을 양도하고, 기독교로 개종하는 조건으로 용서를 받게 되죠."

"네? 왜 거기서 기독교가 등장하는 겁니까?"

이 이야기하고는 별 상관이 없는 것 같은데. 시오리코 씨는 벌레라도 씹은 듯 얼굴을 찌푸렸다.

"실은 「베니스의 상인」에는 문제가 되는 내용이 있는 데…… 기독교도가 유대인을 박해하는 장면이 긍정적으로 그려져 있어요. 탐욕스럽고 집요한 샤일록의 인물 설정은 당시 유대인에 대한 편견을 그대로 드러내고 있고, 기독교도인 안토니오는 고리대금업자에 유대교도인 샤일록을 평소에도 혹독하게 비판하며 침까지 뱉었죠."

"샤일록이 안토니오에게 원한을 가질 법도 하네요."

"그렇다고 상대의 목숨을 빼앗으려 한 건 지나치다고 생각하지만요. 당시 관객들은 유대인 수전노가 마지막에 호되게 당하는, 통쾌한 희극으로 받아들였겠죠. 이 희곡이 집필된 당시, 런던에는 유대인이 얼마 없었기 때문에 비싼 이자를 받고 돈놀이를 하는 이교도라는 유대인에 관한 편견이 그대로 유포되었다고 해요."

"지금도 상연되고 있죠?"

예전에 데즈카 오사무의 『블랙잭』의 한 에피소드가 장애인 단체의 항의로 단행본에 실리지 못했다는 이야기를 시오리코 씨에게 들은 적이 있었다. 수백 년 전에 쓰여진 작품이라도, 지금 시대에 불편하게 느끼는 사람들은 분명 있지 않을까.

"전 세계에서 상연되고 있죠. 문제가 되는 부분이 있지만, 한편으로는 다양한 해석을 허용하는 내용이니까요. 셰익스피어는 샤일록을 평범한 악역이 아니라, 상처받고 분노하는 인간으로 세밀하게 묘사했어요. 오래도록 자신의 신앙과 직업을 부정당한 탓에 복수를 위해 안토니오를 해치려 하는…… 딸이 기독교도 연인과 사랑의 도피를 하자 한탄하는 장면이 특히 유명하죠. 자신을 멸시하고 소중한 딸을 빼앗아 간 기독교도에게 샤일록은 이렇게 외쳐요.

'유대인은 눈이 없나? 유대인은 손이 없는가? 오장육부, 사지, 감각, 감정, 희노애락이 없는가? 기독교도와 같은 음식을 먹고, 같은 무기로 상처를 입으며, 같은 병에 걸리고, 같은 치료를 받으며, 겨울에는 같은 추위를, 여름에는 같은 더위를 느끼지 않는단 말인가.'"

시오리코 씨가 맑은 목소리로 담담하게 되뇌었다. 격정

적인 대사를 돋보이게 하는 목소리였다. 그것만 들으면 실재하는 차별을 부정하는 내용으로밖에 보이지 않았다.

"민족차별이 공식적으로 금지되지 않았던 시대에 악역에게 이런 대사를 읊게 한 셰익스피어의 비범함이 엿보이죠. 근대 이후 상연되는 「베니스의 상인」에서는 관객들이 샤일록에 감정 이입하도록 연출하는 경우도 많다고 해요. 「베니스의 상인」을 샤일록의 비극으로 그려내는 거죠…… 그런 해석이 가능하다는 점에서도, 뛰어난 희곡이라고 생각해요."

내 안에는 아직 조금 전 대사의 여운이 남아 있었다. 셰익스피어를 높이 평가하는 이유를 조금이나마 알 것 같았다.

"……샤일록의 피해자적 측면을 너무 강조하다 보면, 안토니오 측의 드라마가 희석되면서 극이 부자연스러워지죠."

우리는 반사적으로 자리에서 일어났다. 이야기에 푹 빠져서 인기척도 느끼지 못한 모양이었다. 검은 폴로셔츠에 면바지를 입은 자그마한 남성이 좁은 통로에 서 있었다. 하얀 피부에 푸르스름한 면도 자국이 남아 있었다. 머리카락과 이마의 경계선을 보아하니 적어도 30대 후반은 된 것 같았다.

본인도 말해 놓고 놀란 눈치였다. 이야기에 열중한 우리에게 말을 걸려고 타이밍을 재다가 저도 모르게 입 밖으로 말이 튀어나온 것 같았다. 셰익스피어의 희곡을 좋아하는 사람인지도 모른다.

"아, 죄송합니다. 어떻게 오셨죠?"

자리에서 일어난 시오리코 씨가 묻자 남자는 불쾌한 듯 미간을 찡그렸다.

"저는 그냥 따라온 겁니다. 볼일이 있는 건 저희 아버지시고요."

남자의 등 뒤에서 지팡이를 짚은 노인이 빼꼼 얼굴을 내밀었다. 비슷한 키에 아들과 생김새도 닮았지만, 볕에 그을린 까무잡잡한 피부가 건강해 보였다. 하얀 린넨 재킷 아래 요즘에는 보기 드문 루프 타이를 매고, 머리에는 리본이 달린 밀짚모자를 쓰고 있었다.

"아이고, 안녕들 하십니까. 날씨가 아주 찜통이네요."

노인은 불안정한 자세로 모자를 벗고 큰 소리로 인사를 건넸다. 말이 끝나자마자 균형을 잃고 쓰러지는 노인을 아들이 부축했다. 두 사람은 그 자세 그대로 시오리코 씨 쪽으로 다가왔다.

"나는 미즈키라고 하네. 미즈키 로쿠로. 아가씨가 시노카와 시오리코 양 되는가?"

"아, 네……"

시오리코 씨가 대답했다. 그녀의 풀네임을 아는 걸 보니, 고서 매매를 하러 온 손님은 아닌 것 같았다.

"실은 말이지, 내가 아가씨의, 이걸 뭐라고 해야 하나. 한 마디로……."

노인은 눈을 감고 모자를 흔들기 시작했다. 모두가 지켜보는 가운데 침묵이 흘렀다. 결국 한 마디로 설명할 말을 찾지 못했는지, 단념한 듯 모자를 카운터에 내려놓고 결의에 찬 얼굴로 본인을 가리키며 말했다.

"난 미즈키 로쿠로!"

나는 이를 악물며 웃음을 참았다. 자기소개부터 다시 할 작정인 듯했다.

"집사람은 미즈키 에이코…… 아가씨의 외할머니야."

시오리코 씨가 숨을 삼키는 게 느껴졌다. 처음으로 그녀의 외할머니의 이름을 알았다. 나뿐 아니라 그녀도 처음 듣는 이름일 것이다. 미즈키는 지팡이를 탁 놓더니 비틀거리며 두 손으로 카운터를 짚고는 시오리코 씨에게 고개를 숙였다.

"염치없지만 내 부탁 좀 들어주겠나. 집사람…… 에이코의 책 때문에 왔네."

6

"호오, 집이 참 근사하군."

미즈키 로쿠로는 자리에 앉자마자 실눈을 뜨고 응접실을 둘러보았다. 어제 요시와라 기이치와 이야기를 나눴던 곳이다.

"벼, 별말씀을요……. 오래된 집이라……."

시오리코 씨가 어깨를 움츠리며 대답했다.

"아니야, 역시 전통이 살아 있는 전통가옥이 편해. 우리도 예전에는 주택에 살았는데, 단차도 있고 계단도 경사가 급하지 않나, 이런 집. 몸도 예전처럼 말을 듣지 않아서, 이 년 전쯤에 후카사와 역 근처 맨션으로 거처를 옮겼다네. 아들 녀석은 같은 맨션 다른 층에 살고…… 아이고, 고맙네."

노인은 옆에 앉은 아들을 가리키며, 보리차를 내어 온 나에게 감사 인사를 했다. 아들은 말없이 고개를 숙일 뿐이었다. 아까부터 이름도 말하려 하지 않았다. 아버지를 따라왔을 뿐이라는 말대로 어색한 기색을 감추지 않았다.

한편 아버지 쪽은 무척 들뜬 기색이었다. 말 많고 성격 좋은 호인처럼 보였지만, 어제 만난 요시와라 같은 사례도 있으니 겉보기로만 판단할 수는 없었다. 나는 경계심을 늦추지 않았다.

"죄송하지만 저는 외할머니……에 대해서 어머니께 아무 이야기도 듣지 못했어요. 실례지만 언제 결혼하셨는지 여쭈어도……."

노인은 진지한 표정으로 찻잔을 내려놓았다.

"실례랄 게 있나. 아가씨들이 여기 사는 줄 알면서도 찾아와 보지도 않았던 우리 잘못이지. 오랫동안 미안했네."

다시 공손히 고개를 숙인 노인은 한동안 그 자세를 유지하다 쑥스러운 듯 웃으며 말을 이었다.

"결혼을 언제 했느냐고 물었지. 집사람과 합친 지도 벌써 30년 가까이 되었군. 아가씨 어머니…… 지에코 양이 이 댁에 시집오고 나서였어. 나는 먼저 떠난 전처에게서 자식을 둘 보았고, 아들 녀석 위로 터울이 많이 나는 큰딸이 있는데, 그 애가 출가한 뒤 바로 집사람과 살림을 합쳤지."

나는 머릿속으로 사건을 정리했다. 한마디로 애 딸린 남녀가 만나 재혼했다는 것이다. 당연히 상대방의 자식과는 피가 섞이지 않았다. 아까 노인이 시오리코 씨와의 관계를 한마디로 정의하지 못한 까닭도, 직접적인 혈연관계는 없기 때문이다.

"당시 오십 줄에 접어든 나이라 잔병치레도 잦았지. 배우자 없이 살아온 세월도 길었고, 서로 가슴 한구석이 허하고 그랬어. 류지야, 어머니가 왔을 때 네가 몇 살이었지?"

노인은 아들에게 말했다. 이제야 이름이 밝혀졌다.

"11살인가 12살이었을 거예요."

미즈키 류지는 성가신 듯 대답했다. 어머니를 일찍 여의

고, 터울이 지는 누나는 결혼해 집을 나가고, 초등학교 고학년에 새어머니를 맞이했다. 쉽게 받아들이기에는 너무 머리가 컸고, 아버지의 아내라고 쿨하게 인정하기에는 너무 어린 나이였다. 모자 사이는 그리 좋지 않았던 게 아닐까.

"지금은 두 분이 같이 사시나요?"

"그렇다네. 아들이 대학에 들어가 자취를 시작한 뒤로는 집사람하고 내내 단둘이 살았어. 졸업하고 가업을 이은 뒤에도 집으로 들어오지 않고 근처 맨션에 따로 집을 얻더군."

노인은 부루퉁한 표정으로 아들을 힐끗 보았다. 아버지는 같이 살기를 원하는 것 같았다.

"독립을 할 거면, 한시라도 빨리 제 가정을 꾸렸으면 하는 게 부모 마음 아니겠나. 내일모레 마흔인데도 아직 홀몸이라니……"

이야기가 하소연으로 흘러가려고 했다. 미즈키 류지의 얼굴이 굳어졌다.

"지금 그런 얘기를 왜 해요."

작은 소리로 아버지에게 말하는 그가 내심 안쓰러웠다. 결혼하든 말든 본인의 자유일 테고, 초면인 우리에게 사생활을 드러내고 싶지도 않을 터였다.

"아드님이 가업을 이으셨다고 하셨는데…… 회사를 경영하시나요?"

시오리코 씨가 화제를 바꿨다. 노인은 손사래를 치며 대답했다.

"그런 거창한 건 아니고, 그냥 동네 치과야. 모노레일 후카사와 역 옆을 지나면 낡은 빌딩 2층에 '미즈키 치과'라는 간판이 보이는데, 거기가 우리 병원이네."

나는 기억을 더듬었다. 그러고 보니 그런 간판을 본 것도 같았다.

"지금은 아들 녀석에게 맡기고 나는 일선에서 물러나 조용히 쉬고 있지. 하지만 오래된 단골들은 내가 진료를 보기 때문에, 일주일에 한두 번은 병원에 나가지만."

"저희 할머니와는…… 어디서 만나셨나요?"

"우리 병원 환자였네."

미즈키 로쿠로는 하얀 이가 보이게 씩 웃었다. 역시 치과의사라 그런지 치아 상태가 좋아 보였다.

"집사람이 아니라 지에코 양이. 초등학생이었을 때 에이코의 손을 잡고 충치 치료를 하러 왔지. 그때부터 심지가 굳고 똑 부러지는 아이였지."

미즈키는 추억에 잠긴 듯 아련한 눈빛으로 말했다. 어린 시절의 시노카와 지에코라니, 도저히 상상이 가지 않았다. 인간이 하루아침에 어른이 될 리도 없으니 당연히 어린 시절이 있을 텐데.

"기다리는 동안 집에서 가져온 두꺼운 책을 몇 권씩 쌓아 놓고 어머니와 같이 읽었지. 모두 어려워 보이는 책이라 대기실에서도 눈에 띄는 모녀였어."

시오리코 씨는 당연하다는 듯 고개를 끄덕였다. 그녀 역시 어릴 적에 비슷한 경험을 했던 게 분명했다. 시노카와 지에코와 함께 책을 쌓아 놓고…… 순간 스쳐 지나간 생각에 나는 퍼뜩 고개를 들었다.

"그럼 시오리코 씨의 할머님…… 에이코 씨도 책을 좋아하는 분이십니까?"

저도 모르게 대화에 끼어들었다. 그러고 보니, 미즈키 로쿠로는 아까 집사람의 책 때문에 부탁할 일이 있다고 했다.

"그런 편이지. 직업상 좋아할 수밖에 없고. 지금도 서점에 자주 들른다네."

"저기, 실례지만 어떤 일을……?"

시오리코 씨의 물음에 미즈키는 펜으로 무언가를 적는 시늉을 했다.

"프리랜서 번역가라네. 예전에는 출판 번역도 잠깐 했다고 들었는데, 주로 했던 일은 실무 번역이라고 할까, 기업의 계약서나 자료 같은 걸 일본어나 영어로 번역하는 작업이었네. 이제는 은퇴한 지 오래지만…… 이름 때문인지 영어에 아주 능통한 사람_{에이코라는 이름과 일본어로 영어를 뜻하는 에이고英語}

의 발음이 비슷한 것을 이용한 언어유희이야."

하하하. 노인은 어깨를 들썩이며 호탕하게 웃었다. 아들의 표정이 다시 구겨졌다. 평소에도 지겹게 들은 농담인 듯했다.

"할머니께서는 젊었을 적부터 번역 일을 하셨나요?"

책이라는 단어가 나온 순간, 시오리코 씨는 딴사람이 된 듯 들뜬 목소리로 말을 이었다. 시노카와 집안은 조부모 대부터 고서나 책에 관련된 일을 하는 사람들뿐이었다. 그보다 더 거슬러 올라가도 그럴지도 모른다. 시오리코 씨 같은 사람이 태어난 것도 당연하다고 할까.

"여대 영문과에 재학 중이던 시절부터 아르바이트로 조금씩 번역 일감을 받은 것 같은데, 일을 본격적으로 시작한 건 지에코 양이 태어나고 나서부터였다고 들었네. 집에서 아이를 키우며 할 수 있는 일이니까. 번역 일로 딸을 키워서 대학원까지 보냈으니 참으로 대단하지……. 그 때문에 과로해서 건강을 해쳤지만."

시오리코 씨가 '아!' 하고 소리를 냈다. 뭔가 짐작 가는 게 있는 눈치였다.

"혹시 어머니가 대학원을 그만둔 게 그 때문인가요?"

"알고 있었나."

미즈키 로쿠로가 고개를 끄덕였다. 시노카와 지에코는

'가정 사정'으로 대학원을 그만두고 비블리아 고서당에서 일하기 시작했다고 들었다.

"그러면 집사람과 지에코 양이 부모 자식 간의 인연을 끊었다는 이야기도 들었겠군."

"네?"

처음 듣는 이야기다. 시오리코 씨도 어안이 벙벙한 눈치였다.

"어, 어째서죠?"

"지에코 양이 이곳에서 일하기 시작한 걸 알았기 때문이지. 집사람은 고서점 일이라면 질색을 했어. 남의 약점을 잡아서 책을 헐값에 사들여, 비싸게 되파는 일이라면서…… 아, 내가 실례되는 소리를 했군. 나도 그런 고서점이 얼마나 있겠느냐고 전부터 말은 했지만……."

그 말에 선뜻 수긍할 수는 없었다. 남의 약점을 잡아 『만년』 초판본을 비싸게 팔아치운 고서 업자가 바로 어제 이 자리에 앉아 있었으니까.

"왜 그렇게까지 고서점을 싫어하신 걸까요?"

시오리코 씨의 물음에 그때까지 술술 대답했던 미즈키가 처음으로 말을 흐렸다.

"그건…… 에이코가 젊었을 적 고서 업자에게 속은 적이 있어서야."

"속았다고요?"

"그래. 대학교를 졸업하기 전, 에이코는 학교 도서관에 드나들던 고서 업자와 사귀었는데, 그자는 처자식이 있으면서도 그 사실을 감쪽같이 숨겼어. 결국 사실을 알게 된 에이코가 단호하게 관계를 정리하려 했을 때에는 이미 배 속에 아이가 있었지. 그 고서 업자가 지에코 양의 아버지인데……."

"구가야마 쇼다이 씨 맞죠?"

시오리코 씨는 씁쓸한 표정으로 말했다. 일단 경칭을 붙이기는 했지만, 할아버지라고 부르는 데 거부감이 있는 모양이었다. 미즈키는 숨을 삼키며 대답했다.

"거기까지 알고 있었다니…… 그자가 맞네. 나도 만나본 적은 없지만, 구가야마와 헤어진 뒤로 집사람은 고서점 근처에는 얼씬도 하지 않겠다고 결심한 모양이야. 아가씨를 만나러 오지 않은 것도 그 때문이었네. 의지가 강하다고 할지, 융통성이 없다고 해야 할지……."

그는 한숨을 내쉬더니 다시 말을 이었다.

"구가야마는 양육비도 보내지 않으면서, 지에코 양이 크자 가게를 물려줄 테니 자기 집으로 들어오라고 한 모양이네. 집사람은 당연히 거절했고. 그런 사정이 있어서, 지에코 양이 비블리아 고서당에 취직했다는 사실을 알았을 때 크게 싸웠지."

퍼즐의 공백이 하나씩 채워지는 듯한 기분이었다. 시오리코 씨와 어머니뿐 아니라, 지에코와 그 어머니 사이에도 고서가 깊이 관련되어 있었다. 두 모녀가 모두 고서 때문에 사이가 틀어진 것이다.

"그 이야기가 어디까지 사실인지는 모르는 일 아닙니까."

줄곧 침묵을 지키던 미즈키 류지가 불쑥 입을 열었다. 로쿠로의 낯빛이 바뀌었다.

"증거가 있는 것도 아니고, 본인 이야기만 듣고 어떻게 압니까."

"고집불통이지만 거짓말은 안 하는 사람이다."

미즈키 로쿠로는 단호하게 말했다.

"너도 봐서 알지 않느냐. 고지식할 정도로 착실한 사람이야. 아무리 피가 섞이지 않았다고 해도 네 어머니인데 그런 식으로 말하면 쓰나. 너는 옛날부터 어머니 얘기만 나오면…… 미안하네, 창피한 꼴을 보여서."

미즈키 로쿠로는 우리를 향해 사과의 말을 건넸다. 역시 미즈키 에이코는 의붓아들과 사이가 원만치 않은 모양이었다. 그리고 상당히 괴팍한 인물 같았다. 남편부터가 나쁘게 말하지 말라면서 고집불통이다, 고지식하다 표현하는 걸 보면 말이다.

"그래서 저한테 부탁하실 일이라는 게……."

시오리코 씨의 물음에 미즈키 로쿠로가 설명을 시작했다.

"실은 며칠 전에 요시와라라는 골동품상이 집으로 찾아왔네. 구가야마의 제자였던 인물이지."

시오리코 씨의 어깨가 파르르 떨렸다. 요시와라 기이치. 어제 이 집에 왔던 그 노인이 미즈키 에이코에게도 찾아갔다는 건가. 불길한 예감이 요동쳤다.

"무슨 일로 찾아왔다고 하던가요?"

"요시와라는 구가야마가 소장했던 고서를 미망인에게 사들였다는데, 있어야 할 책 한 권 대신에 낡은 차용증 한 장이 들어 있었다고 하더군."

"차용증······."

시오리코 씨가 조용히 말했다.

"거기에 에이코, 집사람의 이름이 적혀 있었네······. 명목상 에이코가 구가야마에게 책을 빌려 간 것으로 되어 있었지. 책의 소유권은 구가야마에게서 그 부인으로, 그 부인에게서 자기한테 넘어왔으니, 책을 돌려 달라고 하더군."

소유권이 배턴 터치하듯 그리 쉽게 옮겨 가는 것이던가. 무엇보다 시노카와 지에코가 태어나기 전이라면, 벌써 50년 전 옛일이다. 그런 과거에 작성된 차용증에 법적 효력이 있을까?

"그 차용증은 진짜인가요?"

"일단은 그렇다고 하더군. 실은 지에코 양을 후계자로 삼겠다는 제안을 거절한 지 얼마 지나지 않아서, 구가야마 가 갑자기 낡은 외국 책을 보내 왔다고 들었네. 기분 상하 게 해서 미안하다는 뜻이었다나. 에이코는 바로 돌려주려 고 했지만, 상대가 완강히 거부했어. 빌려서 읽는 것으로 하자고 애원해서 어쩔 수 없이 차용증을 썼다는군. 집사람 도 내심 그 책에 관심이 있었던 모양이야."

나는 고개를 갸웃했다. 내가 아는 구가야마 쇼다이는 그 런 성의 표시를 할 사람이 아니었다. 억지로 책을 떠안겼다 는 점도 마음에 걸렸다.

"그런데 집사람이 그 책을 다 읽기 전에 구가야마가 세상 을 떠났어. 소식을 듣고 부인을 찾아가 책을 돌려주려고 했 지만, 그 역시 받지 않으려 했다더군. 남편이 에이코 씨에 게 꼭 받아달라고 했다면서. 그래서 하는 수 없이 책을 가 지고 돌아왔고."

그래서 차용증만 구가야마가에 남은 건가. 하지만 시오 리코 씨는 뭔가 석연치 않은 눈치였다.

"그런 사정이 있는 책을…… 소중히 간직하신 건가요?"

"그러네."

시오리코 씨의 물음에 미즈키 로쿠로는 고개를 끄덕였다.

"나하고 결혼했을 당시에는 다른 책들과 똑같이 다루는

것 같았지만, 사실 구하기 힘든 귀한 책이었던 모양이야. 십 년 전쯤에 집에 잠깐 불이 나서 표지가 탔을 때에도 처분하지 않고 새로 장정을 입혔네. 어느 업자에게 부탁해 가죽 표지를 새로 씌워서 말끔하게 수리한 뒤에는 자물쇠가 달린 선반에 넣어 놓았지. 검은 가죽 장정의 멋진 책이었어. 꼭 유럽의 어느 도서관에 있을 법한 책이었네."

양서를 취급하지 않는 이 가게에서 본 적은 없었지만, 대충 어떤 책인지 상상은 갔다. 분명 값비싼 책이리라. 시오리코 씨는 생각에 잠긴 채 말문을 열었다.

"대여에 관한 법률적 문제는 잘 모르지만…… 설령 차용증이 유효하다고 해도, 그 책을 반납할 의무가 발생하는지는 좀 더 알아봐야 할 것 같아요. 일단은 상대의 요구에 응하기 전에 법률 전문가에게 자문을 구하는 게……."

"아니, 집사람은 그 자리에서 책을 넘겨줬네."

"넘겼다고요……?"

시오리코 씨의 눈이 휘둥그레졌다.

"왜 그렇게 순순히 넘겨줬는지 이유를 물어도 입을 열지 않아. 살날이 얼마 남지 않은 처지에 나를 복잡한 일에 말려들게 하고 싶지 않아서일지도 모르지. 하지만 기꺼이 넘긴 건 아니야. 오랜 세월 함께한 나는 아네."

"그 사람, 뭔가 숨기는 게 있어요."

갑자기 미즈키 류지가 끼어들었다.

"거짓말은 안 했다고 쳐도, 본인에게 불리한 일은 말하지 않았을 수도 있죠. 책을 입수한 과정도 뭔가 석연치 않고요."

미즈키 로쿠로는 심기가 불편한 듯 얼굴을 찌푸렸지만, 나 역시 그 가능성을 부정할 수 없다고 생각했다. 미워하는 상대가 보낸 선물을 오랫동안 소중히 보관하다가 효력이 있는지도 모를 차용증 한 장에 순순히 내주다니. 뭔가 하는 행동의 앞뒤가 맞지 않아, 류지의 말대로 뭔가 숨기는 게 있다고 보는 게 자연스러웠다.

"오늘 찾아온 건 그 책을 되찾아달라는 부탁을 하기 위해서네. 내가 직접 요시와라에게 연락해서 거래 의사를 밝혔네만, 다른 업자와 이미 거래를 진행하고 있어서 안 된다고 거절하더군."

"거……."

거짓말이라고 말하려다 급히 속으로 삼켰다. 눈앞의 노인은 믿는 눈치였지만, 요시와라의 탐욕스러운 성격으로 보아 가격을 더 부르려는 꿍꿍이가 틀림없었다.

"우리 같은 문외한은 어렵겠지만, 같은 고서 업자인 아가씨라면 가능하지 않겠나. 염치없는 부탁인 줄은 아네만, 달리 부탁할 데가 없어. 물론 매입에 필요한 돈은 우리가 준비하겠네. 이 늙은이를 도와줄 수 없겠나?"

미즈키는 두 손으로 바닥을 짚고 머리를 조아렸다. 갑자기 가슴이 찡해졌다. 시오리코 씨의 할머니는 진정 좋은 동반자를 얻었다. 고집 센 아내를 위해, 만나는 것도 껄끄러운 상대를 찾아와 연신 고개를 숙이다니.

"이러지 마세요."

시오리코 씨는 낭랑한 목소리로 말했다.

"저라도 상관없으시다면 최선을 다해 보겠습니다."

퍼뜩 고개를 든 노인의 얼굴이 환하게 빛나고 있었다. 흡사 책을 되찾은 듯한 표정이었다. 시오리코 씨는 노인의 감사 인사가 끝나기를 기다렸다 물었다.

"할머니의 책은 구체적으로 어떤 것이었죠?"

"그게…… 나도 잘 모르네."

미즈키는 고개를 저었다.

"영어로 된 책이었고 표지와 책등에 지은이의 이름이나 제목도 없었어. 좌우지간 무척 큰 책이었고, 오래전에 인쇄된 책 같았다는 정도밖에……. 아마 셰익스피어의 전기나 그즈음의 작품일 거야. 책머리에 셰익스피어의 이름과 큰 초상화가 들어 있었으니까."

또다시 셰익스피어가 등장했다. 아무리 봐도 우연은 아닌 것 같았다. 요시와라는 우리에게도 『인육담보재판』을 건넸다. 뭔가 이 일과 관련이 있는 듯했다.

"일단은 제목을 알아야…… 달리 기억나시는 건 없나요? 사소한 일이라도 좋습니다."

"나도 첫 장밖에 펼쳐 본 적이 없어서……. 아, 그러고 보니 정말 별일 아닌데, 초상화 밑에 셰익스피어가 사망한 년도가 인쇄되어 있었네. 162……3년이었나."

"……셰익스피어는 그보다 일찍 죽었어요."

아들이 핀잔을 주며 정정했다. 그러고 보니 시오리코 씨도 도쿠가와 이에야스와 같은 해에 죽었다고 말해 주었다. 미즈키 로쿠로는 자신 없는 듯 목을 비스듬히 꺾었다.

"그랬나. 뭐, 내가 잘못 기억한 모양이다."

"아……!"

갑자기 시오리코 씨가 작게 비명을 질렀다. 제 목소리에 놀란 듯 두 손으로 입을 꼭 막았다. 모두의 시선이 그녀에게 쏠렸다.

"……실례했습니다."

그렇게 말하며 헛기침을 하는 시오리코 씨의 눈동자에는 강한 흥분의 빛이 어려 있었다. 그 책에 대해 뭔가 짚이는 게 있는 모양이었다.

"실은 이쪽에도 요시와라 씨가 찾아오셔서 저희가 찾는 어떤 책을 팔겠다면서, 터무니없이 비싼 가격을 부르셨어요. 책을 되찾는 것도 결코 쉽지는 않을 텐데…… 먼저 당시 상황이 어땠는지 구체적으로 알려 주시겠어요?"

"구체적인 상황이라……."

미즈키는 팔짱을 끼고 천장을 올려다보았다.

"차용증 이야기가 나오고 나서 금방이었네. 그전에는 이런저런 소문이며, 지인들의 근황 같은 이야기를 일방적으로 쏟아 냈지. 집사람은 꾹 참고 듣고 있었고. 표정이 그랬어."

"할머니와 요시와라 씨가 아는 사이셨나요?"

"그랬지. 에이코가 나와 결혼하고 나서도 우리 집에 두세 번 찾아온 적이 있었어. 집사람에게 고서를 팔러 왔다고 했는데, 그때마다 매몰차게 쫓아냈지. 지에코 양하고 아는 사이라 에이코의 취미를 들은 모양이었어.

지에코 양과는 해외 출장에서 몇 번인가 우연히 만났다고 했었어. 사진 앨범까지 가져와 지에코 양의 사진을 보여 줬지……. 업무상 사진을 자주 찍거나 수집한다고 들었어."

어제는 그런 말은 한마디도 하지 않았다. 그럴 리는 없겠지만, 어쩌면 시노카와 지에코와 한통속일 가능성도 배제할 수 없었다.

"네 이야기도 했지."

미즈키는 아들을 보며 말했다. 류지는 적잖이 당황한 눈치였다.

"난 그런 사람 모르는데요."

"아니, 집에 찾아왔을 때 인사를 나눴던 적이 있다. 네가 중학생 땐가, 고등학생 때."

아들은 기억이 나지 않는 모양이었다. 10대 시절 한 번 인사를 나눈 정도라니 그럴 법도 했다.

"요시와라는 널 기억하는 모양이더구나. 호주로 출장을 갔을 때 우연히 네 오랜 친구와 알게 되었다더군. 그쪽 대학에 일 년 동안 어학연수를 갔었잖아. 일본인 친구가 있다는 말에 얘기를 들어 보니 너였다고 하더구나."

우연히 알게 됐다는 말을 곧이곧대로 믿을 수는 없었다. 요시와라는 비블리아 고서당과 미즈키가의 정보를 사전에 수집한 것이 틀림없었다. 우리와도 초면인 척했지만, 대체적인 정보는 알고 있었다.

"⋯⋯앨범을 보면서 이야기를 나눈 뒤에 차용증 이야기를 꺼낸 건가요?"

"그랬을 거야. 때마침 택배가 와서 내가 받으러 나갔는데, 돌아와 보니 그자가 차용증을 꺼내고 있었네."

시오리코 씨는 입가에 주먹을 댔다. 한동안 생각에 잠긴 눈치였지만, 이내 어깨에서 힘을 빼고 말했다.

"몇 가지 추측은 가능하지만, 판단을 내릴 근거가 부족하네요. 할머니와 이야기를 해 볼 수 있으면 좋은데⋯⋯."

"물론이네. 시오리코 양만 괜찮다면 지금 당장 만나 보겠나?"

미즈키 로쿠로는 단박에 대답했다. 빠른 대답에 오히려 우리가 당황했다.

"지금 당장요?"

시오리코 씨가 되물었다.

"그래. 시간 끌 거 뭐 있겠나. 어차피 물어봐도 싫다고 할 테니, 그럴 거면 오늘이나 내일이나 마찬가지지."

"그러면 오늘 가 봤자 아무 말씀도 안 해 주시지 않을까요?"

나는 갑자기 들이닥치면 오히려 더 언짢아하는 게 아닐까, 걱정되어 그렇게 물었다.

"아마 그렇지는 않을 걸세. 고집을 부리고는 있지만, 직접 만나 보면 집사람도 누그러지겠지. 에이코도 알고 있을 거야. 우리 같은 늙은이들은 사람을 만날 수 있을 때 만나 두는 게 좋다는 걸……. 우물쭈물하다간 영영 기회를 잃을 테니."

불현듯 시다의 말이 떠올랐다. 젊은이들에게는 시간이 있다, 자기 같은 늙은이와는 다르다. 자취를 감추기 직전, 시다는 그런 말을 했었다. 나이를 먹었다는 걸 자각한 이들은 모두 그런 마음을 품고 있는지도 모른다.

아마 미즈키 로쿠로의 목적은 책을 되찾는 것만이 아니

라, 아내와 손녀를 만나게 하려는 것이리라.

"알겠습니다."

긴장한 빛이 역력한 굳은 목소리로 시오리코 씨가 대답했다.

"지금 찾아뵙고 할머니와 이야기를 해 보겠습니다."

7

지팡이를 짚은 사람이 둘이나 있어서, 업무용 미니 봉고차를 꺼내 왔다. 조수석에는 시오리코 씨가, 뒷좌석에는 미즈키 부자가 앉았다. 아야카에게 외출한다고 연락을 했지만, 학원 수업 중인지 답이 없었다. 외할머니와 처음 만나는 자리이니 가능하면 아야카와 함께 가고 싶었는데…….

일단 메시지는 남겨 두었다.

공교롭게도 휴일이라 철로를 따라 뻗은 도로는 꽉 막혔다. 조수석의 시오리코 씨는 안절부절못하는 표정으로 두 손을 쥐었다 폈다 했다. 긴장한 모양이었다.

"그러고 보니 아까부터 궁금했는데."

미즈키 로쿠로의 큰 목소리가 뒤통수에 울렸다.

"자네는 시오리코 양의 친척인가?"

"아, 저는…… 직원입니다."

이제껏 시노카와 집안의 일에 깊이 관여해 온 터라 잊고 있었는데, 그냥 직원이라는 설명은 아무리 봐도 부자연스러웠다. 직원 주제에 가게 주인의 집안 사정 이야기가 오가는 자리에 당연한 듯 앉아 있던 셈이다.

"그랬군. 그나저나 아가씨와 참 사이가 좋은 것 같아. 아, 혹시 둘이 결혼했나?"

허를 찌른 질문에 사레가 들릴 뻔했다. 서행 중이라 다행이었다. 갑자기 다 건너뛰고 결혼했냐니. 백미러로 미즈키 로쿠로의 표정을 살폈지만, 농담은 아닌 듯했다.

"아니, 결혼한 건 아니고요……."

우리 관계를 어디까지 말해야 좋을지, 시오리코 씨의 의견을 물으려 했지만 그녀의 시선도 허공을 헤매고 있었다. 나보다 더 동요한 눈치였다.

"아, 네! 아직 결혼은 안 했습니다."

상기된 목소리가 차 안에 울려 퍼졌다. 운전대를 잡은 손에 힘이 들어갔다. 이러면 일부러 말을 얼버무린 의미가 없잖아.

"아직이라는 건, 앞으로 한다는 게 아니라 정말 아무것도 정해진 게 없다는 뜻이에요. 여, 역시 일생이 걸린 일이고, 여러 가지로 생각할 것도…… 아, 제가 결혼을 기피한다거나, 그런 건 아니에요. 이런 말로 상대에게 압박을 줄 생각도…… 아, 난 몰라."

제 무덤 파는 짓이라는 걸 알아챘는지, 시오리코 씨는 두 손으로 얼굴을 가렸다. 마음은 기뻤지만 진땀이 멈추지 않았다. 이 쑥스럽고 어색한 분위기를 어쩌면 좋지. 국도를 꺾어 들어가자 겨우 차량 흐름이 원활해졌지만, 아직 목적지까지는 조금 더 걸릴 것 같았다.

'짝짝' 손뼉을 치는 소리가 침묵을 깼다. 쭈뼛거리며 백미러를 보자, 미즈키 로쿠로가 반색하며 박수를 치고 있었다.

"요컨대 결혼을 전제로 교제하는 사이로군. 행복해 보여서 정말 다행이야. 축하할 일이지 않은가!"

진심으로 축복하는 듯한 그의 모습에 쑥스러움은 더욱 깊어 갔다.

"애들도 아니고, 아버지도 그쯤 해 두세요. 죄송합니다, 이상한 소리를 해서."

미즈키 류지가 나섰지만, 로쿠로는 환한 표정으로 아들의 어깨를 두드렸다.

"뭐 어떠냐. 네 녀석도 좀 배워라. 지금 당장 결혼하라는 건 아니지만, 여자한테 관심이 너무 없는 것도 이상하잖냐. 주변 사람들도 걱정하고."

"쓸데없는 걱정 마세요."

"너한테 들은 이야기라고는 유학 중에 연극 서클 공연에서 연인 역이었던 상대와 사귀었다는 것밖에……."

"그만 좀 하시라고요."

류지는 목소리를 쥐어짜내듯 말했다. 갑자기 과거 연애사를 들추면 나라도 싫을 것 같았다. 미즈키 로쿠로는 떠오른 생각을 곧바로 입 밖으로 내는 성격 같았다. 나쁜 뜻으로 그러는 게 아니라 더욱더 난감했다.

"연극 서클에서 활동하셔서 셰익스피어에 대해 잘 아시는군요."

간신히 마음을 다잡은 시오리코 씨가 류지에게 물었다. 그러고 보니 아까 「베니스의 상인」에 대한 개인적 해석을 말했었지.

"그렇게 잘 아는 건 아닙니다. 공연에 참가한 건 단 한 번뿐이었고, 그게 「베니스의 상인」이었죠. 인기 없는 지루한 서클이었어요. 나를 비롯해 모두 연기가 어설펐고요."

류지는 옛날 일을 떠올린 듯 웃었다. 웃는 모습은 처음이었다.

"영어로 공연하는 거죠? 대사 외우는 것만 해도 보통 일이 아니겠어요."

나도 따라 물었다. 이제야 분위기가 좀 누그러진 듯해서 내심 가슴을 쓸어내렸다.

"뭐, 영어 문법이나 표기가 확립되지 않았던 시대의 작품이니, 지금은 안 쓰는 표현이나 단어도 많았죠. 하지만 원문의 언어유희나 운문은 번역으로 읽었을 때보다 훨씬 알아듣기 쉽더군요."

그런가. 대학 졸업 후 영어와 단절된 삶을 살아온 나로서는 잘 이해가 가지 않는 세계였다. 시오리코 씨가 류지를 보며 물었다.

"「베니스의 상인」에 출연하셨나요?"

"네. 하지만 뭐, 대단한 역은 아니었습니다. 주로 소도구와 무대의상을 담당했죠. 연출이 엘리자베스 왕조 시대의 무대를 최대한 재현하기를 원해서, 자료 조사하느라 죽어났죠. 지금 시대와 전혀 다르니까요."

"구체적으로 어떻게 다르죠?"

나는 정면을 보며 질문했다. 차는 모노레일이 다니는 고가 밑을 달리고 있었다.

"일단 조명 장치가 없어서 무대는 기본적으로 자연광 아래에 설치됩니다. 때문에 암전도, 명전도 없죠. 막도 존재하지 않아서 배우들은 항상 무대 끝에서 나타나 끝으로 퇴장합니다. 거창한 세트도 없고요. 음악은 당연히 현장에서 연주하는 것으로, 무대 천장에 연주자를 위한 공간이 있었습니다. 거기까지 재현하진 못했지만요."

"그러면 장면이 바뀔 때는 어떻게 처리합니까?"

"등장인물의 대사나 소도구로 설명합니다. 대사에서 아침이 왔다고 하면 아침이고, 횃불을 들고 나타나면 저녁, 이런 식으로요. 그래서 셰익스피어 희곡은 모두 대화가 주체가 됩니다."

"그걸로 관객이 알아챌까요?"

"당시 관객들은 배우의 대사를 듣고 상상하는 데 능했을 겁니다. 그리고 지금 보는 게 무슨 장면인지 파악하지 못해도, 순수하게 등장인물들의 대화만 듣고 즐길 수도 있죠. 대부분의 관객석은 입석이었고, 오랜 시간 집중해서 스토리를 따라가기란 쉬운 일이 아니니까요."

아까 비블리아 고서당을 찾았을 때와는 달리, 미즈키 류지는 들뜬 목소리로 떠들었다. 잘 모른다고 했지만, 실은 셰익스피어의 작품을 좋아하는지도 모른다.

"너도 에이코와 취미는 잘 맞는데……."

단란해지던 분위기를 깬 건 미즈키 로쿠로였다.

"둘 다 영문학을 좋아하잖냐. 애비로서 조금만 더 살갑게 지냈으면 좋겠다. 에이코는 너하고 잘 지내려고 나름 애써 왔는데……."

아들은 다시 입을 다물었다. 그리고 도착할 때까지 다시는 입을 열지 않았다.

미즈키 부자가 사는 맨션은 모노레일 역에서 차로 2~3

분 거리에 있었다. 지하주차장에 차를 대고 엘리베이터로 미즈키 에이코가 있는 집으로 올라갔다. 시오리코 씨의 불안과 긴장이 동작 하나하나에서 전해졌다.

미즈키 로쿠로는 얼굴을 보면 태도도 바뀔 거라 했지만, 장담할 수 없다는 게 내 솔직한 심정이었다. 여기까지 오는 데 15분도 걸리지 않았다. 그런데도 손녀 얼굴을 한 번도 보러 오지 않다니, 고집불통이라기보다는 무관심한 걸지도 모른다.

맨 꼭대기 층 현관문을 열었지만 미즈키 에이코는 모습을 드러내지 않았다. 가게에서 나올 때 남편과 통화를 했으니, 시오리코 씨가 온다는 사실은 이미 알고 있을 터였다.

"전 저쪽에 있겠습니다."

미즈키 류지가 관심 없다는 듯 거실로 들어가자, 우리는 미즈키 에이코의 서재로 불리는 방 앞에 셋이 나란히 섰다.

"여보, 시오리코 양이 왔어."

문 너머로 대답이 돌아올 때까지 잠시 시간이 걸렸다.

"……만나지 않겠다고 했잖아요."

쉰 목소리가 돌아왔다. 나는 고개를 갸웃했다. 내 착각이 아니라면 어디선가 들어 본 목소리였다. 시오리코 씨의 표정도 묘했다.

"하지만 이미 집에 온 사람을 어떻게 그냥 가라고 하나.

들어가겠네."

타고난 거침없는 성격을 발휘해 미즈키 로쿠로는 억지로 문을 열었다.

널찍한 다다미방이 나왔다. 먼저 눈에 들어온 건 벽에 나란히 줄지어 선 투박한 철제 책장이었다. 대형본들이 빼곡하게 꽂혀 있었다. 한가운데에는 단조로운 느낌의 테이블과 철제 의자가 있었는데, 그 위에도 역시 책이 쌓여 있었다. 도서관을 방불케 하는 방이었다. 나는 이와 비슷한 분위기의 방을 본 적이 있다. 바로 시오리코 씨의 방이었다.

아랫변이 허리께에 오는 창문 앞, 원목 책상 위에는 구형 데스크톱 컴퓨터가 놓여 있었다. 짧게 자른 백발에 노란 여름용 니트를 입은 여성이 책상 앞에 앉아 있었다. 책을 읽고 있던 모양이다. 그녀는 등을 끄고 안경을 벗으며 마지못해 우리 쪽을 돌아봤다.

"아……."

나와 시오리코 씨 모두 눈을 휘둥그레 떴다. 부루퉁하게 앉아 있는 그녀는 어제 오전 간판을 닦던 나에게 다가와 오늘은 쉬는 날이냐고 물었던 여성이었다. 책을 사 간 적은 없지만, 비블리아 고서당에 자주 들르는 단골손님이었다.

8

"시노카와 시오리코입니다. 저기⋯⋯."

"그 책은 신경 쓸 것 없어요. 별 값어치도 없는 물건이니까."

미즈키 에이코는 단호한 목소리로 말을 잘랐다.

"여기까지 오게 해서 미안하지만, 아가씨한테 부탁할 일은 없어요."

"그게 아니라⋯⋯ 저희 가게에 종종 들르셨죠?"

시오리코 씨의 물음에 미즈키 에이코는 입을 꼭 다물었다. 이렇게 번갈아 보니, 눈 크기나 오똑한 콧날이 꽤 닮았다.

"어? 집사람이 그랬나?"

미즈키 로쿠로도 놀란 눈치였다. 이 사람도 금시초문인 것 같았다.

"네. 제가 아버지에게 가게를 물려받은 때부터 한 달에 한 번 정도. 책을 사 가신 적은 없지만, 산책 중에 들르셔서 가게를 둘러보고 가시는 분들도 많아서 별로 괘념치 않았어요⋯⋯."

"사람을 잘못 봤군요. 난 거기 들른 적 없어요."

미즈키 에이코는 단칼에 부정했다. 하지만 남편은 뭔가 짚이는 게 있는지 고개를 연신 끄덕였다.

"그렇군……. 시오리코 양 아버지가 돌아가셨다는 얘기를 건너 건너 전해 들었을 때 집사람이 그러더군요. 여자 혼자 가게를 꾸려 가기란 여간 힘들지 않을 거라고. 가끔 잘하고 있는지 살펴보러 간 거야. 혹시 어제도 들렀나? 오전 중에 산책을 나가서 한참 뒤에나 들어왔잖아."

"아뇨. 어제는 후에다 공원까지 다녀오느라 시간이 더 걸린 것뿐이에요."

미즈키 에이코는 다시 모르는 척 시치미를 뗐다. 추궁할 생각은 아니었지만 가만히 있을 수가 없었다.

"저기, 어제 가게 앞에서 저 만나신 거 기억하시죠? 분명 파란 원피스에 양산을 드셨는데……."

"어제 그 차림으로 외출했잖아."

미즈키 로쿠로가 부연했다. 하지만 에이코는 여전히 고개를 저을 뿐이었다.

"아뇨. ……닮은 사람이겠죠."

분명 본인인데도 닮은 사람이라고 우기는 사람은 처음 봤다. 고집이 세다고는 들었지만 이쯤 되면 경이로울 지경이다. 표정도 바위처럼 미동조차 없었지만, 동요하면 낯빛에 금방 드러나는 체질인지 귀 언저리가 빨개져 있었다. 그런 점도 시오리코 씨와 닮았다.

"멋진 장서네요."

어느새 책장 앞으로 다가간 시오리코 씨는 나란히 꽂힌 책들을 한 줄씩 꼼꼼하게 살펴보고 있었다.

"백과사전과 어학사전 종류가 풍부하네요. 일할 때 자료로 쓰신 건가요?"

돌아본 눈동자가 반짝반짝 빛나고 있었다. 에이코는 그 눈동자에 끌린 듯 고개를 끄덕였다.

"그랬죠. 이제 은퇴한 몸이라 상당수는 처분했지만."

"셰익스피어 관련 서적도 굉장히 많네요. 처음 접하신 판본이 펭귄에서 나온 이 전집인가요?"

시오리코 씨의 손가락이 자그마한 양서의 책등을 쓸어내렸다. 수십 권이 꽂혀 있었지만, 상태는 모두 너덜너덜했다.

"처음에는 도서관에 있던 쓰보우치 쇼요의 셰익스피어 전집으로 시작했죠. 고등학생 때 연극으로 본 「베니스의 상인」의 매력에 푹 빠져서, 셰익스피어에 관심을 가지게 됐는데……."

"후쿠다 쓰네아리 번역이 출간되기 전이었나요?"

"후쿠다 쓰네아리가 번역한 전집이 출간된 건 내가 대학교에 들어가고 나서였어요. 같은 시기의 옛 펭귄 판 전집을 운 좋게 입수한 터라, 후쿠다 쓰네아리 역을 참고해 전부 읽었죠. 영어 공부도 할 겸 해서요."

"아덴판 전집까지 소장하셨네요. 굉장해요……."

"그건 나중에 샀어요. 주석이 알차거든요. 셰익스피어 전집을 잘 아는군요. 그 가게에서는 양서를 다루지 않는데."

이야기를 나누는 에이코의 목소리가 차츰 부드러워졌다. 내용은 거의 알아들을 수 없었지만, 두 사람이 들떠 있다는 건 느낄 수 있었다. 역시 시오리코 씨의 외할머니였다. 책이야기가 나오자 바로 마음의 문을 열었다.

"이 사진……."

셰익스피어의 책이 늘어선 선반 위에 놓여 있던 사진 한장을 시오리코 씨가 집었다. 나도 어깨 너머로 사진을 들여다보았다. 어딘가의 야외무대에서 하얀 셔츠의 가슴께를 풀어헤친 남자와 묵직한 가운을 걸치고 손에 나이프를 든 남자가 서로 마주 보고 있었다. 두 사람 다 외국인이었다.

"「베니스의 상인」의 클라이맥스네요. 안토니오의 살을 도려내려는 샤일록이 법정에서 추궁당하는 장면이죠? 어머, 이분은 류지 씨네요."

시오리코 씨가 무대 안쪽을 가리켰다. 검은 법복을 입은 재판관 같은 남자가 두 사람을 향해 뭐라고 말하고 있었다. 미즈키 류지였다. 꽤 젊었을 적인지 지금보다 머리숱도 많고 호리호리했다.

"요시와라가 가져온 사진이에요. ……그 댁에도 찾아갔다면서요? 아까 남편이 말해 주더군요."

미즈키 에이코의 목소리가 낮아졌다. 요시와라의 이름을 부를 때의 쓰디쓴 표정으로 보아, 그녀가 그 고서 업자를 어떻게 생각하는지 알 수 있었다.

"네. 하지만 그분이 류지 씨 사진을 왜……?"

"류지의 옛 친구를 우연히 만나서 이야기를 나누다 받았다고 하더군요. 엘리자베스 왕조 시대의 「베니스의 상인」을 재현했다는 말에 관심이 생겼다면서. 그 사진을 나한테 준 거예요. 셰익스피어를 좋아하는 당신이라면 의붓아들이 유학 중에 이런 활동을 했다는 것도 당연히 알고 있지 않겠냐면서."

거기까지 말한 에이코는 눈을 내리깔고 힘없이 말을 이었다.

"아무것도 몰랐어요……. 물어볼 기회는 얼마든지 있었는데."

"그런 말 마. 나도 잘 몰랐어. 류지는 어릴 때부터 자기 얘기는 거의 안 하는 애였으니까."

남편이 큰 소리로 위로를 건넸다. 미즈키 류지는 의붓어머니에게 비밀로 하기 위해, 가족들에게는 일부러 어떤 연극인지 밝히지 않은 게 아닐까. 이렇게 셰익스피어에 정통한 에이코가 그 사실을 알면, 이야깃거리가 생겼다며 분명 말을 붙일 테니까. 그게 싫었던 게 아닐까.

요시와라가 이 사진을 건넨 이유도 어렴풋이 짐작이 갔다. 『인육담보재판』을 내놓아 시오리코 씨의 반응을 살폈을 때와 마찬가지다. 미즈키 에이코가 새 가족들과 얼마나 잘 지내고 있는지 확인하여, 거래에 이용할 작정이었겠지.

"요시와라 씨가 가져간 책에 대해 여쭙고 싶은 게 있습니다."

시오리코 씨가 무거운 목소리로 물었다.

"셰익스피어에 관련된 책이라고 하셨죠."

"맞아요. 하지만 아까도 말했듯이 별 값어치는 없는 물건이에요."

"저도 그럴 거라고 생각합니다. 하지만 혹시 모르니, 일단 확인만이라도 해 두었으면 합니다. 책머리에 1623년이라는 표기가 들어갔다는 게 사실인가요?"

"……그래요."

에이코의 대답을 들은 시오리코 씨는 눈을 감고 숨을 가다듬었다.

"중요한 건가요?"

내가 작은 소리로 묻자, 시오리코 씨가 크게 고개를 끄덕였다.

"……오래된 양서의 표제지에는 임프린트가 인쇄되어 있는 경우가 있어요."

"임프린트?"

"일본에서는 판권장이라고 하죠. 인쇄소와 연도, 발행인과 판매처 등의 정보가 기재된 면이에요."

"판권장……. 그러면 1623년에 출판된 책이라는 말입니까?"

사실이라면 엄청나게 오래된 책이다. 거의 400년 전의 책이라는 게 아닌가.

"네. 셰익스피어가 1616년에 사망했으니 그로부터 겨우 칠 년 뒤. 그 당시 출판된 관련 서적은 퍼스트 폴리오밖에 없어요."

서재가 정적에 휩싸였다. 아무도 입을 열지 않아서 내가 묻는 수밖에 없었다.

"죄송한데, 퍼스트 폴리오가 뭡니까?"

"셰익스피어의 희곡을 모은 첫 작품집이에요. 폴리오라는 건 이절판이라는 뜻인데, 한 장의 종이를 반으로 접은 판형의 책이라는 뜻이에요. 그밖에도 사절이나 팔절 등의 판형이 있죠."

나는 가만히 다음 말을 기다렸다. 한마디로 A5나 B4처럼 책의 크기를 나타내는 말인 모양이었다.

"17세기 초에는 종이 값이 무척 비쌌기 때문에, 판형이 크면 클수록 고급 서적이었어요. 생전에 막대한 인기를 자랑했다지만, 극작가의 개인 작품집이 정식으로 출판되었다는 건 무척 획기적인 사건이었죠. 셰익스피어의 지인들이 그를 기리며 제작한 책인데, 극장에서 쓰던 공인된 대본의 원고를 바탕으로 했다고 해요. 이 퍼스트 폴리오가 세상에 나온 덕에, 셰익스피어의 희곡이 후세에까지 보존되었다고 해도 과언이 아니죠."

"퍼스트라면, 세컨드도 있습니까?"

"세컨드 폴리오는 1632년, 서드 폴리오는 1663년, 포스 폴리오는 1685년에 출판되었어요. 그만큼 수요가 있었던 거죠. 물론 그중 가장 인기가 많은 건 퍼스트 폴리오고요."

"그 퍼스트 폴리오는 대략 몇 권이나 됩니까?"

"정확한 숫자는 알 수 없지만, 총 750부 정도 발행되었다고 알려진 가운데 현존하는 건 230부 정도예요. 대다수는 페이지 일부가 소실되었거나, 복수의 폴리오를 한 권으로 합친 불완전본이지만……. 그럼에도 전 세계 고서 수집가들이 군침을 흘리는 물건이죠."

듣다 보니 소름이 오소소 돋았다. 비블리아 고서당에서 귀한 고서를 여러 차례 보아 왔다고 생각했는데, 이번 책은 그야말로 차원이 달랐다.

"만일 찾아내면 가격은 얼마쯤 됩니까?"

"상태에 따라 다르겠지만…… 2006년에 소더비즈 경매에 출품된 책은 당시 일본 엔화로 약 육억 엔에 낙찰됐어요."

"육……."

억 소리가 나는 금액에 말문이 막혔다. 세상에 그렇게 비싼 고서가 존재하다니, 상상조차 하지 못했다. 아니, 잠깐만. 그런 책이 이 방에 있었다는 건가?

"당신······ 그런 귀한 책을 그자에게 내준 거야?"

미즈키 로쿠로가 비틀거리는 걸음으로 아내에게 다가갔다. 에이코는 황당하다는 표정으로 남편을 의자에 앉혔다.

"좀 진정해요. 그럴 리가 있나요. 시오리코 양은 어찌 된 영문인지 알겠죠?"

시오리코 씨는 고개를 끄덕이며 말을 이었다.

"네. 그게 진품이라면 말이죠. 역시 소장하셨던 책은 팩시밀리였군요."

"팩시밀리라니, 전화의 팩스를 말하는 겁니까?"

내 물음에 에이코는 고개를 저었다.

"그것도 팩시밀리라고 부르지만, 이 경우에는 복제본이라는 의미로 쓰여요. 내가 소장했던 책은 이미 발견된 퍼스트 폴리오를 복사해 제본한 책이에요."

요컨대 진본이 아닌 모양이다. 그도 그렇겠지. 온몸에서 스르르 힘이 빠졌다.

"복제본이었지만 꽤 신기한 책이었어요. 구가야마는 힌만이라는 연구자가 편찬한 팩시밀리가 바탕이라고 했죠. 난 퍼스트 폴리오는 잘 모르지만, 분명······"

"1968년에 간행된 노튼 팩시밀리 말씀이시죠? 서른 권의 퍼스트 폴리오 중에서 가장 상태가 좋은 페이지를 각각 사진으로 찍어 한 권으로 만들었다는."

시오리코 씨가 기다렸다는 듯 술술 설명했다. 에이코는 그런 손녀딸에게 고개를 끄덕이며 말을 이었다.

"맞아요, 그 팩시밀리죠. 그걸 다시 사진제판해서 구석구석 본인 취향에 맞게 장정한 책이라고……."

"팩시밀리를 또 복제했다고요?"

시오리코 씨의 눈이 휘둥그레졌다.

"그래요. 고객의 주문을 받아 특별한 복제본을 제작하는 사업을 구상하고 있는데, 샘플로 만든 책이라고 했어요. 어디까지 사실인지는 모르겠지만."

아닌 게 아니라 수상쩍은 냄새가 났다. 악덕 거래에 이용하려던 게 아닐까.

"구가야마가 그 책을 만들게 된 속사정도, 나에게 보낸 이유도 전혀 짚이는 게 없어요. 나도 셰익스피어의 작품은 다른 전집으로 전부 읽은 터라 퍼스트 폴리오 자체에 큰 애착은 없었고요."

"하지만 그 책을 소중히 간직하셨죠?"

미즈키 에이코는 말없이 시선을 돌려 창밖을 내다보았다. 애착이 없다면서 이제껏 소중히 간직했다는 말은 좀 이상했다. 대체 무슨 사정이 있는지, 어째서 책을 쉽게 내준 것인지, 중요한 이야기는 하나도 해 줄 생각이 없는 듯했다.

불현듯 시오리코 씨가 나와 미즈키 로쿠로를 보며 말했다.

"잠시 할머니와 단둘이 이야기를 나눠도 될까요?"

뭔가 생각이 있는 듯한 눈치였다. 로쿠로는 싱글벙글하며 고개를 끄덕였다.

"물론이고말고. 마음껏 이야기 나누시게들. 그럼 우리는 자리를 피해 주자고."

로쿠로는 내 팔을 잡고 문으로 갔다. 방을 나가기 전에 시오리코 씨가 작은 소리로 내 이름을 불렀다.

"네?"

고개를 꺾자 그녀는 속삭이듯 말했다.

"지하 주차장에서 기다려요."

"……네?"

자세한 사정을 들을 새도 없이, 나는 로쿠로의 손에 이끌려 복도로 나왔다.

9

지시를 무시할 이유도 없었던 까닭에 나는 홀로 주차장

으로 내려갔다.

'나를 왜 밖으로 내보낸 거지?'

미즈키 집안사람들하고만 이야기하고 싶은 걸지도 모른다. 어찌 되었든 이 모든 건 시오리코 씨의 집안일이었다. 제삼자인 내가 끼는 것도 이상하긴 했지만, 그래도 소외감을 느끼고 마는 건 어쩔 수 없었다.

지하 주차장을 드나드는 사람이나 차량은 거의 없었다. 10분쯤 기다렸지만 시오리코 씨가 나타날 기미가 없어서 차에서 기다리려고 한 순간, 아까 내가 타고 내려온 엘리베이터 문이 열렸다.

종이 박스를 든 미즈키 류지와 시오리코 씨였다. 보아하니 미즈키가에서 뭔가를 가지고 나오는 모양이었다. 나는 서둘러 두 사람에게 달려갔다.

"내가 들게요. 차에 실으면 됩니까?"

그렇게 말하며 박스를 건네받았다. 보기만큼 무겁지는 않았다. 미즈키 류지는 놀란 듯 눈을 껌뻑거렸다.

"골절상을 입어서 짐을 못 나른다고 하지 않았어요?"

"네? 아, 이제 거의 나았는데요."

류지는 미심쩍은 표정으로 시오리코를 돌아봤다.

"서재에서 책을 나를 사람이 없으니 도와달라고…… 아까 그렇게 말하지 않았습니까?"

"죄송해요, 거짓말을 했어요."

시오리코 씨가 고개를 숙였다.

"류지 씨에게 드리고 싶은 말씀이 있어서 연기를 좀 했어요. 박스에 든 건 신문지예요."

이제야 상황을 파악했다. 처음부터 짐을 나른다는 구실로 류지를 밖으로 데리고 나올 작정이었던 것이다. 내가 먼저 자리를 뜨면 부탁할 만한 사람은 그밖에 남지 않는다. 미즈키 부부의 귀에 들어가게 하고 싶지 않은 이야기인 모양이었다.

"잠시 시간 좀 내주시겠어요?"

조용하지만 또렷한 목소리로 시오리코 씨가 말했다.

우리는 선로 옆에 있는 패밀리 레스토랑으로 자리를 옮겼다. 점심시간이 지나서인지 손님은 다 빠지고 없었다. 시오리코 씨는 구석진 창가 자리를 골랐다. 가장 가까운 테이블에 커플로 보이는 젊은 남녀가 대화에 열중하고 있었지만, 여기까지 들리지는 않았다.

"그래서 할 얘기가 뭡니까?"

미즈키 류지는 맞은편의 우리와 거리를 두려는 듯 등을 뒤로 젖히고 앉았다. 경계하는 기색이 역력했다.

"이걸 보세요."

시오리코 씨가 사진 한 장을 테이블에 올려놓았다. 아까 미즈키 에이코의 서재에서 본 「베니스의 상인」 공연 사진이었다. 사진을 보자마자 류지는 눈알이 튀어나올 만큼 눈을 부릅떴다.

"이걸 어디서……."

"그 얘기를 하기 전에 드리고 싶은 말씀이 있습니다."

시오리코 씨는 옆자리에 앉은 나를 가리키며 말했다.

"여기 있는 다이스케 군은 정확한 사정을 모릅니다. 원하신다면 자리를 비켜 달라고 할 수도 있어요. 무척 입이 무겁고…… 믿을 만한 사람이라는 건 제가 보증합니다만."

쑥스러워하면서도 시오리코 씨는 끝까지 말을 마쳤다. 칭찬을 들으니 기분은 좋았지만 내심 놀라기도 했다. 지금까지 고서에 관한 다양한 사건을 접해 왔지만, 상대에게 내가 동석해도 좋은지 물어본 적은 처음이었다. 필시 복잡한 사정이 있는 것이리라.

그는 긴 한숨을 내쉬더니 마음을 다잡듯 고개를 저었다.

"됐습니다. 당신이 알고 있다면 있으나 없으나 마찬가지겠죠. 그래서 이 사진은 어디서 난 겁니까?"

"얼마 전에 요시와라 씨가 할머님께 건넸다고 하더라고요. 책을 가져갈 적에요."

"그랬군요. 그럼 그 사람도 알아챘겠네요. 미치겠군."

류지는 쓰게 웃으며 아이스티를 한 모금 마셨다. 나와 시오리코 씨 앞에도 같은 음료가 놓여 있었다.

"이 사진이 어떻다는 거죠?"

「베니스의 상인」의 클라이맥스인 법정 신을 찍은 사진이었다. 차 안에서 들은 설명대로, 연극은 조명장치와 막이 없는 살풍경한 야외무대에서 상연되고 있었다.

"류지 씨가 셰익스피어 시대에 상연되던 연극 이야기를 하셨을 때 의아하게 여긴 점이 있었어요. 조명이나 무대장치 말고도 현대 연극과 판이하게 다른 점이 하나 더 있었죠. 그 사실을 일절 언급하지 않으시더군요."

시오리코 씨가 담담하게 설명하기 시작했다.

"그리고 본인이 어떤 역을 맡았는지 대답하기를 피하는 것 같다는 느낌을 받았는데…… 이 사진을 본 순간 그 이유를 알겠더군요."

나는 문제의 사진을 다시 뚫어져라 바라보았다. 화려한 의상을 입은 남학생들이 아마추어 연극을 즐기는 듯한 느낌뿐이었다.

"사실…… 셰익스피어가 극작가로 활동했던 시대에 여자는 무대에 설 수 없었어요."

그 말에 나는 퍼뜩 고개를 들었다.

"네? 등장인물 중에 여자도 있는데요?"

"모두 변성기를 거치지 않은 소년이 연기했죠. 여성의 출연을 금지했다는 점에서는 가부키와도 비슷해요. 영국에서 여배우가 탄생한 건 17세기 후반의 왕정복고기에 들어서고 나서였죠."

"그럼 그전엔 남자만 무대에 오를 수 있었다는 겁니까? 「로미오와 줄리엣」 같은 작품도요?"

시오리코 씨가 고개를 끄덕였다. 그 커플을 남자들이 연기한 건가. 분명 셰익스피어가 살았던 시대와 지금 우리가 사는 시대는 너무나 달랐다. 그런데도 지금까지 그의 작품이 상연되다니, 굉장하다고밖에 말할 수 없었다.

"하지만 그게 이 사진과 무슨 상관이 있다는 겁니까?"

사진 속 배우들은 모두 남성들이었고, 여성 등장인물은 찾아볼 수 없었다. 샤일록과 안토니오, 그리고 류지가 연기한 재판관이었다. 시오리코 씨는 그 재판관을 가리키며 말했다.

"여기서 샤일록을 궁지에 몰아넣는 재판관 보이시죠? 사실 극중에서는 남성이 아니에요. 바사니오의 청혼을 승낙한 포셔가 남장을 하고 재판관 행세를 한 거죠. 그녀는 '단 한 방울의 피도 흘리지 않고 살을 도려낼 것'이라는 기지를 발휘해 남편의 둘도 없는 친구를 구명하는 데 성공해요."

머릿속이 혼란스러웠다. 남성이 여성의 역할을 연기했

고, 그 여성은 극중에서 남장을 했다니. 결국 남성이 그대로 연기한 셈이었다.

"얘기가 복잡해서 잘 모르겠는데, 관객들은 제대로 이해한 겁니까?"

"제대로 파악한 뒤에 극을 즐겼을 거예요. 셰익스피어 희곡에는 남장하는 여 주인공이 다수 등장해요. 「베니스의 상인」 말고도 「뜻대로 하세요」, 「십이야」, 「심벨린」 등이 있어요. 당시 영국 사회에서 성별은 엄정한 질서여서 타고난 성과 다른 옷을 입는 것은 비난의 대상이었어요. 그렇기 때문에 거듭되는 성별의 전환은 관객들에게 무척 자극적이었을 거예요."

불현듯 시오리코 씨의 이야기가 떠올랐다. '세상은 무대이며 인간은 그 위에서 연기하는 배우'라고 했다. 뒤집어 생각하면 무대 역시 세상의 일부이며, 등장인물들은 살아 있는 인간과 다를 바 없었다. 당시 관객들은 경계가 무너지는 그런 쾌감을 즐겼는지도 모른다.

"그럼 결국 미즈키 씨가 포셔 역을 연기한 거군요. 그런데 아까는 왜……"

나는 숨을 삼켰다. **연극 서클 공연에서 연인 역할을 했던 상대와 사귀었다.** 미즈키 로쿠로는 아들의 과거 연애에 대해 분명 그렇게 말했다. 포셔의 연인은 바사니오다. 엘리자베스 왕조 시대의 연극을 그대로 재현했다면, 두 역 모두 남성이 연기했을 터였다.

요컨대 동성과 사귀었다는 뜻이다.

눈앞의 미즈키 류지를 보았다. 아무 말도 하지 않는 걸 보니 인정하는 모양이었다. 동성을 연애 대상으로 보는 사람과 만난 건 처음이었다. 솔직히 놀라기는 했지만 존재하는 게 당연하다고 생각했다. 아니, 나에게 말하지 않았을 뿐이지 지금까지 만난 사람들 중에 있는지도 모른다.

"어릴 때부터 성정체성에 의문을 가졌습니다."

류지는 가느다란 목소리로 말했다.

"평소에는 남자로 살았지만, 때때로 누나의 옷가지나 화장품을 갖고 싶기도 했죠. 남자와 여자 사이를 오가는 듯한 불안정한 느낌이랄까……. 하지만 연애 감정을 느끼는 사람의 성별은 항상 같았습니다. 모두 남자였죠."

"가족 중에 그 사실을 아는 분이 계신가요?"

시오리코 씨가 물었다.

"누나는 어렴풋이 눈치채고 있었을지도 모르겠군요. 설사 눈치챘더라도 어린 시절의 일시적인 충동이라 생각했을 테지만요. 아버지는 아무것도 모릅니다. 나쁜 뜻으로 그러시는 게 아닌 건 알지만, 요즘 결혼하라고 하도 성화셔서."

그는 한숨을 내쉬었다. 미즈키 로쿠로는 우리에게도 아

들이 빨리 제 짝을 찾아 결혼했으면 한다는 이야기를 되풀이했다. 매일같이 그 이야기를 듣는 류지는 가시방석에 앉은 기분이었겠지.

"새어머니와 거리를 둔 건 성적 지향을 들키고 싶지 않아서였습니다. 마음 같아서는 고향을 떠나고 싶었지만, 어릴 때부터 치과의사가 꿈이었고, 아버지 병원을 지키고 싶은 마음도 있었죠. 오랜 친구들에게도 말하지 못했습니다. 짝을 찾지 못한 채 일만 하며 세월을 보냈어요."

류지는 거기서 말을 끊더니, 건너편에 앉은 커플을 보았다. 둘 다 같은 햄버거 세트를 먹고 있었다.

"새어머니는 내 유학시절 일로 그 요시와라라는 남자에게 협박을 당했던 거군요."

"대놓고 말하진 않았지만, 류지 씨 아버님께 알리겠다는 뉘앙스였다고 해요. 책을 가져가는 대신 이 사진을 두고 갔고요."

요시와라를 생각하니 울화가 치밀었다. 목적을 위해서라면 상대의 약점까지 태연히 이용하는 자였다. 구가야마 쇼다이가 다나카 요시오에게 『만년』을 반강제로 사들였을 때와 마찬가지였다.

"새어머니는 그 책을 왜 소중히 간직한 겁니까?"

"십 년 전에 그 책의 표지가 탔을 때, 새로 장정을 해 준

게 저희 어머니였어요."

그 말에 가슴이 술렁거렸다.

"어머니라면…… 지에코 씨 말이군요."

시오리코 씨는 고개를 끄덕였다.

"어머니는 학창 시절에 근대 이전의 영미 서적을 연구했는데, 고서 수복이나 제본도 취미로 배웠다고 해요. 아시다시피 할머니와 어머니는 의절한 상태였지만, 가마쿠라 역에서 우연히 만났을 때, 잠깐 대화를 나누다…… 할머니의 책이 탔다는 이야기를 들은 어머니가 먼저 본인에게 맡기라고 제안했다고 해요."

아마 관계를 회복하고 싶다는 표현이었으리라. 고서로 인해 틀어진 관계를 고서로 다시 회복하려 하다니, 정말이지 그 모녀다운 발상이었다. 내용에는 별 애착이 없지만 소중히 간직했던 건, 딸이 정성껏 장정해 준 책이기 때문이다.

"그럼 그렇다고 할 것이지…… 왜 지금까지 아무 말도 안 한 걸까요."

류지가 혼잣말처럼 중얼거렸다.

"의절한 딸이 고쳐 준 책을 소중히 간직한다고 말하기는 어려웠겠죠. 이미 새로운 가정을 꾸린 마당에 괜한 오해를 받고 싶지 않으셨대요."

그 마음이 또 다른 오해를 불러왔다. 시종일관 입을 꾹 다물고 있던 탓에 지키고 싶었던 의붓아들에게 의심만 산 것이다.

"그 이야기를 했다는 건, 책을 되찾기로 결심한 모양이군요. 당신의 설득으로."

"아뇨, 할머니는 책을 포기하신다고 했어요. 가족이, 류지 씨가 더 소중하다고 분명히 말씀하셨어요. 저는 말씀을 전해 달라는 할머니의 부탁을 받았을 뿐이에요. 마음 같아서는 직접 말하고 싶지만, 류지 씨가 당신과 말하고 싶지 않아할 거라고."

류지는 소리 없이 고개를 끄덕였다.

"그게 뭡니까?"

"이제라도 사정을 알았으니, 류지 씨의 힘이 되어 주고 싶다고 하셨어요. 이대로 숨기고 살든, 다른 가족들에게 털어놓든, 어느 쪽이든 응원하겠다고요. ……저희도 그 결정에 따를 작정입니다."

시오리코 씨는 동의를 구하는 눈빛으로 나를 보았다. 물론 이견은 없었다. 요시와라를 향한 분노는 여전했지만, 소유주가 포기하겠다고 한 이상 우리가 나설 자리는 없었다. 사정이 사정이니만큼 그럴 수밖에 없었다.

"그렇군요……."

류지는 몸을 움츠린 채 느슨하게 깍지를 낀 손을 테이블

위에 올려놓았다. 빙글빙글 도는 엄지손가락 두 개가 그 내면의 갈등을 말해 주는 듯했다.

"새어머니가 저에 대해 뭐라고 하시던가요? 그…… 남자만 연애 대상으로 본다는 것에 대해서요."

"먼저, 놀라셨다고 했어요. 그리고…… 이 경우와는 맞지 않겠지만 「베니스의 상인」의 샤일록의 명대사가 떠올랐다고도요."

"'같은 음식을 먹고, 같은 무기로 상처를 입으며, 같은 병에 걸리고, 같은 치료를 받으며, 겨울에는 같은 추위를, 여름에는 같은 더위를 느끼지 않는단 말인가.' 이 대사 말입니까?"

일본어 대사를 술술 읊는 류지의 입가가 건조한 웃음을 머금었다.

"번지수 잘못 찾은 게 맞네요. 이건 종교나 인종과는 상관없는 일이고, 난 샤일록처럼 복수할 생각도 없습니다. 어처구니가 없네요."

말과는 달리 그 목소리는 시종일관 온화했다. 정신없이 움직이던 엄지가 딱 멈췄다.

"하지만 그 시절의 나도 그 대사가 생각나더군요. 설령 주변과 달라도 같은 인간이라는 사실은 변함없는데……."

류지는 고개를 들고 강한 의지가 담긴 눈빛으로 시오리

코 씨를 보았다.

"아버지에게 말하겠습니다. 새어머니의 책을 찾아 주십시오."

"하지만 그러면……."

"어차피 더는 숨길 수 없다고 생각했습니다. 다른 사람 입을 통해 아버지가 알게 될 바에야 직접 말씀드리고 싶어요. 새어머니께도 함께 들어 달라고 부탁할지도 모르겠습니다. 먼저 새어머니와 상의해 봐야죠."

단숨에 말을 마친 류지는 젊은 커플의 모습을 눈부신 듯 바라보았다. 식사는 이미 끝난 뒤였다. 두 사람은 서로 꼭 붙어서 스마트폰 화면을 함께 보며 웃고 있었다.

"사실 유학 시절에 사귀었던 사람은 없었습니다."

갑작스런 고백에 우리는 말문이 막혔다.

"바사니오 역의 친구를 좋아하게 되어서, 공연이 끝난 뒤 고백했던 건 사실입니다. 하지만 단칼에 거절하더군요. 아버지한테는 그냥 허세 좀 부려 본 겁니다. 내가 진정으로 들키고 싶지 않았던 건 남자를 사랑하는 내 모습이 아니었어요. 가족 말고는 아무에게도 사랑받은 적이 없다는 사실이죠……."

"……「베니스의 상인」에는 세 쌍의 연인이 등장해요."

류지를 집까지 배웅한 뒤, 비블리아 고서당으로 돌아오는 차 안에서 시오리코 씨는 그렇게 말했다.

"안토니오에게 여비를 빌린 바사니오와 귀족 아가씨 포셔, 포셔의 시녀인 네리사와 바사니오의 친구 그라시아노, 마지막으로 샤일록의 딸 제시카와 기독교도 신사 로렌조예요."

"많기도 하네요."

나는 운전대를 잡은 채 솔직한 감상을 말했다.

"네, 사실 연인들이 나누는 대화가 다수 등장하는 희곡이에요. 극중에서 가장 중요한 역할을 하는 건 바사니오와 포셔 커플이죠."

미즈키 류지의 창백한 얼굴이 떠올랐다. 지금쯤 의붓어머니와 이야기를 나누고 있겠지.

"포셔는 막대한 유산을 상속받은 젊은 숙녀예요. 세상을 떠난 아버지의 유언으로, 금, 은, 납 세 가지 상자 중에 올바른 상자를 고른 남성과 결혼해야 했죠. 고귀한 신분의 구혼자들은 호화로운 금과 은 상자를 열지만, 무일푼인 바사니오만이 초라한 납 상자를 열었어요. '외면의 아름다움이 반드시 그 속과 일치하는 건 아니다'라면서요."

"납 상자가 정답이었죠?"

가장 초라한 상자에 보물이 들어 있었다. 흔해 빠진 패턴이었다. 시오리코 씨가 고개를 끄덕였다.

"물론 상대의 본질을 꿰뚫어 볼 수 있는지를 가리는 시험이었겠죠. 처음 만난 순간부터 바사니오에게 푹 빠진 포셔는 납 상자를 선택한 그를 보고 감격해 이렇게 말해요. '아아, 기쁨 아닌 모든 감정들은 허공으로 사라졌다! 수많은 의구심도 성급한 절망도, 치 떨리는 불안과 녹색 눈의 질투도. 아, 사랑이여, 제발 진정하거라. 황홀감은 약하게, 기쁨의 비는 조용히 내리고, 정도를 지켜 다오!' 라고요."

아까 시오리코 씨가 가게에서 읊었던 대사였다. 「베니스의 상인」에 나오는 대사였구나. 대사를 읊는다기보다는 그녀의 마음속 목소리를 듣는 듯한 기분에 온몸에 열이 올랐다.

"류지 씨도 무대 위에서 이 대사를 읊었을 거예요. 연습할 때까지 포함해 분명 몇 번이고."

겉모습에 현혹되지 않고 내면으로만 자신을 알아봐 주는 이를 향한⋯⋯ 그 대사에 제 마음을 담지 않고는 견딜 수 없었던 게 아닐까.

돌아오는 길은 다행히도 한산했다. 봉고차는 요코스카 선을 따라 이어진 도로를 달리고 있었다.

"류지 씨가 아버지에게 사실을 털어놓는다고 해서 책을 되찾을 수 있을까요?"

그게 줄곧 마음에 걸렸다. 우리가 실패하면, 그동안 숨겨 왔던 류지의 비밀만 까발려지는 꼴이다.

"저도 자신은 없어요. 먼저 차용증이 무효라는 것을 주장해야 할 테지만, 그런 식으로 일을 크게 만들어도 되는 것인지……. 요시와라 씨에게 책을 되사 오는 게 가장 손쉬운 방법이기는 해요. 아마 요시와라 씨는 미즈키가가 그렇게 나오리라 예상했을 거예요. 우리가 중간에서 다리 역할을 할 거라는 것까지 알았는지는 모르겠지만요."

"그럼 어제처럼 대가를 요구하지 않을까요?"

상대의 살점을 도려내는 듯한 그 미소로. 어제 일을 떠올리니 다시 부아가 치밀었다. 번번이 우리의 뒤통수를 치는데도 아무것도 할 수 있는 게 없다는 사실에 분통이 터졌다.

"요시와라의 목적이 뭘까요?"

아무리 나라도 금전적인 목적만으로 움직이는 게 아니라는 건 알 수 있다. 2건 모두 셰익스피어가 관련되어 있었고, 시노카와 지에코의 존재도 얼핏 보이는 것 같았다.

"아직 정확히는 모르겠지만…… 지금까지 있었던 일들이 주도면밀하게 계획된 것이라는 건 분명해요. 앞으로 분명 무슨 일이 일어날 거예요. 일단 상대의 목적을 파악해야……."

내 것이 아닌 휴대전화 수신음이 들렸다.

"잠깐만요."

시오리코 씨는 전화를 꺼내 고개를 돌린 채 통화했다. 중간에 놀란 듯 '네?' 하는 소리 외에는 시종일관 알아들을 수 없을 정도로 작은 목소리였다.

"일부러 연락 주셔서 감사합니다. 저희도 확인해 볼게요. 네, 그럼."

통화를 마친 그녀의 심상치 않은 표정을 보고, 나는 뭔가 좋지 않은 일이 일어났음을 직감했다.

"누구 전화입니까?"

"렌죠 씨예요. 지금 고서회관에 계시대요."

다키노 렌죠. 고난다이에 있는 다키노 북스의 사장이었다. 시오리코 씨와는 어릴 적부터 알고 지낸 사이고, 나도 여러모로 신세를 졌다. 고서조합에서 주최하는 고서 교환전을 통솔하는 운영위원이기도 했다. 항상 우리의 든든한 지원군이 되어 주는 사람이었다.

"할머니의 퍼스트 폴리오로 추정되는 복제본이 내일 시장에 출품된다고 해요. 그냥 두었다가는 다른 가게에 뺏길지도 몰라요."

わたしはわたしではない

02

나는 내가 아니다

윌리엄 셰익스피어 │ William Shakespeare, 1564~1616 │

영국을 대표하는 극작가. 5대 희극으로는 「말괄량이 길들이기」, 「십이야」, 「베니스의 상인」, 「뜻대로 하세요」, 「한 여름밤의 꿈」이 있으며, 4대 비극으로는 「햄릿」, 「오셀로」, 「리어 왕」, 「맥베스」가 있다. 영국 사람들이 인도와도 바꾸지 않겠다고 할 정도로 영국의 자존심 격인 인물이다.

1

비블리아 고서당은 가나가와현 고서조합의 쇼난 지부 소속이다.

도쓰카에 있는 쇼난 지부 고서회관에서는 가맹점들이 고서를 매매하는 고서 교환전이 일주일에 두 번 열렸다. 월요일인 오늘은 회장에 진열된 고서를 매입 희망자가 살펴보고 낙찰가를 적어 넣는 '입찰' 방식으로 진행되었다.

고서회관에 도착했을 때, 도로에는 우리가 타고 온 봉고차 말고도 짐을 많이 실을 수 있어 보이는 대형 승합차들이 줄지어 서 있었다. 고서회관은 50년 전에 지어진 낡은 4층 건물로, 부지 안에 주차할 공간도 별로 없었다. 늦게 도착한 사람들은 어쩔 수 없이 길가에 차를 댈 수밖에 없었다.

"여기 같이 오는 건 오랜만이죠."

시오리코 씨가 차에서 내리며 말했다. 목소리에 별로 힘이 없다. 무더위 때문만은 아닐 것이다. 지난 며칠 동안 일어난 일로 심신이 지쳤겠지. 그러게요, 하고 맞장구를 쳤다. 마지막으로 여기 온 게 어깨를 다치기 전이니까, 벌써 두 달은 지났다.

우리는 이곳에 퍼스트 폴리오의 복제본을 매입하러 왔다. 미즈키 에이코에게 시장에 출품되었다는 이야기를 하자, 오늘 아침 대신 입찰해 달라는 연락이 왔다. 미즈키 류지가 아버지에게 그동안 숨겨 왔던 비밀을 털어놓았는지, 그 결과가 어떻게 되었는지는 한마디도 없었다. 시오리코 씨도 굳이 묻지 않았다고 한다. 당사자도 아닌 우리가 먼저 캐물을 일도 아니었다.

참고로 오늘 시오리코 씨의 동생인 아야카가 미즈키 에이코의 집으로 찾아가기로 했다. 어젯밤 자세한 이야기를 들은 그녀는 곧바로 할머니에게 전화를 걸어 약속을 잡았다. 선물로 과일 젤리까지 만들었다.

접수처에서 상호명이 적힌 이름표를 받아 달고 계단을 올라갔다. 2층 전체가 행사장이었다. 시작하기까지 아직 시간이 충분히 남아 있었지만, 장내는 고서점 사람들로 북적거렸다. 에어컨 상태가 좋지 않은지, 끈적끈적한 열기가 피어올랐다.

오늘은 출품된 물건이 꽤 많았다. 근처 테이블에 노끈으로 묶어 놓은 만화책과 문고본이 내 키보다 더 높이 쌓여 있었다. 내용을 알 수 있도록 책등은 통로를 향해 있었고, 한 뭉치마다 노란 봉투가 하나씩 끼워져 있었다. 그 봉투에 종이를 넣어 입찰하는 방식이었다.

구면인 사람들끼리 여기저기서 담소를 나누고 있었지만, 마냥 단란한 분위기는 아니었다. 모두가 주의 깊게 회장을 둘러보며 자기 가게에 필요한 책이 무엇인지 판단했다. 여느 때와 다름없는 모습이었다.

우리는 복제본의 정보를 알려 준 다키노 렌조를 찾아 두리번거렸다. 이곳 어딘가에 있을 터였다.

"왔나?"

중후한 목소리가 들렸다. 돌아보니 비쩍 마른 날카로운 눈매의 남자가 굵은 지팡이를 짚고 서 있었다. 백발의 머리에 이마에 걸친 안경은 여전했지만, 전보다 머리카락도 짧았고 셔츠도 하얀 새것을 입고 있었다.

"이노우에 씨, 오랜만입니다."

우리는 고개를 숙였다. 이노우에 다이치로, 후지사와 쓰지도에 있는 히토리 서방의 주인이었다. 시노카와 지에코와의 악연으로 비블리아 고서당을 적대시했지만, 에도가와 란포 수집가의 유산을 둘러싼 사건을 해결한 뒤로 예전보 다는 가까워졌다.

"다친 덴 좀 괜찮나?"

그는 나를 보며 물었다.

"네. 아직 힘쓰는 일은 좀 힘들지만."

"자네가 없으면 출장 매입도 못할 텐데. 오늘은 물건 들 이러 왔나?"

"네, 찾는 물건이 나와서요⋯⋯."

시오리코 씨가 말꼬리를 흐리자, 이노우에는 살짝 미간을 찌푸렸다. 무언가 사정이 있다는 걸 알아챘는지도 모른다.

"렌죠 씨에게 연락을 받고 왔는데, 지금 어디 계신지 아 시나요?"

"아까 저쪽에서 봤는데⋯⋯."

이노우에는 그렇게 말하며 회장 안쪽을 보았지만 그쪽에 는 없었다.

"지나가다 보면 얘기해 두겠네."

"⋯⋯감사합니다."

이노우에는 낡은 문고본이 쌓여 있는 테이블로 향하려다 갑자기 홱 돌아보며 말했다.

"내 도움이 필요하면 사양하지 않고 언제든 말하게. 지난번 나오미 일로 신세를 졌으니까……."

나오미라는 이름을 말하더니, 그는 쑥스러운 듯 성큼성큼 자리를 떴다. 가시야마 나오미는 히토리 서방에서 일하는 이노우에의 어릴 적 친구다. 그녀는 란포 수집가의 딸이었는데, 시오리코 씨의 도움으로 아버지에 대한 오해를 풀었고, 그것은 결과적으로 이노우에와 나오미가 서로의 마음을 터놓는 계기가 되었다. 두 사람이 결혼을 준비한다는 소문은 나도 들었다. 이노우에는 그 일로 비블리아 고서당에 신세를 졌다고 생각하는 것 같았다.

다키노와 이야기하기 전에 먼저 퍼스트 폴리오의 복제본을 살펴보기로 했다.

창가 쪽에 출품된 책들은 대부분 단권이었다. '까만 책'이라 불리는 전문서나 희귀본 말고도 고전 영화 포스터나 에도시대의 고지도 등도 진열되어 있었다.

진열대 끝에 있는 커다란 가죽 표지의 책이 눈길을 끌었다.

"이 책이에요."

시오리코 씨가 말했다. 책 제목도, 지은이의 이름도 보이지 않았다. 비닐 끈으로 묶인 책 표지 위로 입찰용 봉투가 보였다. 봉투에는 '노튼 팩시밀리, 개별 장정, 보수한 부분 있음'이라고 휘갈긴 글씨로 적혀 있었다. 누가 출품한 책

인지 봉투만 봐서는 알 수 없었지만, 요시와라의 짓이 틀림
없었다.

"……이미 입찰자가 있네요."

나는 그렇게 말했다. 봉투가 제법 두툼했다. 이미 입찰자
가 여럿 있는 것 같았다.

"장정이 좋아서 눈길을 끄니까요……. 하지만 아마 평범
하게 팔 생각은 없을 거예요. 우리 말고는 높은 금액으로
입찰한 사람도 없을 테고."

시오리코 씨의 말대로 호화로운 장정이었다. 책의 삼면
에는 금박이 입혀져 있고, 책등과 표지의 모서리는 다른 재
질의 보드라운 검은 가죽으로 싸 놓았다. 보수한 부분이란
저 부분을 말하는지도 모른다.

"책등의 가죽에 튀어나온 부분이 있는데, 뭔가 의미가
있는 겁니까?"

책등에 볼록 튀어나온 부분이 있었다. 그러고 보니, 어디
선가 보았던 낡은 외서도 이런 형태였던 것 같다.

"이건 밴드 장정이라고 해서, 이 밑으로 책장을 잇는 실
이 자리 잡고 있어요. 제본용 강력 풀이 없었던 시대에는
이런 방법으로 제본을 했죠."

"네? 하지만 이건 복제본이잖아요. 그렇게 오래된 책이
아니라."

"전통적인 제본 방식을 재현한 건지도 몰라요. 유사 밴드라고 해서, 주인의 취향에 따라 이렇게 불룩하게 만들기도 해요."

"……책 주인이 장정을 바꾸는 게 일반적인 일입니까?"

"원래 중세 유럽 서점에서 신간 서적은 내용이 적힌 내지만 팔았다고 해요. 내지를 산 손님은 제본소에 원하는 바를 주문해서 한 권의 책을 만들었고요. 고서를 구입한 경우에도 소유자가 원하는 대로 다시 제본했대요."

"네? 그러면 표지 같은 걸 다시 해체해야겠네요."

"그렇죠. 유럽의 고서 수집가들은 흠집이나 얼룩을 보수하는 데서 그치지 않고, 고서를 신품처럼 아름답게 꾸미려는 경향이 있었다고 해요. 책을 입수하면 우선 내지의 삼면을 얇게 잘라 낸 뒤에 표지와 책등까지 새로 갈아치우는 경우가 많았다고 하더라고요. 그래서 현존하는 진짜 퍼스트 폴리오도 그 외양은 각자 다르죠."

나는 눈앞의 커다란 책을 보았다. 그런 점까지 진품을 모방해 만든 것이다. 미즈키 에이코의 말처럼, 구가야마가 복제본을 구태여 호화롭게 장정한 이유가 무엇인지 짐작이 가지 않았다.

이 책이 진품이라면 또 모를까.

시오리코 씨는 한 손으로 끈을 벗겨 표지를 넘겼다. 제법 무거운 책이라 나도 옆에서 거들었다. 표지 모서리처럼 검은 빛깔의 면지가 여러 장 달려 있었다. 몇 장 넘기자 훤히 벗겨진 머리에 수염을 기른 중년 남성의 초상화가 들어간 페이지가 나타났다. 동판화라는 것이리라. 귀를 가릴 정도로 기른 머리와 목둘레를 감싸는 거대한 칼라에서 옛 유럽 분위기가 물씬 풍겼다.

이 사람이 셰익스피어다.

초상화 위에는 'Mr. WILLIAM SHAKESPEARES COMEDIES, HISTORIES&TRAGEDIES.' 라고 인쇄되어 있었다. '윌리엄 셰익스피어의 희극, 역사극, 비극' 이라는 뜻이겠지. 현대 활자체와는 달랐고, 인쇄도 다소 흐릿했다. 나 같은 문외한이 보기에는 충분히 오래된 책으로 보이는데 정말 복제본인 걸까.

"……어떻게 된 거지?"

시오리코 씨가 낮은 목소리로 중얼거렸다. 진지한 눈빛으로 초상화가 인쇄된 페이지를 보고 있다가 황급히 책장을 넘겼다. 뭔가 중대한 사실을 깨달은 모양이었다. 가슴이 두근거렸다. 설마 그럴 리가…….

"혹시 진짜 퍼스트 폴리오입니까?"

"아뇨, 팩시밀리가 틀림없어요."

시오리코 씨는 단박에 부정했다.

"종이가 확연히 현대 것이에요. ……그런데 이상한 점이 있어요."

시오리코 씨는 펼친 책장을 가리켰다. 희곡의 첫머리인 듯 제목 아래 대사가 좌우 2단으로 인쇄되어 있었다. 원래 여백에 해당하는 문자 주변이 면지와 마찬가지로 새카맸다.

"뭐가 이상하다는 겁니까?"

"원래 퍼스트 폴리오는 박스 안에 글자가 인쇄되어 있고, 그 주변은 여백이에요. 하지만 이 팩시밀리는 여백 부분이 검어요. 일반적인 팩시밀리는 이렇지 않은데……."

그녀는 한 손으로 진열대를 짚고 안경이 닿을 정도로 얼굴을 가까이 댔다. 책에 닿지 않도록 긴 머리를 붙잡는 모습에 가슴이 두근거렸다.

"수작업이네요. 인쇄가 아니라. 박스 바깥의 여백을 잉크 같은 걸로 칠했어요."

"네……?"

말문이 막혔다. 여백이라 해도 그 분량이 만만치 않았다. 그리고 이 책은 백과사전에 맞먹는 두께였다. 한 페이지씩 칠하려면 엄청난 품이 들었을 것이다.

"왜 그렇게까지 한 겁니까?"

"모르겠어요……. 전혀 짐작이 안 가요."

시오리코 씨가 그런 표현을 쓰는 경우는 드물었다. 고서 수집가나 고서점에서는 하지 않는 행위인 모양이었다. 확실한 건 이 책이 평범한 복제본이 아니라는 것이다. 뭔가 비밀을 감추고 있는 듯했다.

회장이 갑자기 웅성거리기 시작했다. 우리는 말없이 펼쳐진 페이지를 내려다보았다. 실은 아까부터 희곡의 제목에 눈길이 갔다. 'THE TRAGEDIE OF ROMEO and IVLIET'. 마지막 단어는 어떻게 읽는 거지. 이브······.

"이 희곡은 뭡니까?"

"'로미오와 줄리엣의 비극' ······그 유명한 「로미오와 줄리엣」이에요."

나는 마지막 단어를 다시 보았다. 'IVLIET', 어떻게 읽어도 '줄리엣'은 아니었다.

"여 주인공의 이름이 줄리엣 아니었습니까?"

"네. 이렇게 쓰고 '줄리엣'이라고 읽어요. 17세기 영어는 현대와 알파벳 표기가 달라서, 다른 문자로 대용하거나, 지금과 다른 문자가 쓰이고는 했어요. J는 I, U는 V, W는 VV로 표기하기도 했죠. 「로미오와 줄리엣」은 페이지에 따라 제목의 철자가 달라요.

시오리코 씨는 책장을 한 장씩 넘겼다. 모든 페이지의 상단에 제목이 인쇄되어 있었는데, 줄리엣의 이름에 'I'를 쓰기도 하고, 'J'와 비슷한 글자를 쓰는 등 제각각이었다. 철

148

자가 뒤죽박죽이라 기분이 영 개운치 않았다.

"⋯⋯철자를 통일해야겠다는 생각은 안 한 걸까요."

"그런 생각조차 못했던 시대였겠죠. 설령 통일하고 싶었다 해도, 활자가 부족했을지도 몰라요. 당시에는 활자가 비싸서 인쇄소에서도 다량 보유하고 있지 않았거든요. 퍼스트 폴리오도 한 번에 몇 페이지씩 인쇄하는 게 고작이었어요."

"옛날 인쇄라면⋯⋯ 금속 활자를 하나씩 짜서⋯⋯."

"그거예요! 그게 활판 인쇄예요. 잘 아네요?"

칭찬을 들어 나쁜 기분은 아니었지만, 딱히 잘 아는 건 아니었다. 어릴 적 텔레비전에서 본 애니메이션 「은하철도의 밤」에서 고양이 모습의 주인공이 활자를 줍는 장면이 기억에 남아 있었을 뿐이었다.

"당시에는 한 장씩 잉크를 묻혀서 인쇄했기 때문에 엄청난 시간이 들었어요. 약 900페이지의 퍼스트 폴리오를 인쇄하는 데 2년이나 걸렸다고 해요."

"그렇게 오래요?"

저도 모르게 큰 소리를 냈다. 내 반응에 시오리코 씨가 미소 지었다.

"17세기에는 인쇄기술 수준이 그리 높지 않았거든요. 활자 오류도 많았는데⋯⋯. 원재료인 종이가 비싸기도 해서, 인쇄 도중에 오류가 발견되어 정정해도, 그때까지 찍은 페이지를 버리지 않고 그대로 쓰기도 했어요."

"그럼 오자가 들어간 페이지도 책에 들어간 겁니까?"

"네. 같은 내용이라도 책에 따라 오자가 많거나 적은 경우도 드물지 않았죠. 특히 퍼스트 폴리오를 인쇄한 재거드는 실수가 많은 업자여서 외양뿐 아니라 내용도 책마다 미묘하게 달라요. 그밖에도 요즘 상식으로는 상상도 못할 일들이 많아요. 식자공의 취향에 따라 단어 철자가 다르거나, 인쇄 도중에 예정에 없던 희곡을 끼워 넣어서 쪽번호가 뒤죽박죽이 되거나……."

"지금 시대와는 책을 대하는 감각이 달랐군요……."

"맞아요. ……희곡뿐 아니라, 책이 제작되어 유통되는 과정에 얽힌 이야기도 지금과는 사뭇 다르죠. 흥미롭지 않아요?"

문득 시오리코 씨의 어머니가 생각났다. 학창 시절, 시노카와 지에코는 '근세 유럽의 출판유통'이라는 주제를 연구했다. 지금 시오리코 씨와 같은 생각을 했기 때문이 아닐까?

결국 이 모녀는 같은 길을 가는 건지도 모르겠다.

"시노카와, 고우라."

뒤에서 부르는 소리가 들렸다. 돌아보니 살짝 수염을 기른 훤칠한 남자가 서 있었다. 여름인데도 검은 옷차림에 빨간 앞치마 차림이다.

"미안, 찾았다면서."

"아니에요……. 연락 주셔서 감사합니다. 렌조 씨."

시오리코 씨는 다키노 렌조에게 감사 인사를 했다.

2

"여전히 사이가 좋군."

다키노는 그렇게 말하며 미소를 지었다.

"아, 놀리는 게 아니라 정말 잘됐다는 생각이 들어
서……. 그나저나 책 이야기만 시작하면 둘 다 아무것도 안
보이나 봐."

말하는 걸로 봐서는 아까부터 있었던 모양이었다.

"죄송합니다, 계신 줄 몰랐어요."

내가 사과하자 다키노는 손사래를 쳤다.

"무슨. 퍼스트 폴리오 이야기 잘 들었어. 아, 그러고 보니
시노카와, 마키타 씨 이야기 들었어? 시노카와 아저씨가
이사를 맡으셨을 때 이사장이셨던……."

"아뇨. 아버지가 돌아가신 뒤로는 연하장만 주고받아
서…… 고서회관에서도 못 뵈었고요."

"가게를 닫으실 모양이야. 건강이 안 좋으시대."

"아……. 그러셨구나."

두 사람의 목소리가 점점 낮아졌다. 모르는 사람 이야기를 듣고 있기도 뭐해서 「로미오와 줄리엣」 페이지가 펼쳐진 복제본을 살펴보는 시늉을 했다. 시오리코 씨는 종이 재질이 현대의 책과는 다르다고 했지만, 나로서는 잘 구분이 가지 않았다. 오래된 양서를 본 적이 없으니 그럴 법도 했다.

책장을 넘기니 「로미오와 줄리엣」에 이어 다른 희곡이 실려 있었다. 'THE TRAGEDIE OF Troylus and Cressida'. 내가 모르는 제목이었다.

'뭐지?'

불현듯 동작을 멈췄다. 지금 보는 게 몇 페이지인지 갑자기 알 수 없게 되었기 때문이다. 「로미오와 줄리엣」의 마지막 장이 78페이지였고, 다음 희곡이 79페이지부터 시작되었지만 80페이지부터는 몇 페이지인지 나타내는 숫자가 본문 귀퉁이에 없었다. 그다음 희곡도 마찬가지였다. 한 장 두 장 넘기다 보니, 몇십 페이지에 걸쳐 쪽번호가 누락되어 있었다.

시오리코 씨는 이걸 보고 '페이지의 쪽번호가 뒤죽박죽이다.'라고 한 것이리라. 쪽번호가 없는 페이지가 이렇게 많다니 다소 어이가 없었지만, 이 시대의 책은 이런 것이었을지도 모른다.

"······그래서 오늘은 셰익스피어 책 때문에 온 거야?"

다키노의 목소리가 나를 현실로 불러들였다. 공통 지인의 이야기는 이제 끝난 모양이다.

"네. 이 책이 오늘 시장에 출품되었는지, 렌조 씨에게 물어보려고 했는데······."

시오리코 씨는 거기서 말을 끊었다. 듣자 하니 다키노가 먼저 전화를 걸어온 모양이었다. 나는 책이 출품되면 연락을 달라고, 시오리코 씨가 다키노에게 부탁해 놓은 줄 알았다.

"왜 이 팩시밀리가 출품되었다고 저한테 연락하신 거죠?"

듣고 보니 이상하긴 했다. 이 책과 비블리아 고서당을 연결 지을 단서는 아무것도 없었다. 다키노는 멋쩍은 듯 머리를 긁적였다.

"이 책이 왜 여기 있는지 물어보려고 했지. ······애초에 누구 책이야?"

"외할머니가 소중히 보관하시던 책이에요. 며칠 전에 사정이 생겨서 내놓기는 했지만······ 제가 다시 사들이려고요."

시오리코 씨는 요시와라의 이야기는 빼놓고 간략하게 설명했다.

"외할머니? 아주머니의 어머니 말이야? 만난 적 없다고 하지 않았어?"

다키노의 눈이 휘둥그레졌다. 시오리코 씨와 오래 알고

지낸 그는 시노카와 집안 사정에도 정통했다.

"얼마 전에 만났어요. 후카사와에 사시는데…… 책을 좋아하시는 분이세요."

나이나 성격, 직업보다 책을 좋아한다는 이야기를 먼저 하는 게 그녀다웠다.

"그래, 그랬구나."

다키노도 순순히 고개를 끄덕였다. 그러고 보니 이 사람도 책을 좋아했다.

"사실 이 책을 비블리아 고서당에서 본 적이 있어. 십 년 전쯤에."

그 말이 우리를 놀라게 했다. 10년 전이라면 시노카와 지에코가 어머니의 책을 고쳐 주겠다고 했던 때가 아닌가. 시오리코 씨가 고개를 갸웃거렸다.

"가게 안에서 보셨나요?"

"아니, 그건 아니었어. 아버지 심부름으로 비블리아에 갔더니, 아주머니가 카운터에서 이 책 표지를 가죽으로 싸고 계셨어……. 신기해서 잠시 옆에서 구경했지. 여태 아주머니 책인 줄 알았어."

"어머니는 이 책에 대해 뭐라고 했나요?"

"셰익스피어 작품집의 팩시밀리라고만 말씀하시고 다른 얘기는 없었어. 작업에 열중하고 계셨지. 가게에 아무도 없었고……. 아, 그러고 보니 이상한 말씀을 하시긴 했어."

"이상한 말……?"

시오리코 씨가 작은 소리로 되뇌었다.

"이건 특별 장정의 팩시밀리인데, 색깔이 다른 책이 모두 세 권 있다고."

"다른 색깔? 어떤 색깔인지 말했나요?"

"분명…… 빨간색과 파란색, 하얀색이었어. 프랑스 국기와 같은 구성이었다고 기억해."

저도 모르게 복제본을 내려다보았다. 이 책의 표지는 검은색이었다. 빨간색도, 파란색도 아니었다.

"이 책까지 모두 네 권 아닙니까?"

내 말에 다키노는 고개를 끄덕거리며 턱수염을 쓸었다.

"그렇지. 그때는 몰랐는데, 지금 생각해 보니 이상하더라고. 내 기억이 틀린 것 같지는 않은데……."

"렌조 씨, 지금 그 얘기, 정확히 언제쯤 있었던 일인가요?"

시오리코 씨는 숨도 쉬지 않고 물었다.

"내가 대학에 입학한 해의…… 9월 초였어. 요코하마 역 지하상가에서 열린 행사에 우리하고 비블리아하고 참가했었어. 그런데 행사가 끝난 뒤에 우리 짐에 비블리아 짐이 섞여 있어서, 마침 방학이어서 집에 있던 내가 가져다 드렸거든. 너하고 아야카는 학교에 다녔을 때였고."

다키노 씨, 시간 다 됐습니다. 다른 스태프의 목소리가 들렸다. 다키노는 손목시계를 힐끗 보았다.

"미안한데 이제 낙찰 시간이야. 그 책에 입찰할 거면 서둘러야 할 거야."

말을 마친 다키노는 자리를 떴다. 가나가와의 도서 교환전에서는 봉투에 든 입찰용지를 비교해 낙찰자를 확정하는 개찰 작업을 각 구역의 긴 테이블에서 개별적으로 진행한다. 때문에 낙찰자가 나오지 않은 구역에서는 입찰을 계속할 수 있다. 우리가 있는 구역은 맨 마지막에 낙찰자를 발표하기 때문에 아직 시간 여유가 있었다.

"책을 언제 고쳤는지는 왜 물어본 겁니까?"

시오리코 씨에게 물었다. 초점 없는 시선이 허공을 오갈 뿐, 그녀는 대답하지 않았다. 옆에서 본 그 얼굴은 새파랗게 질려 있었다.

"괜찮아요?"

어깨에 손을 올리며 묻자 그제야 나를 보며 말했다.

"괜찮아요. 우선 입찰부터 하죠."

스스로를 다독이듯 그렇게 대답하더니, 눈앞의 책을 내려다보았다. 나도 질문을 삼켰다.

"장정이나 페이지 채색 같은 건 꽤 바뀌었지만, 내용물이 팩시밀리라는 건 분명하니까요. 1968년에 간행된 노튼 팩시밀리는 일본 고서점에서도 어렵지 않게 구입할 수 있어요. 한정판이라도 시세는 거의 오만 엔 안쪽이고, 그 밖의 판은 1만 엔에도 거래된다고 알고 있어요."

나는 고개를 끄덕이며 다음 말을 기다렸다. 다른 책에 비하면 비싼 편이었지만, 이렇게 전문적인 대형본이니 그럴 법도 했다.

"저희는 판매 목적이 아니니 이문을 남길 필요는 없어요. 아마 오만 엔대로 써내면 낙찰될 거예요. 하지만 방지표가 들어 있을 가능성이 있어요."

나도 아는 용어였다. 전에 경매장에 왔을 때 본 적이 있었다.

"방지표……. 출품자가 봉투에 넣는 용지 말이죠? 스스로 최저낙찰가를 정할 수 있는."

출품한 책이 너무 싼 가격에 낙찰되는 것을 방지하기 위해서라고 들었다. 아까 시오리코 씨는 요시와라가 이 책을 비블리아 고서당이 아닌 다른 곳에 판매할 생각은 없을 거라고 말했다. 그게 사실이라면, 아무도 낙찰하지 못하도록 틀림없이 고액의 방지표를 넣어 놨을 것이다.

"네. 이 경우, 요시와라 씨가 얼마짜리 방지표를 넣어 놨을지 생각해야 해요."

시오리코 씨는 입에 주먹을 대고 생각에 잠겼다. 좀처럼 판단을 내리지 못하겠는지 1~2분 동안 그 자세로 꼼짝 않고 있었다. 그동안에도 우리 뒤에서는 순조롭게 낙찰자 발표가 진행되고 있었다.

슬슬 조바심이 나기 시작했을 즈음, 시오리코 씨가 근처에 있던 입찰용지를 집었다. 아무것도 적혀 있지 않은 메모지 같은 모양이었는데, 위에서 한 장씩 떼어서 사용했다. 회장 곳곳에 같은 용지가 비치되어 있었다.

일단 오른손에 든 지팡이를 내려놓은 뒤 테이블에 위태롭게 기댄 자세로 입찰용지에 금액을 기입했다. 칠만 이천 엔, 육만 이천 엔, 오만 이천 엔, 사만 이천 엔……

'4교찰이다.'

나는 속으로 중얼거렸다. 입찰 금액이 높아질 경우, 복수의 금액을 기입할 수 있었다. 최고 금액이 오천 엔 이상이면 2개, 1만 엔 이상이면 3개, 오만 엔 이상이면 4개까지. 저마다 2교찰, 3교찰, 4교찰이라 불렀다. 고액 입찰일수록 여유 있게 입찰할 수 있지만, 4교찰 입찰을 직접 볼 기회는 거의 없었다.

시오리코 씨는 원래 낙찰 예상가인 오만 엔을 웃도는 금액을 적어 넣고 있었다. 만일 요시와라의 방지표와 다른 입찰자의 희망 낙찰가가 그보다 높을 경우라도, 칠만 이천 엔보다 아래라면 우리가 최종 낙찰자가 된다. 예를 들어 경쟁자의 최고입찰가가 육만 엔일 경우, 우리는 2순위 입찰가인 육만 이천 엔에 낙찰 받는 것이다.

금액을 다 적은 뒤에도 시오리코 씨는 바로 봉투에 넣지 않았다. 뭔가 걸리는 게 있는 듯했다. 그리고 용지를 찢은 뒤, 다시 시간을 들여 새 용지에 기입을 했다. 하지만 결국 금액은 처음 기입한 것과 같았다.

입찰할 때 이렇게 고민하는 시오리코 씨의 모습은 처음 봤다. 판단을 내리기 어렵기 때문이기도 했지만, 아까 다키노와 나누었던 대화가 계속해서 마음에 걸리는 것 같았다.

"아……."

잘라 낸 용지가 그녀의 손을 떠나 통로로 떨어졌다. 이런 실수는 흔치 않았다. 나는 서둘러 용지를 주워 접은 뒤 봉투에 넣었다. 시오리코 씨의 낯빛은 아까보다 더 좋지 않았다. 가뜩이나 더운 날씨인데 회장 안은 환기도 잘 되지 않았고 지나다니는 사람들도 많았다.

"1층으로 내려갈까요."

입찰을 끝냈으니 더 이상 볼일은 없었다. 다시 지팡이를 팔에 걸며 시오리코 씨가 고개를 끄덕였다.

"네, 가요."

몸을 돌린 순간 나는 돌이 된 듯 그 자리에 멈춰 섰다. 하얀 정장을 갖춰 입은 자그마한 노인이 눈앞에서 웃고 있었다. 둥그스름한 체형과 복장 때문인지 오늘은 머리뿐 아니라 몸 전체가 달걀 그 자체로 보였다.

"안녕들 하십니까."

요시와라 기이치는 모자를 벗으며 인사를 건넸다.

"기묘한 우연이군요. 이런 데서 만나다니."

기묘한 우연은 무슨. 시오리코 씨가 입찰하러 올 줄 알고 있었으면서.

"어제 할머니를 뵙고 왔어요."

갑자기 시오리코 씨가 언성을 높였다. 다시 기운을 되찾은 게 아니라는 사실은 가늘게 떨리는 어깨를 보면 알 수 있었다.

"그렇군요. 참 잘됐습니다."

노인은 한 글자씩 힘을 주어 말했다. 명백한 도발이었다.

"젊을 적부터 원체 고생이 많았던 분이라, 훌륭하게 자란 손녀딸을 보고 한시름 놓으셨겠습니다. 아니, 지금도 마음고생이 끊이지 않으시겠군요. 의붓아들과 영 사이가……."

"잘도 그런 소리를 하는군. ……협박해 놓고서."

속마음이 튀어나왔다. 미즈키 에이코에게 새로운 걱정거리를 안겨 준 장본인은 다름 아닌 그였다.

"협박이라니, 말씀이 심하시군요. 당최 무슨 말씀이신지……."

"사진을 갖고 협박하지 않았습니까. 경찰에 신고할 수도 있었습니다."

"뭐라고 말씀하셔도 상관없습니다. 경찰에 뭐라고 신고하려는 건지 도통 모르겠군요……. 거래처에서 받은 사진을 드렸을 뿐인데."

요시와라는 태연한 표정으로 반박했다. 빈틈없는 그가 협박으로 들릴 만한 발언을 했을 리가 없었다. 경찰에 가면 제삼자에게 미즈키 류지의 사생활을 폭로하는 꼴밖에 안 된다. 이미 거기까지 예상하고 벌인 짓이리라.

"일을 복잡하게 만들 생각은 없습니다."

시오리코 씨가 나를 제치고 앞으로 나섰다.

"외할머니와 가족 분들은 이 책을 되찾아 달라고 말씀하셨습니다. 책을 되살 수 있다면 돈은 마련하시겠다고요. 하지만 저는 최소한 정당한 가격으로 거래하고 싶습니다. 요시와라 씨도 고서조합에 가입한 전문 업자로서, 그에 상응하는 양심을 가지신 분이라 믿습니다."

순간 요시와라는 무표정으로 입을 다물었다. 고서 교환전에 출품할 수 있는 건, 사전에 심사를 거쳐 고서조합에 가입한 업자뿐이다.

"당연히 그 정도 양심은 있습니다. 시오리코 양이 태어나기 전부터 이 업계에서 일했으니까요."

평소보다 석연치 않은 말투였다. 아무리 그래도 양심 따위는 상관없다는 식으로 말할 수는 없었겠지. 나름대로 자존심이 있을 터였다.

"그럼 낙찰가를 무분별하게 올리는 행위는 하지 않으시라 믿습니다. 양심을 걸고요. 다이스케 군이 지금 말한 대로 경찰서를 찾아갈 수도 있습니다."

시오리코 씨의 상체가 앞으로 기울어졌다. 나는 황급히 어깨를 부축했다. 슬슬 한계인 듯했지만, 강렬한 눈빛으로 요시와라를 똑바로 바라보고 있었다. 그녀를 관찰하던 요시와라가 슬쩍 시선을 돌렸다.

"뭐, 좋습니다. 애초부터 오늘은 고액의 방지표 같은 건 넣지 않았으니까요. 이대로 여러분이 낙찰하는 걸 지켜보겠습니다."

진심에서 우러나서 하는 소리는 아닌 것 같았지만, 그래서인지 진정성이 느껴지기도 했다.

"알겠습니다. 그 말씀, 믿겠습니다."

그녀는 단호히 말하더니 괴로운 듯 얼굴을 찡그렸다.

"잠깐 실례하겠습니다."

입가를 막으며 출구 쪽으로 걸어가는 시오리코 씨를 황급히 뒤쫓았다. 문 앞에서 돌아보니, 노인은 마치 배우처럼 모자를 가슴에 얹은 채 우리를 바라보고 있었다.

3

시오리코 씨는 1층 여자 화장실로 들어갔다.

나는 복도에 설치된 휴게용 벤치에서 그녀가 나오기를 기다렸다. 일렬로 늘어선 자동판매기의 압축기가 웅웅거리는 소리를 내며 돌아가고 있었다. 예전에는 이곳을 흡연 구역으로 썼다고 하지만, 관내에서 흡연이 금지된 뒤로는 이용하는 사람이 줄었다고 했다. 지금은 나 말고 아무도 없었다.

이러는 동안에도 회장에서는 개찰이 진행되고 있을 터였다. 아까 시오리코 씨와 요시와라가 나누었던 대화를 되짚어 봤다.

그녀가 진심으로 노인의 양심을 믿고 있을 리는 없었다. 아마 고액의 방지표를 넣을 가능성을 조금이라도 낮추려 했던 것이리라. 입찰에는 '수정'이라는 시스템이 있어서, 추가로 더욱 고가의 입찰용지를 써 넣을 수 있다. 방지표도 마찬가지다. 한마디로, 요시와라가 마음만 먹으면 얼마든 입찰가격을 올릴 수 있고, 우리는 그걸 막을 방법이 없다. 얼마나 효과가 있을지 의심스러워도 양심에 호소하는 수밖에 없었던 것이다.

화장실에서 나오는 시오리코 씨가 보였다. 메시지가 왔

는지 휴대전화 화면을 내려다보았지만, 나를 보고 서둘러 다가왔다. 아까보다 컨디션이 좋아 보였다.

"잠깐 쉴까요?"

그렇게 말하자 그녀는 고개를 끄덕이며 내 옆에 앉았다. 복도 제일 안쪽이라 사람들로 붐비는 회장보다는 냉방이 잘 돌았다.

"걱정 끼쳐서 미안해요."

"아뇨, 괜찮아요. 뭐 좀 마실래요?"

자리에서 일어나려 했지만, 그녀는 내가 마시던 생수를 가리키며 말했다.

"한 모금만 마실래요."

나는 물병을 건넸다. 마시던 물이라는 말은 하지 않았다. 이럴 때면 그녀와 사귀고 있다는 실감이 들었다. 하얀 목이 위아래로 움직이는 모습에 무심코 눈길이 갔다.

"······살 것 같아."

그녀는 긴 한숨을 내쉬더니 짚고 있던 지팡이와 같은 각도로 다리를 뻗었다. 오늘은 긴 치마에 가려진 맨발에 샌들을 신었는데, 오렌지 빛깔의 페디큐어가 깔끔하게 발려 있었다.

"어머니가 책을 보수한 시기를 왜 확인한 겁니까?"

아까 하지 못한 질문을 입에 담았다. 약간은 망설일 줄 알았는데 그녀의 대답은 생각보다 빨랐다.

"렌조 씨가 대학교 1학년일 때, 저는 중학교 3학년이었어요. 어머니가 집을 나간 건 그해 9월 중순이었고요…….
할머니의 책을 보수한 직후였죠."

"아……."

왜 알아채지 못했을까. 시노카와 지에코가 10년 전에 비블리아 고서당을 떠났다는 걸 알고 있었으면서도.

"그 책과 관련 있는 겁니까?"

"……그럴지도 몰라요."

전에 책등빼기 시다에게 들은 적이 있다. 그는 시노카와 지에코가 '제정신으로는 손에 넣을 수 없는, 엄청난 고서'를 찾아 떠났다고 했다. 그리고 지금도 그 책을 찾고 있다고…….

"혹시 퍼스트 폴리오를 찾고 있는 건……."

세상에 230여 권밖에 없다는, 수억 엔짜리 희귀본. 확실히 언감생심 제정신으로 손에 넣겠다고 결심할 수 있는 책은 아니었다.

"저도 그 생각은 했지만…… 현재 확인된 모든 퍼스트 폴리오는 저마다 그 특징과 소유자에 관한 상세한 정보가 돌고 있어요. 대부분은 연구기관이나 저명한 고서 수집가들이 소장하고 있어서 무턱대고 찾는다고 찾을 수 있는 게 아니고요.

도난당한 책도 있다고 들었지만, 만에 하나 시장에 나오더라도 원 소유주에게 반환될 가능성이 커요. 발견자가 소장할 수 있는 책이 아니죠. ……좌우지간 그 팩시밀리와 상관이 있는 것 같지는 않아요."

그렇다면 전혀 다른 책을 찾고 있는 것일까. 물론 시다의 이야기가 사실인지 확인할 길이 없지만.

"하지만 그 팩시밀리에 뭔가 단서가 있을지도 모르죠. 책을 낙찰받으면, 할머니의 허락을 받아 자세히 살펴볼 작정이에요."

한마디로 그 책을 되찾지 않는 이상, 알아낼 수 있는 건 아무것도 없다는 뜻이다.

복도 끝에 있는 엘리베이터 문이 열리더니, 책이 쌓인 대차와 함께 앞치마를 두른 사람이 내렸다. 낙찰된 상품을 운반하는 것이다.

"지금쯤 낙찰자가 정해졌을 것 같네요. 가요."

시오리코 씨는 그렇게 말하며 오른팔에 지팡이를 끼우고 일어섰다.

2층 회장을 둘러보니 개찰 작업은 대충 마무리된 듯했다. 계산을 마친 책을 점원들이 여기저기서 대차에 싣고 있었다. 복제본이 있던 창가 진열대 쪽은 방금 작업이 끝난 모양이었다. 관계자가 아닌 사람은 드나들지 못하도록 통로에 쳐 놓았던 막대를 치우는 다키노의 모습이 보였다.

업자들이 저마다 입찰한 물건을 확인하러 갔다. 몇몇 사람들이 우리가 입찰한 복제본도 확인했지만, 모두 의아한 듯 고개를 저으며 자리를 떴다. 낙찰에 실패한 모양이었다.

책을 묶어 놓은 비닐 끈에 입찰용지가 붙어 있었는데, 가장 고가의 금액이 적힌 용지를 붙이도록 되어 있었다. 방지표에 적힌 금액이 더 비쌀 경우에는 방지표를 붙인다.

과연 시오리코 씨가 적은 입찰용지가 붙어 있을까, 아니면 요시와라의 방지표가 붙어 있을까. 우리는 동시에 그 종이를 들여다보았다.

"어라?"

눈이 휘둥그레졌다. 붙어 있는 종이는 그 어느 쪽도 아니었다. 용지에 적힌 금액은 위에서부터 1순위가 구만 삼십 엔, 2순위가 팔만 오천삼십 엔, 3순위가 팔만 삼십 엔, 4순위가 칠만 오천삼십 엔으로 오천 엔 단위의 4개의 금액이 적힌 4교찰이었는데, 그 두 번째인 팔만 오천삼십 엔에 동그라미가 쳐져 있었다. 그것이 낙찰 금액이었다. 금액 아래에는 상호명이 있었는데, 히토리 서방이라 적혀 있었다. 히토리 서방의 이노우에가 입찰한 용지였다.

'히토리 서방이 왜……'

히토리 서방은 미스터리와 SF를 전문으로 다루는 고서점이었다. 해외 작품 원서나 잡지도 거래했지만, 셰익스피어 같은 영문학 고전을 취급한다는 이야기는 들어 본 적이 없었다.

"이게 대체……."

바로 옆에서 낮은 목소리가 들렸다. 하얀 정장을 입은 요시와라가 서 있었다. 트레이드마크처럼 늘 얼굴을 떠나지 않던 미소도 지금은 온데간데없었다.

"이 낙찰자는 대체 누굽니까?"

그 역시 예상하지 못한 사태인 듯했다. 시오리코 씨는 매서운 눈빛으로 그를 보았다.

"요시와라 씨, 역시 방지표를 수정하셨군요. 저희가 회장에서 나간 뒤에."

그녀는 히토리 서방에서 쓴 입찰용지를 가리켰다. 나도 고개를 돌려 그것을 보았다. 2순위인 팔만 오천삼십 엔에 낙찰됐다는 건, 누군가가 팔만 삼십 엔과 팔만 오천삼십 엔 사이에 입찰했다는 뜻이다. 물론 시오리코 씨가 입찰한 금액보다 높았다. 노인 역시 부정하려 하지 않았다. 양심을 걸고 한 약속 같은 건 그에게 아무 의미도 없었던 것이다.

"그쪽이야말로 뭔가 잔꾀를 부렸군요."

그제야 노인의 입가에 웃음기가 돌아왔다. 하지만 빈틈

없이 주위를 살피는 두 눈은 평소의 싹싹한 인상과 거리가 멀었다.

"무사히 낙찰받은 모양이군."

희끄무레한 머리의 이노우에가 불쑥 나타나 시오리코 씨에게 말을 걸었다.

"이제 됐나? 일단 네가 말한 대로 입찰했는데."

"네……. 도와주셔서 감사합니다."

"별일도 아닌데 뭘. 돈은 다음에 만났을 때 줘도 돼. 그 책은 가져가고."

어찌 된 영문인지 이제 알 것 같았다. 시오리코 씨는 이노우에에게 자기 대신 이 책을 낙찰받도록 부탁한 것이다. 그리고 보니 아까 화장실에서 나올 때 휴대전화를 들고 있었다. 분명 메시지를 보내서 부탁한 것이리라.

"감사합니다. 저기, 이 은혜는 꼭……."

"됐어. 너희한테 신세진 걸 갚았을 뿐이야."

불퉁하게 말하더니 이노우에는 자리를 떴다. 시오리코 씨와 요시와라의 시선이 정면에서 맞부딪쳤다. 당당하게 허리를 꼿꼿이 편 그녀와 평소보다 안색이 좋지 않은 노인……. 아까와는 180도 역전된 상황이었다.

"요시와라 씨, 드릴 말씀이 있어요. 잠시 시간 좀 내주시겠어요?"

4

"생각보다 만만치 않은 아가씨로군요. 날 보기 좋게 물
먹였어."

우리는 고서회관 근처에 있는 프랜차이즈 카페에 있었
다. 요시와라는 계산대에서 커피를 받아 자리에 앉자마자
시오리코 씨를 보며 그렇게 말했다.

"내가 방심했어요. 어리석은 자는 제가 현명하다고 생각
하는 법이죠."

"그리고 현명한 자는 자신이 어리석다고 생각하고요.
「뜻대로 하세요」의 인용구죠."

시오리코 씨가 무뚝뚝하게 노인의 말을 받았다. 그의 칭
찬에도 눈 하나 깜짝하지 않았다. 그녀 역시 결과에 만족하
지 못하는 모양이었다.

"절 추켜세우시는 것 같지만, 이 팩시밀리를 시세보다
비싸게 샀다는 사실은 변함없죠."

종이봉투에 든 복제본은 시오리코 씨의 발밑에 있었다.

"……죄송한데, 대체 어떻게 된 일입니까?"

이야기가 본론으로 들어가기 전에 조심스레 물었다. 시
오리코 씨가 이노우에에게 복제본을 낙찰해 달라고 부탁했

다는 것 말고는 아는 게 없었다.

요시와라가 과장된 포즈로 어깨를 으쓱했다.

"이런, 이 청년에게도 사전에 언질을 주지 않았군요. 그래서 진심으로 당신을 걱정했던 거고요. 그 모습에 깜빡 속았지 뭡니까. 우리 모두 이 아가씨의 연기에 속아 넘어간 겁니다. 몸이 안 좋은 척까지하면서."

"네?"

시오리코 씨는 미안한 표정으로 눈을 내리깔더니 고개를 숙였다.

"렌조 씨와 이야기하다 현기증이 난 건 사실이에요. 그 뒤는 반쯤 연기였고요……. 설명하려고 했는데 타이밍을 놓쳤어요. 미안해요."

반쯤은 정말 몸이 안 좋았던 거였다. 그러고 보니 화장실에서 나왔을 때는 상당히 괜찮아 보였다. 휴게소에서 말하려 했는데, 내가 먼저 다키노와의 대화에서 뭔가 알아낸 게 없느냐고 물어서 타이밍을 놓쳤는지도 모른다.

"그건 상관없는데, 왜 그런 연기를 한 겁니까?"

"회장을 둘러보는데, 요시와라 씨가 우리를 힐끔거리는 걸 봤어요. 그래서……."

그녀는 말을 흐렸다. 그 후 무슨 일이 있었지? 그래, 시오리코 씨가 평소와 달리 입찰을 머뭇거렸다. 입찰용지를 다시 쓰거나, 통로에 떨어뜨리거나…… 눈이 번쩍 뜨였다. 그때, 뒤돌아본 순간 요시와라는 우리 바로 옆에 있었다.

"아! **이 사람 보라고 일부러 용지를 떨어뜨린** 거군요."

이제야 어찌 된 사정인지 알 것 같았다. 요시와라가 입찰 가격을 올려서 낙찰을 막으려고 하면 우리로서는 당해 낼 재간이 없었다. 하지만 시오리코 씨가 얼마에 입찰했는지만 안다면, 요시와라도 무턱대고 비싼 방지표를 추가할 필요가 없다. 비블리아 고서당보다 비싼 금액에 입찰할 고서점은 없을 테니까. 금액을 조금만 올리면 된다.

그녀는 자신의 수를 보여줌으로써 요시와라를 조종한 것이다. 요시와라는 감탄한 듯 시오리코 씨에게 미소를 보냈다.

"지금 생각해 보니, 당신은 미즈키 에이코가 더욱 비싼 값에 살 수도 있다는 식으로 말했죠. 양심 운운하는 소리도 일부러 한 거고요. 날 방심하게 해서 방지표를 수정하도록 만든 겁니다. 즉석에서 떠올린 것치고는 상당히 주도면밀한 심리전이었습니다."

요시와라의 말에서 아쉬움이나 분한 감정은 느껴지지 않았다. 진심에서 우러나온 그 목소리에 나는 오히려 불길한 무언가를 느꼈다. 이 사람이 높은 평가를 내릴수록, 정상적인 인간의 범주에서 벗어나는 듯한 기분이 들었다.

"아뇨."

하지만 시오리코 씨는 단칼에 부정했다.

"양심을 지켜 달라는 말은 진심이었어요. 이노우에 씨에게는 당신이 다시 방지표를 넣으면, 제가 말한 금액대로 입찰해 달라고 부탁했을 뿐이고요. 당신이 믿을 수 있는 분이기를, 그런 바람도 분명 있었습니다. ……저희 외할아버지 밑에서 일하셨던 분이니까요."

순간 가슴이 미어졌다. 지금까지 그녀의 심정을 헤아리고 있다고 생각했는데, 그게 아니었다. 시오리코 씨는 요시와라에게서 외조부인 쇼다이의 그림자를 보고 있는 것이다. 피가 섞인 외조부와, 그 주변 사람이 비양심적이라 생각하고 싶지 않은 것이다.

침묵이 우리를 무겁게 짓눌렀다.

요시와라의 얼굴에서 웃음기가 사라지더니 저녁노을 같은 우려의 빛만이 남았다. 평범한 노인다운 차분한 표정이었다.

"시오리코 씨는 나를 통해 외조부님 일을 알고 싶은 거군요."

요시와라의 목소리가 혼잣말처럼 울려 퍼졌다. 그는 시오리코 씨의 대답을 기다리지 않고 말을 이었다.

"유감이지만 쇼다이 씨는 악당이었습니다. 겉으로만 호인이었죠. 못 배우고 돈 없다고 여기저기서 무시당하면서 고생이란 고생은 다 했던 젊은 날의 기억을 끝끝내 잊지 못하고 가슴에 품고 있었던 겁니다. 이 바닥에서는 무슨 일이 있어도 물건을 찾아서 고객에게 팔 열의와 각오가 필요하다, 늘 그렇게 말씀하셨습니다. 한마디로 남에게 책이며 돈을 모두 빼앗겠다는 말이죠. 지독한 사람이었습니다. 공명정대와는 거리가 멀었죠.

당신 조부인 세이지 씨와 다른 제자들이 떠난 것도, 지에코 씨가 생부의 말을 듣지 않은 것도 모두 자업자득입니다. 오만하고 독단적이고 쩨쩨하고, 거기다 뒤끝까지 길었죠. 장점을 찾기 어려운 사람이었습니다."

여봐란 듯 험담을 늘어놓았지만, 요시와라의 목소리는 과거를 그리워하듯 향수에 젖어 있었다. 그 말을 정반대의 의미로 받아들여야 하는 게 아닐까 하는 생각조차 들었다.

"하지만 마지막에는 외롭고 고독했죠. 홀로 황야를 헤매듯……. 그래서 난."

요시와라는 돌연 입을 다물더니, 쓸데없는 소리를 했다는 듯 쓴웃음을 지었다. 다음 말을 이을 생각은 없는 듯했다.

"그러고 보니 할 얘기는 내가 아니라 두 분이 있다고 했죠. 아직 본론을 못 들은 것 같은데요."

시오리코 씨는 조용히 고개를 끄덕였다. 그녀가 어떤 용건으로 요시와라를 불러냈는지 나 역시 아는 바가 없었다.

"요시와라 씨의 진짜 목적이 무엇인지 듣고 싶습니다."

"진짜 목적이라."

난생처음 듣는 말인 양, 노인은 그 말을 되뇌었다.

"마리 할머님에게 구가야마 집안의 장서를 사들인 요시와라 씨는 지난 며칠 동안 저희로부터 많은 이익을 얻으셨죠. 저희에게 다자이의 『만년』을 터무니없이 비싼 가격에 매각했고, 할머니에게서 퍼스트 폴리오를 부당한 방법으로 양도받았고요."

"정당한지, 부당한지에 대해서는 견해의 차이가 있겠지만 이 자리에서 논하지는 말도록 하죠. 계속하세요."

요시와라는 시오리코 씨에게 손바닥을 내밀며 이야기를 재촉했다. 미묘하게 사람의 화를 돋우는 제스처였다.

"하지만 금전적인 이익만이 목적은 아닐 터. 『인육담보재판』을 저희에게 넘겼을 때부터 어렴풋이 느끼고는 있었지만, 오늘 일로 알아낸 게 있어요. 할머니에게 이 팩시밀리를 다시 고가에 팔아넘기는 게 목적이라면, 굳이 시장에 내놓지 않아도 됩니다. 저희를 동요하게 해서 값을 올릴 작정이었더라도, 출품 사실 자체를 모르고 지나갈 수도 있죠."

그러고 보니 이번에 다키노가 우리에게 복제본의 출품을 알려 준 건, 10년 전 우연히 비블리아 고서당에서 그 책을 본 적이 있었기 때문이다. 시오리코 씨도 출품 여부를 확인할 생각이었다고는 하지만, 그 역시 어제 미즈키 로쿠로의 부탁을 받고 나서의 일이었다. 미즈키 로쿠로가 시오리코 씨에게 이 일을 상의하리라는 것을 예상하고 있었더라도, 그 시기까지는 맞출 재간이 없다.

"그럼 내가 왜 이런 일들을 벌이는 거라고 생각합니까?"

"본인이 무슨 일을 하는지 알아채게 해서, 상대가 연락해 오기를 기다리는 거겠죠. 상대의 연락처를 모르거나, 아니면 상대에게 무시당하고 있으니까요. 그래서 이런 수고스러운 일을 벌이시는 거고요."

"제일 중요한 목적어가 빠졌군요. 내가 누구한테 연락을 취하려 한다는……."

"제 어머니, 시노카와 지에코입니다."

시오리코 씨가 단번에 그 이름을 말했다.

"저희 집안과 미즈키가를 궁지에 빠뜨리면 우리 중 누군가가 요시와라 씨와 구면인 어머니에게 도움을 요청할지도 모른다. 그걸 위해 구가야마가의 장서를 사들이신 거죠?"

요시와라가 비블리아 고서당을 찾아왔을 때를 떠올렸다. 다짜고짜 시노카와 지에코에게 자기 이야기를 들은 적이 있느냐고 물었다. 미즈키가에서도 사진까지 보여 주며 이야기를 꺼냈다. 생각해 보면 두 거래 모두 시노카와 지에코와는 상관이 없었다. 적어도 표면적으로는.

"내가 원하는 게 그거라면, 순순히 아가씨나 에이코 씨에게 부탁해 연락하면 될 일 아닙니까?"

"연락을 기다리는 쪽이 되면 상대에게 주도권이 넘어가죠. 요시와라 씨는 어떻게 해서든 어머니가 먼저 연락하게 만들고 싶었던 겁니다. 그만큼 세심한 주의를 기울여야 하는 일인 거죠. 일일이 설명하지 않고 마술 준비를 시작함으로써 장내를 컨트롤하려는 마술사의 심리와도 같다고 할까요."

"호오. 그럼 내가 그 팩시밀리를 출품한 이유는 뭐라고 생각합니까?"

"어머니가 뭔가를 알아채 주길 원하기 때문이 아닐까요……? 아마 셰익스피어에 관련된 무언가를. 조합에는 어머니의 지인도 많으니, 누군가가 어머니에게 정보를 흘릴 가능성도 있고요."

노인은 슬쩍 팔짱을 끼더니 잡아먹을 듯 시오리코 씨를 응시했다. 할 말을 잃은 것처럼, 상대의 역량을 파악하려는 것처럼도 보였다.

"한마디로 당신과 에이코 씨는 아직 지에코 씨에게 연락하지 않았다는 거군요."

한숨 섞인 목소리로 노인이 물었다. 드디어 인정했군. 듣는 입장에서는 반신반의였지만…… 아니, 이 역시 속임수일 수도 있다.

"왜 어머니에게 조언을 구하지 않는 겁니까?"

"십 년 전에 떠난 사람이니까요."

시오리코 씨가 싸늘하게 말했다.

"하지만 지난 몇 달 동안은 종종 기타가마쿠라로 돌아온 모양이던데요. 에이코 씨 집에도 한 번 찾아갔었고……. 가족 분들과 화해한 게 아닙니까?"

"아뇨."

시오리코 씨가 고개를 저었다. 분명 4월 이후로 몇 번 만나기는 했지만 딱히 화해한 건 아니었다. 우리 편인지, 적인지 아직도 잘 분간이 가지 않는다.

"저희가 먼저 연락을 취할 수 있는 수단은 없어요. 본인이 내킬 때만 연락하는 사람이니까요. 할머니도 5월에 한번 만나셨다고 했지만, 연락처는 모르실 거예요."

입원해 있는 동안에 문병 온 그녀에게 미즈키 에이코와 만났다는 이야기는 들었다. 그러고 보니 무슨 볼일이었던 걸까. 인사만 나누고 바로 떠났다고 했는데.

"그 사람이 자기 딸이나 어머니가 곤란에 처했다고 도와주러 나타날, 양심이 있는 사람이라고 생각하나요?"

"거기까지 기대하는 건 아니지만, 양심은 무수한 혀를 가졌다고 하니까요. 그리고 작은 소리라 해도 비명은 멀리까지 울려 퍼지는 법이니 한번 들여다볼 수도 있죠. 개인적인 연락처쯤은 알고 있겠지요?"

시오리코 씨는 대답하지 않았다. 시노카와 지에코가 떠나면서 딸에게 남긴 사카구치 미치요의 『크라크라 일기』에는 메일주소가 적혀 있었다. 하지만 지금은 그 메일로 연락해도 반응이 없다고 했다.

"내가 나타나지 않았어도, 지에코 씨에게 상의해야 할 일이 있을 텐데요. 이를테면 동생의 학비 문제라든지……."

"네?"

나는 시오리코 씨를 보았다. 무슨 말인지 도통 알아들을 수가 없었다. 그녀의 얼굴은 새파랗게 질려 있었다.

"그 얘길 어디서……."

"오호, 고우라 군도 몰랐던 모양이군요."

요시와라는 시오리코 씨의 말을 막듯 나를 보며 말을 이었다.

"지금 시노카와 집안에는 여윳돈이 거의 없습니다. 돌아가신 아버님의 병원비도 만만치 않고, 지난번 대지진 이후로 건물 내진 공사도 해야 했죠. 뭐, 자택이 있고 경영이 순탄치는 않지만 가게를 접을 정도는 아니니까요. 하지만 동생 아야카 양이 수험생이라는 게 문제입니다. 기특하게도 학자금 대출을 받아 지망대학에 진학할 작정인 듯하지만……."

커피 잔이 쨍, 하고 울리는 소리가 났다. 저도 모르게 주먹으로 테이블을 내리친 것이다. 그런 사정을 아무것도 몰랐던 내 자신에게 화가 났다. 대학에 진학하려면 당연히 돈이 든다. 두 사람이 그 문제로 고민하지 않았을 리가 없었다.

어제 오전 중에 『만년』의 대금에 대해 이야기하던 때, 시오리코 씨는 다음에 정식으로 말한다고 했는데…… 그게 바로 이 이야기였던 것이다. 아야카는 무슨 이야기든 엿들으려고 드니, 가게 안에서 이야기하기 어려웠겠지.

"그런 사정을 알면서 몇백 만 엔씩 부르며 사기를 친 겁니까?"

하지만 입 밖으로 튀어나온 건 다른 이야기였다. 누구보다 요시와라에게 화가 났다. 손녀뻘 되는 자매의 어려운 형편을 알면서 벼랑 끝으로 몰아붙이다니.

"사기라니요, 말이 심하군요. ……뭐, 그렇게까지 말한다면 안 받겠습니다. 나머지 사백만 엔은."

"뭐라고요?"

갑작스런 선언에 어처구니가 없었다. 노인의 말과 행동을 도무지 따라갈 수 없었다.

"지에코 씨에게 연락해서, 그녀가 다시 나에게 연락을 한다면 『만년』의 나머지 대금은 안 받겠습니다. ……아, 날 못 믿을 테니 이 자리에서 각서를 써 드리죠."

요시와라는 우리의 대답을 기다리지 않고 가방을 열어 필기도구를 꺼냈다.

"아직 저희 얘기는 안 끝났습니다. 어머니에게 대체 무슨 볼일이 있으신 거죠?"

시오리코 씨가 물었다. 노인은 서둘러 커피 잔을 치우더니 종이를 꺼냈다. 복사할 수 있는 타입인지 아래에 카본지가 붙어 있었다.

"당연히 거래 때문이죠."

그렇게 말하며 요시와라는 만년필 뚜껑을 열었다.

"이제 와서 숨긴들 소용없겠군요. 지에코 씨가 관심을 가질 만한 물건을 입수했습니다. 우리 모두에게 더없이 큰 이익을 가져다줄 물건이죠. 뭐, 나로서는 지에코 씨가 아니라 시오리코 씨와 거래해도 상관없습니다. 내 조건을 받아들이기만 한다면."

조건을 받아들이기만 한다면? 자기가 뭔데? 요시와라와 더는 엮이고 싶지 않았다. 시노카와 지에코를 만나고 싶으면 알아서 찾든지. 나는 그렇게 생각했지만, 시오리코 씨의 반응은 달랐다.

"어머니와 연락이 닿으면 뭐라고 전하면 되죠?"

순간 화들짝 놀랐다. 설마 요시와라의 요구를 받아들일 작정인 건가?

'아니, 잠깐만.'

연락만 취하는 거라면 딱히 문제는 없다. 시오리코 씨는 요시와라와 시노카와 지에코의 힘겨루기에 휘말렸을 뿐이다. 잔금 사백만 엔을 내지 않아도 된다면 더 바랄 것이 없다.

요시와라는 펜을 쥔 손을 멈추고 생각에 잠겼다.

"음……."

그는 연기하듯 한참 뜸을 들이더니, 자글자글하게 주름이 진 불길한 얼굴로 시오리코 씨를 보았다.

"**나머지는 전부 내가 갖고 있다.** 요시와라가 그렇게 말했다고 전해 주십시오. 그렇게 말하면 알 겁니다."

5

재빨리 완성한 각서를 떠넘긴 뒤에 요시와라는 자리를 떴다. 할 이야기도 있었기에 우리는 그대로 가게에 남았다.

"아야카 학비 얘기, 사실입니까?"

나는 맞은편으로 자리를 옮기고 나서 물었다. 그녀는 잠시 난처한 표정으로 눈을 감았다.

"노력하면 학비는 어떻게든 마련할 수 있었어요. 저는 부모님 돈으로 대학에 다녀 놓고 아야카만 고생시킬 수는 없으니까요……."

학자금 대출은 졸업하고 나서 갚아야 한다. 내 주변에도 그런 친구들이 여럿 있었다. 조금씩 갚아 나가면 된다고는 하나, 수백만 엔의 빚을 진다는 건 쉬운 일이 아니었다.

"다이스케 군이 들어온 뒤로 큰 거래를 몇 건 성사시켰잖아요. 돈도 차곡차곡 모이고 있었어요. 나머지는 제 책을 팔거나 대출을 받으면 된다고 생각했는데……."

"본인이 반대했군요."

그 정도 눈치는 있었다. 시오리코 씨는 아쉬운 듯 고개를 끄덕였다.

"그래도 언니니까, 할 수 있는 일은 다 하고 싶어서…… 결론을 내지 못하고 줄곧 평행선이었어요."

시오리코 씨의 심정도 이해가 갔지만, 아야카가 얌전히 그 마음을 받아들일 리가 없었다. 어린 나이에 가계부까지 쓰며, 집안의 자금 흐름을 모두 파악하고 있는 아야카였다. 자기 때문에 언니에게 고생을 시키고 싶지는 않았을 터였다.

"그 수고도 모두 물거품으로 돌아간 거군요. 저 영감 때문에."

애초에 '노력하면' 학비를 마련할 수 있는 상태였으니, 팔백만 엔이나 되는 대금 중 절반을 지불하기도 쉽지는 않았을 것이다.

"네. 어제 대금 절반을 지불하면서, 따로 마련해 두었던 매입용 자금과 아야카의 학비까지 모두 지출했어요. 큰 거래 건이라도 있으면 얘기가 달라지겠지만요."

순간 무슨 말인지 알아들을 수 없었다. 나는 테이블을 짚고 몸을 앞으로 내밀었다.

"설마 아까 그 제안을 받아들이려는 건 아니죠?"

더없이 큰 이익을 가져다줄 물건…… 더없이 수상하고, 폭탄만큼 위험해 보였다. 무엇보다 구가야마 쇼다이의 제자가 후계자 후보였던 딸에게 제안하려는 거래다. 섣불리 나섰다가는 양쪽에서 이용만 당할 가능성이 있었다.

"……아뇨, 그건 아니에요."

시오리코 씨는 강한 어조로 부정했다. 하지만 대답하기까지 미묘한 침묵이 마음에 걸렸다.

"하지만 어머니에게 연락은 해 보려고요. 아까는 정보를 빼내려던 것뿐이었어요. 어머니가 어디 있는지 짐작 가는 데가 있는 것도 아니어서……."

일단 의미는 있다는 건가. 어떤 거래일지, 그 내용이 무엇일지 관심을 가진 게 아니어야 할 텐데.

"나머지는 전부 내가 갖고 있다는 말이 무슨 뜻일까요?"

"저도 정확히는 모르겠어요. 이 팩시밀리와 상관이 있는 것 같기는 한데요."

시오리코 씨는 눈을 내리깔며 발치에 있는 종이봉투를 보았다. 화장기 없는 얼굴에 그늘이 졌다. 책 생각에 잠긴 그녀는 역시 아름다웠다.

"5월 말에 어머니가 후카사와로 할머니를 찾아갔던 일, 다이스케 군은 알고 있었죠?"

"네? 아, 네."

넋을 잃고 시오리코 씨의 모습을 바라보던 나는 황급히 현실로 돌아왔다.

"갔다가 금방 왔다는 이야기는 들었습니다만."

"네. 할머니한테도 여쭤봤더니 십 분쯤 서재에서 이야기를 나눴을 뿐이라고 하셨어요. ……하지만 그때 어머니는 이 팩시밀리를 펼쳐 보았다고 해요. 십 년 만에 갑자기 찾아와서 책만 열심히 들여다보는 딸이 이상했다고 하셨죠."

"일부러 그 책을 보러 간 걸까요?"

"그럴지도 모르죠……. 상관이 있는지 없는지는 모르지만, 할머니는 어머니에게 이렇게 물으셨대요. 가족을 왜 버렸냐고."

10년 만에 나타난 딸에게 너무 가혹한 질문이었지만, 그 대쪽 같은 성격을 생각하면 이상할 건 없었다. 그 광경이 눈에 선했다.

"뭐라고 대답했답니까?"

"지금 나는 내가 아니라는 걸 깨달았으니까."

"……그게 뭡니까?"

뭔가 사람을 울컥하게 하는 대답이었다. 자아 찾기에 나선 젊은이들의 상투적인 대답으로 버려진 가족은 얼마나 어처구니가 없겠는가.

"그 역시 셰익스피어의 인용이에요. 옥시모론(oxymoron). 모순형용이라고 해서, 모순된 내용을 가리키는 표현으로 셰익스피어 희곡에서 자주 사용되죠. 「맥베스」의 '깨끗한 것은 더럽고, 더러운 것은 깨끗하다'가 제일 유명할 거예요. '나는 내가 아니다'라는 말은 「십이야」나 「오셀로」에 나와요. '트로일로스와 크레시다'에도 비슷한 표현이 있고요."

"하지만…… 나는 나죠."

"여기 있는 나는 거짓된 무언가이고, 진짜 나는 따로 있을 거라는 초조함을 나타내는 표현일 거예요. 현실에서도 있을 수 있는 일이니까요……"

시오리코 씨도 알아챘는지 갑자기 목소리가 작아졌다.

"딱히 어머니를 옹호하는 건 아니에요."

겸연쩍은 듯 고개를 돌렸다. 사이가 좋지 않은 어머니의 말이라도, 책에서 인용한 말이라 저도 모르게 동조한 것 같았다.

"그러고 보니 일본어로는 '트로일로스와 크레시다'라고 하죠? 아까 복제본을 펼쳤을 때 봤는데, 어떻게 읽는 건지 모르겠더라고요."

나는 화제를 바꿨다. 원제는 'THE TRAGEDIE OF Troylus and Cressida', 물론 내용은 모른다.

　"트로일로스와 크레시다는 등장인물의 이름이에요. 트로이 전쟁 시기의 트로이와 그리스를 배경으로 한 문제극이죠."

　"문제극? 비극이 아니고요?"

　제목에 'TRAGEDIE'라는 말이 들어가서 당연히 비극인 줄 알았다.

　"내용도 비극이라 부르기에는 너무 빈정거림이 심해요. 분류하기 어려운 희곡을 후세 연구자들이 문제극이라 부르기 시작한 거죠. 「트로일로스와 크레시다」는 퍼스트 폴리오 이전에도 출판되었지만, 판본에 따라 제목에 'TRAGEDIE'가 들어가는 것과 그렇지 않은 것이 있어요."

　"책에 따라 제목이 다르다는 거군요."

　시오리코 씨는 고개를 끄덕였다.

　"내용도 다른 점이 많아요. 퍼스트 폴리오에 실렸는지조차 분명하지 않아서, 목차에는 「트로일로스와 크레시다」가 없어요."

　"목차에 없는데 책에는 실린 겁니까?"

　"네. 퍼스트 폴리오에는 서른여섯 편의 희곡이 실려 있는데, 목차에는 서른다섯 편밖에 없어요. 저작권 취득 과정에 문제가 있어서 나중에 인쇄된 것이란 말도 있고요."

아마 요즘 시대였으면 재인쇄에 들어갔을 것이다. 책이 귀했던 시대라 그런 체제가 확실하게 정립되어 있을 줄 알았는데, 그것도 아닌 모양이었다. 귀했기 때문에 수정이 더욱 쉽지 않았을지도 모른다.

"어디에 실릴지를 놓고도 우여곡절이 있었던 모양이에요. 그 탓에 「트로일로스와 크레시다」는 대부분의 페이지에 쪽번호가 찍혀 있지 않아요."

"아, 그랬던 것 같아요."

아까 나도 책을 보며 그 생각을 했다. 몇 페이지를 보고 있는지 알 수 없는 묘한 감각이었다.

"그럼 우여곡절 끝에 「로미오와 줄리엣」 다음에 실린 거군요."

가벼운 마음으로 한 말이었는데, 시오리코 씨의 표정이 순간 굳어졌다. 스위치가 꺼진 듯 몸의 움직임도 멈췄다.

"시오리코 씨?"

걱정이 되어 말을 걸었다. 그녀는 갑자기 딴사람이 된 듯 민첩한 동작으로 발밑의 종이봉투에서 검은 책을 꺼내 테이블에 털썩 내려놓았다. 두툼한 대형본이 주변의 눈길을 끌었지만, 시오리코 씨는 신경도 쓰지 않았다. 엄청난 속도로 책장을 넘기더니 어떤 페이지의 앞뒤를 꼼꼼하게 확인했다.

"이상해요."

"뭐가요?"

"여길 좀 보세요."

그녀가 가리킨 건 77페이지였다. 본문 위에 작게 인쇄된 제목은 'The Tragedie of Romeo and Iuliet.'. 아까 들었던 설명대로 'J'가 'I'가 되어 있었지만, 「로미오와 줄리엣」이었다. 본문 아래의 'FINIS'라는 단어와 문장 같은 디자인 마크가 큼지막하게 인쇄되어 있었다. 종막이라는 뜻이리라.

다음 장을 넘기니 78페이지부터 'THE TRAGEDIE OF Troylus and Cressida', 「트로일로스와 크레시다」가 시작되었다. 딱히 이상한 부분은 없는 것 같은데.

"이 부분이 왜요?"

"「트로일로스와 크레시다」는 여기 실린 희곡이 아니에요. 다른 퍼스트 폴리오에서는 역사극 바로 뒤, 비극 맨 처음에 오죠. 어느 장르로 분류해야 할지 편찬자들 사이에서도 의견이 나뉘는 까닭에 역사극과 비극 사이에 실었다는 설이 있어요."

"그럼 낙장인…… 어? 하지만 이어지기는 하잖아요."

앞뒤 페이지를 넘겨 봤지만 숫자는 연속되어 있었다. 77

부터 78, 79, 80. 하지만 그 뒤로는 쪽번호가 없었다.

"이 부근인데도 아직 70이나 80페이지인 거네요."

두꺼운 책 뒷부분이라 상식적으로 생각하면 몇백 페이지쯤은 될 것 같은데.

"여기엔 사정이 있어요. 퍼스트 폴리오에 실린 희곡이 장르별로 분류되었다는 이야기는 전에도 했죠. 쪽번호도 장르별로 붙였어요.

폴리오 첫머리에 실린 게 희극, 다음이 역사극, 마지막이 비극이라서 뒤쪽에 실렸어도 쪽번호 숫자는 앞부분이죠. 희극, 역사극, 비극. 이렇게 세 권의 책이 한 권으로 엮인 합본이라고 할까요."

이제야 알겠다. 한 권의 책에서 쪽번호가 분할되었다는 건가. 요즘과는 전혀 다른 감각이었다.

"그래서 순서가 다른데 쪽번호는 연속되어 있다는 사실을 설명할 수 있죠. 원래 「트로일로스와 크레시다」는 「로미오와 줄리엣」 다음에 실릴 예정이었어요. 인쇄 중에 차례가 바뀌면서 비극 앞에 실린 거고요. 그때 변경 전에 인쇄한 첫 부분을 그냥 제본한 거죠. 저도 실제 폴리오가 어떻게 생겼는지 확인해 본 적은 없지만, 원래 순서로는 쪽번호가 연속되어 있지 않을 거예요."

설령 오류가 있어서 정정하더라도, 그때까지 찍은 페이지는 그대로 쓴다. 아까 고서회관에서 설명한 내용 그대로였다.

"그럼 누가 멋대로 순서를 바꾼 거네요. 「로미오와 줄리엣」과 「트로일로스와 크레시다」의 쪽번호가 자연스럽게 이어지도록."

"저도 그렇게 생각해요. 어느 시대인지는 모르겠지만, 아마 책의 소유자가 희곡의 순서를 이상하게 여기고……."

스위치가 꺼진 듯 또다시 시오리코 씨는 말을 멈췄다. 정면을 보고 있었지만, 내 눈에는 초점 없는 눈동자만 비쳤다. 아득히 먼 어딘가를 빤히 바라보는 눈빛이었다. 그런데도 그 눈은 불온할 정도로 무섭게 빛나고 있었다.

"시오리코 씨?"

대답은 없었다. 아마 머리가 정신없이 돌아가고 있을 것이다. 나는 책의 비밀을 생각할 때의 그녀가 어떤 모습인지 잘 알고 있었다. 그렇게 생각했다. 하지만 오늘은 뭔가 달랐다. 마치 시노카와 시오리코이면서 그녀가 아닌, 또 다른 누군가가 이곳에 있는 듯한 기분이었다. 등골이 오싹해지며 소름이 돋았다.

본능적으로 자리에서 일어나 두 손으로 그녀의 얼굴을 힘껏 붙잡았다. 냉방을 튼 것도 아닌데 손바닥에 느껴지는 살결이 싸늘했다. 손 닿을 거리에 있어서 다행이다. 어째서인지는 모르지만 그렇게 생각했다.

"시오리코 씨, 날 봐요!"

지근거리에서 그녀를 불렀다. 유리구슬 같은 눈동자에 서서히 표정이 돌아왔다. 나는 안도의 한숨을 내쉬었다. 뺨에도 온기가…… 아니, 오히려 급격히 체온이 오르는 듯한 느낌이었다.

"사……."

입술이 살짝 벌어졌다.

"네?"

"사, 사람들이…… 봐, 봐, 봐요…….."

그제야 깨달은 나는 황급히 자리에 앉았다. 주변 사람들의 시선이 따가웠다. 목소리가 너무 컸다. 커다란 책을 꺼내 놓고 닭살을 떠는 커플이 있다면, 아마 나라도 슬쩍 보았을 것이다.

"……그만 갈까요."

넌지시 묻자 시오리코 씨는 가늘게 떨며 고개를 끄덕였다.

6

가게로 돌아온 뒤로도 그날은 좀처럼 일이 손에 잡히지 않았다.

그 검은 복제본을 펼쳤을 때만큼은 아니었지만, 시오리코 씨는 여느 때보다 더 말수가 적었다. 자기 전문이 아니라 오늘 밤에는 책에 대해 조사해 보겠다는 말을 남긴 뒤 지금까지 생각에 잠겨 있다. 책 이야기가 나왔는데 이렇게까지 반응이 없는 것도 드문 일이었다.

내가 희곡의 순서에 대해 했던 말이 계기였다고 생각하지만, 그것이 어떻게 관련되어 있는지는 알지 못했다. 하지만 가게 문을 닫고 퇴근하기 전에, 내일은 정기 휴일이지만 특별한 일이 없으면 가게로 와 달라, 그때 모든 것을 이야기하겠다고 했다. 물론 간다고 했다. 이보다 중요한 일이 있겠는가.

"왜 그래, 밥맛 없어?"

어머니의 목소리에 나는 수저를 다시 쥐었다. 어제 만들어 데운 카레가 눈앞에서 김을 뿜어내고 있었다.

"아니. 배는 고파."

반찬인 닭튀김을 입에 넣었다. 안정적인 맛이었다. 나는 집에서 어머니와 함께 저녁을 먹고 있었다. 오후나 역에서 가까운, 폐업한 가정식 식당 2층에서 어머니와 단둘이 산다.

식당을 운영하던 외할머니는 2년 전에 돌아가셨다. 아버지는 내가 태어나기 전에 세상을 떠났다. 나는 할머니와 어머니 손에 컸다.

큰 그릇에 담은 시저 샐러드를 앞에 둔 어머니는 닭꼬치를 안주로 맥주를 마시고 있었다. 닭튀김과 함께 역 앞 반찬 가게에서 사 온 것이다. 직접 만든 시금치 무침도 보였다.

"평일인데 그렇게 마셔도 되는 거야?"

벌써 한 캔을 비우고 다시 한 캔을 따려는 어머니에게 물었다.

"괜찮아. 내일까지 연차니까. 말 안 했나?"

어머니, 고우라 에리는 요코하마의 식품회사에서 영업직으로 일한다. 나처럼 덩치가 크고 체력이 좋은 어머니는 안타깝게도 생김새까지 꼭 닮았다.

"처음 들었어. 아침에 일어났을 때는 집에 없지 않았어요?"

"일찍 눈이 떠져서 주변 산책 좀 했어. 오후나 관음상에서 다마나와다이까지 쭉 돌고, 돌아오는 길에 식물원에도 들르고…… 너도 좀 움직여. 다치면 누워 있는 시간이 길어지니까 몸이 분단 말이야."

"나도 알아. ……엄마야말로 모처럼 휴가인데 어디 여행이나 가지 그랬어."

"애가 뭘 모르네. 아무 예정도 없는 이런 시간이야말로 어른이 부릴 수 있는 최고의 사치란다. 요즘 눈코 뜰 새 없이 바빴거든."

할머니가 돌아가신 뒤로 식사는 기본적으로 각자 차려

먹었지만, 한 주에 몇 번은 이렇게 같이 먹는다. 모자 관계는 나쁘지 않은 편이었다.

나는 수저를 내려놓고 헛기침을 했다.

"조만간 시오리코 씨를 집에 데려오려고 하는데…… 언제쯤 시간 돼?"

맥주를 마시던 어머니의 눈이 가늘어졌다. 오후나 관음상과 맞먹는 날카로운 눈매는 외할머니에게서 물려받은 것이었지만, 딱히 언짢아하는 건 아니었다. 진지하게 생각에 잠긴 것이다.

"이번 달에는 그렇게 안 바빠. 난 언제든 상관없어. 연차 내도 되고."

그렇게 말하며 어머니는 맥주 캔을 내려놓았다. 내가 어떤 뜻으로 시오리코 씨를 데려온다는 것인지 대충 짐작한 모양이었다.

"난 괜찮은데, 시노카와 양은 어때? 대충 생각하는 날짜 있어?"

"아니, 아직 거기까지는 말 안 했는데……."

순간 어머니의 눈매가 매섭게 번뜩였다. 이번에는 정말 심기가 불편해진 눈치였다.

"얘 좀 봐. 정신이 있는 거니? 시노카와 양에게 먼저 물어봐야 할 거 아냐. 그런 건 둘이서 상의한 다음에 부모한테 말하는 게 순서야. 혹시라도 그쪽은 그럴 생각 없는 거면 어쩌려고 그래?"

어머니의 말이 맞았다. 우리 집에 인사 온다는 식으로 이야기한 적이 있어서, 나 혼자 멋대로 그런 쪽으로 생각하고 있었다.

"그리고 너랑 달리 시노카와 양은 이것저것 바쁘잖아. 가게 일도 있고, 동생은 수험생에, 부모님도 안 계시고…… 응? 어머니하고 최근에 만났다고 하지 않았니?"

"잠깐, 어떻게 그런 것까지 알아?"

어머니에게 시노카와 집안 사정을 이야기한 적은 없었다. 그렇다고 달리 귀띔해 줄 만한 사람도 없는데.

"얘가 무슨 소리야. 당연히 시노카와 양에게 들었으니까 알지."

어안이 벙벙해졌다. 처음 듣는 이야기였다.

"언제?"

"너 다쳐서 입원했을 때. 연락받고 병원에 달려갔더니 그 아가씨가 죄송하다고 머리를 조아리잖아. 자기 문제에 네가 휘말려서 다쳤다고, 죄책감을 느끼는 모양이었어. 자기 잘못도 아닌데……. 그러더니 무슨 일이 있었는지 처음부터 말해 주더라고."

"처음부터라니, 어디서부터?"

"그냥 이것저것 다. 자기 집안 이야기, 네가 처음 거기 취직했을 때부터 지난 일 년 동안 있었던 일들…… 다자이 오사무의 희귀본을 노리는 무서운 스토커 때문에 경찰까지 속이고 책을 숨겼는데, 네가 그 일로 화가 나서 가게를 그만둔 얘기, 그리고 이번에는 그때 스토커하고 손잡고 다른 이상한 사람을 속였다는 얘기 같은 거."

심각한 사정까지 죄다 이야기한 모양이었다. 갑자기 식은땀이 흘렀다.

"……할머니 얘기도 들었어?"

"할머니? 너희 외할머니 말이야? 그 사람은 왜."

시치미를 떼는 것 같지는 않았다. 시오리코 씨는 할머니와 다나카 요시오의 비밀스런 관계는 말하지 않은 모양이었다. 본인과 관련된 일만 이야기한 것이리라.

"아, 저기, 할머니도 예전에 비블리아 고서당의 손님이었는데, 거기 다녔던 책 좋아하는 손님도 우리 식당 단골이었대. 그래서 혹시 그런 얘기도 들었나 해서."

황급히 이야기를 돌렸다. 어머니는 딱히 미심쩍어하는 기색 없이 '그래?' 하고 맞장구를 쳤다.

"그러고 보니 우리 식당하고 그 서점하고 옛부터 인연이 있다고 했던 것 같아. 하지만 그게 다였어. 할머니 얘기를 뭐하러 해. 동네 식당의 인상 더러운 주인일 뿐인데."

어머니의 말투에서 가시가 느껴졌다. 내가 어릴 적부터 할머니와 어머니는 사이가 좋지 않았다. 하지만 그 인상 더러운 주인과 생김새도, 성격도 가장 많이 닮은 건 바로 어머니 본인이었다.

"……초면에 그런 얘기를 했구나."

책 이야기가 나오지 않는 이상, 기본적으로 낯가림이 심한 성격이다. 어머니는 뭔가 떠오른 듯 피식 웃었다.

"뭐, 언변이 좋은 것 같지는 않다만, 난 좋게 봤어. 본인 입으로 설명하겠다는 의지가 느껴졌거든. 집 나간 엄마 얘기 같은 거, 남자 친구 엄마한테 하고 싶지 않을 거 아냐."

어머니는 그 심정 이해한다는 듯 고개를 절레절레 내저었다. 그러고 보니 두 사람 사이에는 친어머니와 사이가 좋지 않다는 공통점이 있었다. 그리고 둘 다 무서울 정도로 어머니를 빼닮았다.

"그나저나 그 아가씨는 널 정말 좋아하는 것 같더라."

맥주와 닭꼬치를 손에 든 채 어머니는 장난스레 웃었다.

"어?"

"반응이 그게 뭐야. 덮어 놓고 네 칭찬만 하더라니까. 눈을 이렇게 반짝반짝 빛내면서는. 다이스케 군은 다정하고 듬직하고, 나서지는 않지만 감도 좋고 머리 회전도 빠르고, 얼굴도 행동거지도 모두 멋지다고……. 지금 우리 집 모자란 아들 얘기하는 게 맞느냐고 한 열 번쯤 물어봤을걸."

"아무리 그래도 자기 아들인데 열 번은 너무한 거 아냐……?"

'모자란' 이란 수식어는 제쳐 두고, 나 역시 그 자리에 있었다면 두세 번은 물어봤을지도 모른다. 아무리 생각해도 내 실상과는 거리가 멀었다.

"처음에는 그냥 고용인과 피고용인으로 지내려 했는데 어느샌가 이성으로 느끼게 되어서, 같이 일하다가 가슴이 두근거려서 일이 손에 잡히지 않을 때도 있었대. 너한테 고백받은 날에는 너무 기뻐서 책이 한 글자도 눈에 안 들어왔을 정도라나…… 어? 가만히 생각해 보니 딱히 대단한 일은 아니네."

"대단한 일이야. 시오리코 씨에겐."

나를 그렇게 생각해 주었구나. 가슴이 뛰었지만 가급적이면 본인의 입으로 직접 듣고 싶었다. 술 냄새를 풀풀 풍기는 어머니의 입을 통해서가 아니라.

"하지만 거기까지 이야기를 나눴으면 굳이 따로 인사드리지 않아도 되는 거 아냐?"

시오리코 씨는 왜 정식으로 인사를 하지 않으니 찾아오겠다고 말한 걸까. 더 이상 말할 것도 없을 텐데.

"결혼 이야기를 꺼내는 자리하고, 그냥 만나서 이야기하는 자리하고 같니? 만일 그 아가씨가 결혼을 생각하는 거라면 나야 대찬성이지. 너한테는 과분한 아가씨잖아. 성실하고, 예쁘고, 몸매도 좋고. 특히 가슴이."

"가슴 때문에 끌린 거 아냐."

어머니를 앞에 두고 그런 이야기는 하고 싶지 않았다. 세 번째 맥주 캔을 따더니, 어머니는 술이 깬 듯 진지한 표정으로 물었다.

"결혼하면 따로 살 작정이야?"

내 안에도 그런 생각이 막연하게 자리 잡고 있었다. 생각이라기보다는 쓸쓸함이라 불러야 할지도 모른다.

"아직은 모르겠지만…… 나도 가게 일을 도와야 하니 그쪽에 자리를 잡아야 할 것 같아. 집도 크니까."

"흠……."

어머니는 맥주를 마시며 다른 집보다 높은 부엌 천장을 올려다보았다. 증조부 대부터 몇 번이나 증축을 거듭해 온 탓에 구조 자체가 평범하지 않았다. 천장 높이도 방마다 달랐다.

"네가 결혼해서 나간다고 하면 이 집은 처분하려고. 지금은 너하고 나, 공동명의로 되어 있잖아."

그건 알고 있었다. 진작 분가해 가정을 꾸린 이모들은 할머니의 임종을 지켜본 나와 어머니에게 유산을 양도했다.

"리모델링한다고 하지 않았어? 그동안 어디 있으려고?"

"리모델링은 너랑 계속 같이 살 줄 알았을 때 얘기고. 나는 이 집과 식당에 아무 미련이 없어. 회사 근처에 집을 얻든지…… 아, 저렴한 중고 맨션을 사도 좋고. 집 판 돈을 나누면 선금은 치를 수 있을 테니까. 걸어서 출근 가능한 곳에 사는 게 엄마의 작은 꿈이었거든."

"하지만…… 가족들이 나고 자란 집이잖아. 식당도 나름대로 역사가 있고."

"식당은 문 닫은 지 오래잖아. 나고 자란 사람들은 모두 떠났는데 남겨진 집에 무슨 의미가 있다고."

이 집을 나가려고 생각하는 나에게 이러쿵저러쿵 간섭할 자격은 없다. 어머니에게도 자신의 인생이 있다. 진정 마음에 걸리는 게 무엇인지, 나 역시 잘 알고 있었다.

"저세상에서 할머니가 화내시는 건 아닐까."

"그럴 리가. 책을 어떻게 할지 상의했을 때, 재산은 우리가 알아서 처분하라고 했어."

"그랬구나……."

'아무리 귀중한 물건도 저승까지 가져갈 수는 없다.' 가 입버릇이었던 분이다. 물건이라는 것에 그다지 집착은 없었던 것 같지만.

"집이나 역사보다는 산 사람이 중요하잖아. 그 사람도 우리 행복이나 바람을 제일 우선으로 생각해 준 거야."

네가 결혼할 아가씨는 어떤 사람일까. 그렇게 말하던 할머니의 목소리가 귓가에 울려 퍼졌다. 돌아가시기 직전, 문병을 갔을 때 들었던 말이다. 그때는 아직 한참 나중 일이라고 대답했지만, 그로부터 겨우 3년밖에 지나지 않았다. 실제로 결혼을 언제 하게 될 지는 아직 확실히 모르겠다. 하지만 할머니가 그때 했던 말은 옳았다고 믿는다.

'할미는 네가 책을 좋아하는 아가씨와 결혼하면 좋을 것 같구나.'

7

다음 날도 눈부시게 화창한 날씨였다.

평소와 다름없이 출근 시간에 도착했지만, 오늘은 가게 문을 열지 않아도 된다. 건물 뒤쪽의 주차장에 스쿠터를 세웠다. 키를 뽑고 시트 밑에 헬멧을 넣는데 갑자기 안채 문이 열렸다.

차분한 카키색 원피스 차림의 중년 여성이 나타났다. 내가 말을 걸기 전에 걸음을 멈추고 정중히 고개를 숙였다.

"오랜만이에요…… 지난번엔 일부러 시간 내 주셔서 감

사합니다."

긴장과 피로가 역력한 목소리로, 구가야마 쓰루요는 그렇게 말했다. 아마 집으로 찾아왔을 때의 일을 말하는 것이리라. 어깨까지 오는 머리카락은 예전보다 희끗희끗했다. 소녀처럼 토실했던 뺨도 많이 갸름해졌다. 몇 달 사이에 10년은 늙은 것 같았다.

"몸은 좀 어떠세요?"

아들뻘인 나에게 깍듯하게 존댓말을 쓰는 모습을 보니 마음이 안 좋았다. 어머니와 딸이 저지른 짓 때문에 우리 앞에서는 늘 고개를 숙였다.

"이제 다 나았습니다. 일도 다시 시작했고요."

나는 최대한 밝은 목소리로 대답했다. 아직 완전히 컨디션을 되찾은 건 아니지만, 이 사람에게 더는 부담을 주기 싫었다.

대화가 끊겼다. 시노카와가에 뭔가 볼일이 있었던 모양이었다. 물어봐도 될지 망설이고 있는데, 뭔가 할 말이 있는지 그녀가 먼저 말문을 열었다.

"일전에 히로코를 보러 갔는데……."

구가야마 히로코는 구치소로 이감됐다고 들었다. 조만간 재판이 시작될 것이다. 6월에 나와 함께 돌계단에서 굴러 떨어졌지만, 나와는 달리 가벼운 부상만 입었다.

"자기 때문에 고우라 씨를 다치게 만들어 죄송하다고 했어요. 고우라 씨와 시오리코에게 사죄의 마음을 담아 편지를 쓰겠대요."

갑작스런 이야기에 나는 적잖이 당황했다. 지금까지 구가야마 히로코는 우리에게 사과 한마디 없었다.

"그렇군요……."

달리 뭐라 할 말이 없었다. 지난 한 달 동안에 심경의 변화가 있었던 건지, 아니면 재판에 도움이 될 것 같아서 그러는 건지, 나로서는 알 도리가 없었다.

"바쁘신데 붙잡아서 미안해요. 그만 가 보겠습니다."

구가야마 쓰루요는 고개를 꾸벅 숙이고 떠났다. 그녀의 딸은 시오리코 씨를 향한 반감으로 할머니의 계획에 동참했다. 솔직히 다친 것 자체에는 그리 화가 나지 않았다. 오히려 혼자 다쳐서 다행이라 생각했다. 더 많은 사람들이 다쳤을 가능성도 있었다.

어찌 되었든 편지를 보낸다면 읽어 볼 작정이었다. 사람이 언제까지고 변하지 않는 건 아니니까. 나는 몰라도 시오리코 씨에게 정식으로 사과하고 화해하는 날이 오기를 바랐다. 너무 낙관적인 바람일지도 모르지만.

초인종을 누르지 않고 현관문을 열며 "저 왔어요." 하고 말을 걸었다. 현관 옆 응접실에서 "들어오세요." 하는 대답이 들렸다.

시오리코 씨는 탁자 앞에 앉아 있었다. 그 위에 어제 시장에서 가져온 검은 책과 그보다 약간 작은 녹색 책이 놓여 있었다. 녹색 책은 천으로 된 표지였다.

"쉬는 날에 불러서 미안해요."

시오리코 씨는 고개를 숙였다. 아야카는 보이지 않았다. 방학 특강을 듣는다고 들었는데, 학원에 간 모양이었다.

"밖에서 쓰루요 씨를 만났어요."

나는 옆자리에 앉으며 말했다.

"이 책에 대해 여쭤볼 게 있다고 했더니, 여기까지 와 주셨어요."

목소리가 평소보다 잠겨 있었다. 살짝 부은 눈꺼풀 아래의 눈이 심상치 않은 빛을 발하고 있었다. 거의 밤을 샌 것일까. 기대와 동시에 희미한 불안이 가슴속에 피어올랐다.

"뭐 좀 알아냈습니까?"

시오리코 씨는 고개를 끄덕였다.

"조금 복잡한 이야기라…… 순서대로 설명할게요."

그녀는 두 권의 책 중 녹색 책을 펼쳤다. 오랫동안 빛을 보지 못한 것인지, 습한 곰팡이 냄새가 코를 찔렀다. 어제 내가 펼쳤던 검은 복제본과 달리 여백은 일반적인 흰색이었다. 본문을 에워싼 네모난 박스도 잘 보였다.

"이게 노튼 팩시밀리예요. 지금까지 두 번 간행되었는데, 이건 구판이에요."

한마디로 두 권 모두 퍼스트 폴리오의 복제본이라는 뜻이었다.

"이런 옛날 양서까지 소장하고 있던 겁니까."

나는 순수하게 감탄했다. 시오리코 씨의 방에는 여러 번 들어갔었지만, 일본 서적이 주류였던 기억이 있었다. 내 말에 그녀는 얼굴을 찌푸렸다.

"아뇨. 이건 어머니가 두고 간 책이에요. 그래서 거의 손도 대지 않았는데……."

거의 손도 대지 않았다라……. 시오리코 씨다웠다. 오랫동안 원망했던 어머니의 책이지만 일단 들춰 보기는 한 모양이었다.

"이 노튼 팩시밀리……를 구가야마 쇼다이가 사진제판인가 해서 이것저것 손을 본 게 이 검은 책이라는 거죠?"

미즈키 에이코의 설명으로는 그랬다. 구가야마 쇼다이에게 들은 이야기라고 했다. 하지만 시오리코 씨는 고개를 저었다.

"……아무래도 그게 아닌 것 같아요."

"그럼 다른 판본을 복제한 책입니까?"

"네. 본인도 말씀하셨지만, 외할머니는 퍼스트 폴리오에 대해 잘 모르셔서 알아채지 못하셨을 거예요. 그것도 지금부터 설명할게요."

시오리코 씨가 펼친 부분은 노튼 팩시밀리의 후반부였다. 「로미오와 줄리엣」의 종막이었는데, 쪽번호는 79페이지였다. 하지만 직전 페이지는 76페이지였다. 77, 78페이지가 없다.

"쪽번호가 빠졌네요."

"아마 「트로일로스와 크레시다」의 순서를 이동해서, 페이지 수를 잘못 계산했을 거예요. 이 책에서 자주 발견되는 오류죠. 아무튼 이게 원래의 순서예요. 이 다음에는 「아테네의 타이몬」이라는 희곡이 실렸고요."

그녀는 다음 장을 넘겼다. 제목은 'THE LIFE OF TYMON OF ATHENS.'. 80페이지부터 시작됐다.

"역시 「트로일로스와 크레시다」의 순서가 다른 거군요. 그 검은 책과는."

"네……. 하지만 문제는 그게 아니에요."

시오리코 씨는 검은 책에 손을 뻗어 책장을 넘기더니 「로미오와 줄리엣」의 종막을 펼쳤다. 두 권 모두 'FINIS'라는 글자와 문장이 인쇄되어 있었다. 내 눈에는 같은 페이지처럼 보였다.

"자세히 보세요."

그렇게 말하며 시오리코 씨는 두 책을 동시에 넘겼다. 노튼 팩시밀리는 「아테네의 타이몬」의 첫머리가, 검은 책은 「트로일로스와 크레시다」의 첫머리가 나왔다. 딱히 이상한 곳은 없는……

"아……!"

그제야 알아챘다. 만일 누군가가 다시 책을 제본했을 때 「트로일로스와 크레시다」를 통째로 이곳으로 옮겼다면, 뒤에 있는 페이지도 같이 이동했을 터. 이렇게 「로미오와 줄리엣」의 마지막 장과 자연스럽게 이어지지는 않았을 것이다.

"한마디로 「로미오와 줄리엣」의 마지막 페이지가 두 종류라는 거예요. 뒷면에 「아테네의 타이몬」의 첫머리가 인쇄된 원래 페이지와 「트로일로스와 크레시다」의 첫머리가 인쇄된 페이지로."

그렇게 말하며 시오리코 씨는 손가락을 하나씩 펼쳤다. 나는 미간을 문지르며 생각을 정리했다.

"어? 잠깐만요. 이 검은 책은 페이지별로 사진을 찍어서 복제한 책이라면서요. 「로미오의 줄리엣」의 마지막 페이지가 두 종류 있는 게 아니라, 그냥 페이지의 순서를 바꾼 게……."

"아뇨, 실제로 이 두 권에 실린 페이지는 저마다 달라요. ……이쪽을 보세요."

시오리코 씨는 두 권의 책의 「로미오와 줄리엣」 마지막 페이지를 펼쳐 구석 부분을 가리켰다. 노튼 팩시밀리는 79페이지. 검은 책은 77페이지였다. 직접 보니 납득이 갔다.

"그렇군요……. 쪽번호 자체가 다르네요."

"아마 진상은 이럴 거예요. 「트로일로스와 크레시다」는 원래 「로미오와 줄리엣」의 마지막 페이지와 함께 인쇄되었지만."

"아, 한 페이지씩 차례로 인쇄한 게 아니군요."

저도 모르게 말을 잘랐다. 옛날 인쇄기계를 본 적은 없지만, 한 장씩 활자로 찍어서 인쇄한다는 이야기를 어제 들은 바 있었다.

"폴리오의 경우, 반으로 접은 종이를 3장 겹친 6엽 12페이지(六葉十二)가 '첩(帖)'이라 불리는 기본 단위예요. 인쇄는 1첩씩 하는데, 이 공정이 무척 복잡해요. 설명하자면 길고, 인쇄에서 오류가 나더라도 그 페이지만 교체하는 게 쉽지 않다는 사실만 알아 두세요."

나는 말없이 고개를 끄덕였다. 갑자기 등장한 전문용어에 머리가 복잡했다. 마지막 말만 머릿속에 새겨 두었다.

"하지만 「트로일로스와 크레시다」는 최종적으로 비극 맨 첫머리에 실리게 되었어요. 어쩔 수 없이 시작 부분과 「로미오와 줄리엣」의 마지막 페이지가 앞뒤로 인쇄된 페이지는 다시 찍을 수밖에 없었죠. 「로미오와 줄리엣」의 마지막 페이지가 있던 곳에는 페이지를 메우기 위해 원래는 불필요한 프롤로그를 넣었어요.

하지만 전에도 말했다시피, 이 시대에는 오류가 난 페이지도 버리지 않고 싣기도 했어요. 이 페이지도 예외는 아니었죠. 일부 퍼스트 폴리오에 처음 버전을 실었다고 하면 이해가 빠를 거예요. 그걸 의아하게 여긴 소유자가 제본할 때 희곡의 순서를 바꾼 거죠. 쪽번호만 봐서는 이쪽이 훨씬 자연스러우니까요."

"아……. 그러면 이 검은 책에는 「로미오와 줄리엣」의 마지막 페이지가 중복으로 실렸다는 겁니까?"

처음 버전의 페이지도 실렸지만, 그 후에 다시 인쇄한 페이지도 어딘가에 존재할 것이다. 시오리코 씨는 고개를 끄덕였다.

"네, 맞아요. 여길 보세요."

그녀는 검은 책에 실린 「트로일로스와 크레시다」의 뒷부분을 펼쳤다. 'FINIS'라고 인쇄된 마지막 장을 넘기자, 오른쪽 페이지는 비어 있었고, 왼쪽에 갑자기 「로미오와 줄리엣」의 마지막 페이지가 나왔다. 다음 장으로 넘기자 「아테네의 타이몬」이 실려 있었다. 딱 봐도 이상했다.

"원래 예전 버전의 페이지를 실었을 때에는, 중복된 페이지에 X 표시를 하는데, 이 검은 책에는 그게 없어요."

"이유가 뭡니까?"

"무슨 사정인지는 잘 모르겠어요. X 표시를 하는 걸 잊었거나, 어느 과정에서 사라졌거나……. 그렇기 때문에 소유자가 순서를 바꾼 거라고 생각해요. 애초에 「트로일로스와 크레시다」는 목차에도 실리지 않았으니 원래 자리가 어디인지도 몰라요. 분명 소유자는 자기 책이 낙장이고 「트로일로스와 크레시다」가 실린 순서가 잘못되었다고 착각한 게 아닐까요."

"하지만 다른 퍼스트 폴리오와 비교해 보면 바로 알 수 있을 텐데……."

나는 중간까지 말하다 입을 다물었다. 750여 권의 한정된 부수로 발행된 책이다. 다른 책과 비교할 기회가 없었을 수도 있으니, 오해할 법도 했다.

그나저나 수백 년 전의 인쇄 사정과 소유자의 심리까지 추측하다니, 시오리코 씨는 역시 보통이 아니다.

"그럼…… 이 검은 책의 원본은 대체 뭡니까?"

미즈키 에이코는 노튼 팩시밀리를 복제한 책이라고 했다. 하지만 시오리코 씨의 이야기를 들으니 그게 아닌 것 같았다. 내 말에 그녀는 갑자기 무릎을 모으더니 눈을 살짝 올려 뜨며 슬그머니 몸을 기대 왔다. 나는 그 모습에 시선을 빼앗겼다.

"실은 저도 몰라요."

시오리코 씨는 비밀 이야기를 하듯 속삭였다.

"모른다고요?"

"네. 노튼 팩시밀리를 복제했다는 건 구가야마 쇼다이 씨의 거짓말일 거예요. 잉크가 번진 모양이 전혀 달라요. 폐기된 페이지까지 실린 걸 보면, 무척 특수한 퍼스트 폴리오가 원본일 거예요. 책 크기만 봐도요."

"책 크기?"

나는 그 말을 되뇌었다. 어떻게든 이야기에 집중하려고 안간힘을 썼지만, 그녀는 점점 더 다가왔다.

"옛날 양서는 소유자의 취향대로 제본했다고 얘기했죠? 책의 삼면도 주인이 바뀔 때마다 잘라 냈기 때문에 퍼스트 폴리오의 크기는 책에 따라 모두 달라요. 그게 감정의 기준이 되었을 정도죠. 현존하는 폴리오 중에서 크기가 가장 큰 것과 작은 것을 비교하면, 가로세로가 40밀리에서 15밀리까지 차이가 나요."

"그렇게 많이요?"

내 목소리도 자연스레 작아졌다. 그녀의 안경이 내 코앞까지 다가와 있었다.

"이 검은 책의 크기가 오리지널 사이즈를 그대로 반영했는지는 모르겠지만, 재 보니까 세로 350밀리, 가로 225밀리였어요. 현존하는 가장 큰 폴리오보다 몇 밀리쯤 더 커요. ……이런 퍼스트 폴리오는 지금까지 없었어요. 큰 걸 자를 수는 있지만, 작은 걸 늘리는 건 불가능하니까요.”

크게 뜬 두 눈에 희미한 푸른빛이 어렸다. 그 너머의 불온한 빛은 더욱 강해졌다. 어제 카페에서 보았던 바로 그 표정이었다.

불현듯 깨달았다. 그녀는 그때 이 사실을 알아챈 것이다. 희곡의 순서가 바뀌었을 뿐 아니라, 다른 페이지가 끼워져 있다. 즉, 이 검은 책이 노튼 팩시밀리와는 다른 폴리오를 복제한 것이라는 사실을. 내가 쪽번호의 차이에 대해 말했기 때문이겠지.

그때처럼 오한이 들었다. 괜히 그 얘기를 했는지도 모른다. 그렇다고 이제 와서 돌이킬 수도 없는 일이었다.

“지금까지 없었다면……. 각각의 퍼스트 폴리오에 어떤 특징이 있는지, 자세한 정보를 알 수 있다고 했죠?”

현재 확인된 200여 권에 대한 상세한 정보는 이미 공개되어 있다. 시오리코 씨는 분명 그렇게 말했다.

“네……. 하지만.”

시오리코 씨의 입꼬리에 웃음이 걸렸다. 그녀의 어머니가 연상되는 표정이었다.

"아직 세상에 알려지지 않은…… **실존 여부가 확인되지 않은 퍼스트 폴리오**라면 이야기는 달라지죠. 이 책은 그 폴리오를 복제한 팩시밀리예요."

8

"구가야마 쇼다이가 그 퍼스트 폴리오를 소장하고 있었다는 겁니까?"

"제 생각은 그래요. 지금 일본 국내에는 모두 15권의 퍼스트 폴리오가 존재하지만, 대부분 1970년에서 80년대 사이에 구입한 책이에요. 일본 경제가 정점을 찍었던 시기라 영미의 희귀본을 구입할 경제력을 가진 고객들이 많았던 거죠. 해외 고서점이 영업을 위해 일본을 찾는 경우도 드물지 않았다고 들었어요."

시오리코 씨는 유창하게 말을 이었다. 나는 그녀에게서 살짝 떨어져 가급적 냉정하게 이야기를 들으려 노력했다.

"구가야마 쇼다이도 해외 고서점을 통해서 입수한 걸까요."

"정확히는 모르겠지만…… 만일 외국 전문 업자를 통해서 들여왔다면 업계에 소문이 났을 거예요. 구가야마 서방은 독자적인 양서 매입 루트를 가지고 있다고 하니, 그쪽을 통해 발견되지 않은 폴리오를 비밀리에 입수한 게 아닐까요."

시오리코 씨의 손가락이 검은 가죽 표지를 애틋하게 매만졌다. 아까부터 계속 같은 동작을 반복하고 있었다.

"실은 아까 쓰루요 아주머니께 그것에 대해 여쭤봤어요."

나는 현관 앞에서 마주친 구가야마 쓰루요를 떠올렸다. 당시 사정을 잘 알고, 우리에게 이야기해 줄 만한 구가야마 쇼다이의 피붙이는 그녀밖에 없었다.

"구가야마 쇼다이 씨가 세상을 떠나기 1년 전, 1976년이었다니까 35년 전이네요. 그때 무척 고가의 희귀본을 해외에서 사들였다는 이야기를 들으셨대요. 당시 가루이자와의 별장을 팔아서 자금을 마련했고요."

"그게 퍼스트 폴리오라는 겁니까?"

집 한 채 가격이라 해도 이상할 건 없었다. 오히려 저렴한 축에 속하지 않을까.

"그분은 쓰루요 아주머니께 일 얘기는 일절 하지 않으셔서, 그 이상의 이야기는 모르신대요. ……하지만 별장을 매각하고 얼마 지나지 않아, 집으로 대형본을 가져온 걸 보셨다고 해요. 이 검은 책과, 색깔만 다른 똑같은 책 세 권. 전부 네 권이었대요."

"색이 다른 책……. 혹시 다키노 씨가 말했던 그 책 아닙니까?"

다키노는 실종되기 직전의 시노카와 지에코에게 이 검은 책에 대해 들었다고 했다. 빨간색과 파란색, 하얀색으로 색깔만 다른 책이 세 권 있다고.

시오리코 씨의 입가에 걸린 웃음이 더욱 퍼져 나갔다. 다시 가슴이 술렁거렸다.

"그때 다이스케 군이 그랬죠. 이 책까지 합하면 모두 네 권 아니냐고. 저도 그렇게 생각했어요. 원본을 다시 제본해서, 그와 비슷한 팩시밀리를 따로 세 권 만들었다고……. 무척 흥미롭죠."

좌우지간 그 책을 직접 보고 싶다. 그 눈동자는 그렇게 말하고 있었다. 그런 그녀의 태도가 마음에 걸렸다. 세계적인 희귀본에 얽힌 수수께끼를 쫓고 있으니 당연한 일이겠지만, 고서에 대한 욕구가 평소보다 강렬하게 느껴졌다.

"무엇 때문에 복제본을 만든 걸까요?"

"그냥 기념으로 만든 것치고는 너무 공을 들였어요. 아마 뭔가 의도가 있었을 거예요. 그리고 더 이상한 건, 책을 만들고 얼마 지나지 않아…… 구가야마 쇼다이 씨가 세상을 떠나기 직전에 해외 업자에게 그 세 권을 팔아 버렸다는 거예요. 건강이 좋지 않았던 아버지 대신에 쓰루요 아주머니가 책을 발송했다고 하셨어요."

"네……?"

말을 이을 수가 없었다. 네 권 중 한 권이 진짜 퍼스트 폴리오고, 이 검은 책이 복제본이라면…….

"나머지 세 권 중 한 권이 진짜라는 겁니까? 별장까지 팔아서 입수한 책을 왜 다시 팔아 버린 거죠?"

"네. 상식적으로는 이해가 안 가죠. 그리고 하나 더, 어머니도 그 세 권이 해외 업자에게 팔렸다는 이야기를 쓰루요 아주머니께 들었대요. 어머니는 비블리아 고서당에서 일하기 시작했을 무렵부터 아주머니와 가깝게 지냈는데……."

쓰루요 씨하고는 옛날부터 친했다고, 지에코 본인이 직접 말한 적이 있었다. 그 집안에서 제일 정상적인 사람이라고도 했다. 구가야마 쓰루요는 지에코가 이복동생이라는 사실을 알고 있었을까.

"십 년 전쯤에 이 응접실에서 같이 차를 마셨대요. 어쩌다 가족 이야기가 나와서, 쓰루요 아주머니는 아버지가 돌아가시기 직전에 책 발송하는 걸 도운 적이 있다는 얘기를 했고요. 아주머니의 일기를 보고 정확한 날짜를 확인했는데, 어머니가 집을 나가기 며칠 전이었어요."

한마디로 미즈키 에이코가 소장했던 검은 책을 보수한 것과 같은 시기였다. 단순한 우연은 아닐 터였다. 시노카와 지에코가 먼저 이야기를 꺼내서 자연스레 대답을 유도했겠지.

"아, 그럼……."

그제야 머릿속에서 모든 것이 하나로 이어졌다. 검은 책의 보수를 맡은 지에코는 시오리코 씨와 같은 결론에 도달한 것이다. 비교 대상이었던 노튼 팩시밀리도 그녀의 책이었다. 구가야마 쇼다이가 발견되지 않은 퍼스트 폴리오를 구입하여, 복제본과 함께 해외에 팔았다는 사실을 알았다면…….

"그 책을 쫓아서 집을 나가신 걸까요."

"그렇겠죠."

시오리코 씨는 순순히 수긍했다. 뭔가 위화감이 느껴졌다. 10년 전에 어머니가 집을 나간 속사정을 알게 되었는데도, 어째서 이렇게 담담한 거지?

"그나저나 구가야마 쇼다이 씨가 세상을 떠나기 전에 퍼스트 폴리오를 해외로 매각했다면……. 그 사실이 세상에 알려지지 않았다는 게 잘 이해가 안 가요. 이 복제본을 봐서는 꽤 상태가 좋은 폴리오였을 텐데. 세계적인 뉴스가 되었을 거예요."

어머니보다 퍼스트 폴리오의 수수께끼에 더욱 관심이 가는 모양이었다. 입을 열려던 순간, 요시와라 기이치의 전언이 떠올랐다.

'나머지는 전부 내가 갖고 있다.'

그건 나머지 세 권, 빨강색과 파랑색, 하얀색 책을 모두 가지고 있다는 뜻이 아니었을까.

"요시와라가 몰래 입수해 지금까지 숨겨 왔던 게 아닐까요. 어제도 그런 식으로 말했잖아요."

"저도 그 생각은 했는데…… 그것도 이상하긴 마찬가지예요. 어머니에게 팔기보다는 소더비즈 같은 유명한 경매업체에 넘기는 게 훨씬 큰 이익을 얻을 수 있을 텐데요. 구가야마 쇼다이 씨가 왜 어렵게 구한 퍼스트 폴리오를 남의 손에 넘겼는지, 그 사실을 포함해 이 책에는 아직도 숨겨진 수수께끼가……."

"나 왔어."

현관문이 열리는 소리와 함께 시노카와 아야카의 목소리가 실내에 울려 퍼졌다. 학원 수업을 마치고 돌아온 모양이다. 하지만 발소리나 문 닫히는 소리가 들리지 않았다. 우리는 마주 보며 고개를 갸웃거렸다. 그러고 보니 평소와는 달리 목소리에도 기운이 없었다.

시오리코 씨가 먼저 지팡이를 짚고 일어났다. 나도 그 뒤를 따라 복도로 나갔다. 시노카와 아야카는 여름 햇살을 등진 채 문턱 너머에 서 있었다.

"왔어? ……무슨 일이야?"

시오리코 씨의 물음에 아야카는 난처한 듯 미간을 찌푸리며 입을 꼭 다물고 있었다. 그때였다. 아야카를 비추는 빛 사이로 하얀 정장 차림의 자그마한 노인이 나타나 당당하게 안으로 들어왔다. 아마 학원에서 돌아온 아야카와 현관 앞에서 마주친 모양이었다.

"안녕하십니까. 어제는 신세 많았습니다."

요시와라 기이치는 모자를 벗으며 싹싹하게 인사를 건넸다.

"드리고 싶은 말씀이 있는데…… 잠시 시간 좀 내주시겠습니까?"

覚悟がすべて

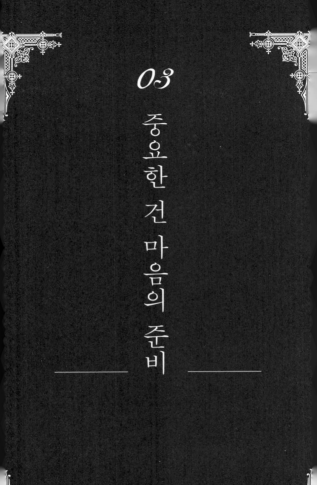

03

중요한 건 마음의 준비

햄릿 │ Hamlet, 1601 │

셰익스피어 4대 비극 중 하나. 5막으로 구성된 이 작품은 셰익스피어의 비극 중 가장 긴 작품으로, 오늘 날 끊임없이 재해석되고 공연되고 있는 작품이다. 당시 유행하던 복수극의 형태를 취하면서도 부왕의 원수를 갚아 국가의 회복을 꾀하여야만 했던 지식인 햄릿의 고뇌를 주제로 한 비극으로, 그 유명한 "죽느냐 사느냐 그것이 문제로다."는 햄릿 3막 1장에 등장하는 대사다.

1

  응접실에 들어선 요시와라 기이치는 탁자에 놓인 두 권의 복제본을 보았다.

  "오호, 이 팩시밀리 이야기를 하던 중이었나 보군요. 마침 잘됐습니다."

  그는 장지문으로 다가가더니 문을 활짝 열었다. 툇마루와 창문 너머로 바깥 풍경이 보였다. 지금까지 몰랐는데, 프런트 그릴이 인상적인 대형 외제차가 뒷길에 세워져 있었다. 요시와라가 손을 들자 모자를 쓰고 장갑까지 낀 운전기사가 나타나 조수석에서 커다란 보자기 꾸러미를 꺼냈다.

  "잠시만 기다리십시오. 여러분에게 보여 드리고 싶은 물건이 있습니다."

우리 셋은 어안이 벙벙한 표정으로 멍하니 서 있었다. 생각해 보니 시오리코 씨나 아야카, 둘 중 누구도 들어오라는 말은 한마디도 하지 않았다. 어떻게 할 거냐고 눈으로 신호를 보내자, 시오리코 씨는 고개를 까닥했다. 일단 상황을 지켜보자는 뜻이다. 아야카 역시 옆에서 팔짱을 끼더니 고개를 끄덕했다. 일전에 선언했던 대로 엿듣는 건 그만두고 당당하게 이 자리에서 들을 모양이었다.

"고맙다는 인사부터 해야겠군요."

요시와라는 시오리코 씨에게 정중하게 고개를 숙였다. 나는 제 귀를 의심했다. 어제 이 노인은 시오리코 씨에게 한방 먹었다. 화를 내면 모를까, 고마워할 일은 없을 터였다.

"무슨 말씀이시죠?"

시오리코 씨 역시 당황한 눈치였다. 한눈에도 틀니임을 알아챌 수 있는 하얀 이를 보이며, 요시와라는 두 팔을 활짝 벌렸다.

"정말 고마워서 하는 말이니 순수하게 받아들이시죠. 다른 뜻은 없습니다. 어제 부탁한 대로 지에코 씨에게 연락해 줬잖습니까. 나한테 전화를 했더군요. 거래에 응하겠다고."

"네……?"

나는 시오리코 씨와 마주 봤다. 당연히 짐작 가는 일은 없었다.

"이렇게 나서 주셨으니, 약속한 대로 『만년』의 잔금 사백
만 엔은 안 받겠습니다. 나중에 영수증도 써 드리죠."

시오리코 씨가 뭐라 말하기 전에 꾸러미를 든 운전기사
가 응접실로 들어왔다. 순식간에 사백만 엔의 부채가 탕감
됐다. 여우에게 홀린 기분이었다. 무슨 일이 일어난 건지
종잡을 수가 없었다.

"거기 두게, 정중하게."

요시와라는 들뜬 표정으로 탁자를 가리켰다. 운전기사는
검은 복제본을 옆으로 치우고 꾸러미를 내려놓았다. 상당
히 무거운 물건인 듯했다. 일을 마친 그는 우리에게 꾸벅
고개를 숙인 뒤 밖으로 나갔다.

"저기, 이게 대체……."

"먼저 제가 가져온 물건을 보시죠. 그러고 나서 자세히
설명하겠습니다."

노인은 시오리코 씨의 질문을 무시하고 탁자 앞에 앉았
다. 하는 수 없이 우리도 맞은편에 앉았다. 요시와라는 조
심스레 꾸러미를 펼쳤다. 그 안에서 나타난 건 커다란 책
세 권이었다. 우리가 잘 볼 수 있도록 그는 책을 일렬로 늘
어놓았다.

'이건…….'

빨간색과 파란색, 하얀색 가죽 표지. 방금 전까지 우리가 이야기했던 검은 복제본의 다른 버전이었다. 책등과 모서리에 보수한 부분은 없었지만, 세 권 다 사람 손을 탄 흔적이 역력했다.

"지난 삼십여 년 동안 전 세계를 돌며 수집한 책입니다. 실은 이 중 한 권이 아직 세상에 알려지지 않은 진짜 퍼스트 폴리오일 가능성이 있습니다."

요시와라는 대사를 읊는 배우처럼 말하더니, 우리…… 특히 시오리코 씨의 반응을 빤히 살폈다.

"아무도 안 놀라는군요."

그는 당황한 듯 목을 비스듬히 꺾었다. 방금 전까지 그 이야기를 하고 있었기 때문이기도 하지만, 갑작스러운 발언에 그다지 실감이 나지 않았다.

"퍼스트 폴리오가 뭐야?"

팔짱을 낀 시노카와 아야카가 당당하게 근본적인 질문을 던졌다.

"이거 참, 거기부터 설명해야 합니까……. 큰일이군요."

윤기가 흐르는 민머리를 떨구며 노인은 한숨을 쉬었다. 시오리코 씨는 동생에게 '나중에 설명할게.' 라고 귓속말을 하고 나서 맞은편의 요시와라를 바라보았다.

"구가야마 쇼다이 씨가 1976년에 구입해, 해외로 매각했다는 이야기는 들었습니다. 사실인지 아닌지는 모르지만요."

"오호, 지에코 씨가 이미 거기까지 이야기했습니까."

"아니오."

시오리코 씨는 그렇게만 말하고 입을 다물었다. 순간 요시와라의 눈이 휘둥그레졌다. 교묘한 심리전이었다. 마술사는 일일이 설명하지 않고 마술 준비를 시작함으로써 장내를 컨트롤한다. 어제 시오리코 씨에게 들은 대로였다.

요시와라는 우리에게 생각할 여유를 주지 않고 책을 들여와 대화의 주도권을 잡았다. 그리고 시오리코 씨는 그에 맞서 우리가 가진 정보를 슬쩍 내보였다. 카드게임에서 서로의 패를 조금씩 보여 주는 것과 마찬가지였다.

그렇다면 다자이의 『만년』을 강매당했을 때처럼 나도 쓸데없는 소리를 해서는 안 되겠지. 요시와라는 내 반응도 살피고 있을 것이다.

"당시에 어떤 루트로 퍼스트 폴리오를 구하셨죠?"

"저희 아버지를 통해서였습니다."

요시와라는 순순히 대답했다.

"기적 같은 일이었죠. 마이스나 도구점을 경영하던 아버지는 골동품을 구하기 위해 전 세계를 돌아다니셨습니다. 호황이 이어지던 시절이라 좋은 물건을 놓치지 않고 사들이셨죠. 대부분의 물건은 가게에 내놓고 팔았지만, 고서 쪽은 전문 분야가 아니라 구가야마 서방에 넘기셨어요.

퍼스트 폴리오는 아버지가 구해 온 낡은 캐비닛 안에 들어 있었습니다. 열쇠로 잠긴 서랍 안에서 오랫동안 잠들어 있었던 모양입니다. 사장님은 기뻐 날뛰었지만, 책을 입수한 걸 아무에게도 알리고 싶지 않았는지, 입막음조로 책값에 돈을 더 얹어 주었습니다. 요즘 시세를 생각하면 얼마 되지 않는 돈이었지만요."

우리는 말없이 이야기를 들었다. 별장을 팔아 돈을 마련했다는 이야기와 일치했다.

"그렇게 구한 폴리오를, 사장님은 본인 취향에 맞춰 하나부터 열까지 다시 장정했습니다. 읽으려는 게 아니라 어디까지나 장식용이었죠. 사냥해 온 동물을 박제로 만들어 걸어 놓는 포수의 심정이었을 겁니다. 본래 장정에도 엄청난 가치가 있었지만, 그런 걸 신경 쓰는 사람은 아니었죠."

쓴웃음을 짓는 요시와라에게 시오리코 씨가 물었다.

"그럼 일부러 복제본을 만든 건가요?"

"되팔 경우를 대비해서겠죠. 개인 소장용으로 사들이긴 했지만, 상황이 어떻게 될지 모르지 않습니까. 원본을 팔아도 복제본은 남으니까요.

특별 주문한 복제본은 모두 세 권이었습니다. 검은 표지는 본인 소장용으로, 그리고 어느 색인지는 모르지만 한 권은 사모님에게, 그리고 나머지 한 권은 에이코 씨에게 선물할 작정이었답니다. 이때까지 힘들게 한 사죄의 표시라고 할까요."

한마디로 검은 책은 원래 구가야마 쇼다이의 것이었다. 요시와라는 흡사 미담처럼 이야기했지만, 아내와 내연녀에게 같은 책을 선물한다는 건 보통 사람의 발상이라 볼 수 없다.

"그리고 이 책들을 만든 이유가 하나 더 있습니다. 시험에 사용하기 위해서였죠."

"······시험이요?"

시오리코 씨가 의아한 표정으로 되물었다.

"사장님은 지에코 씨에게 원본을 선물하려고 했습니다. 지난번에 사장님이 그녀를 후계자로 삼을 작정이었다고 말씀드렸죠? 퍼스트 폴리오뿐 아니라 본인의 가게며 책들도 전부 물려주려고 했습니다. 하지만 지에코 씨에게 그럴 만한 자격이 있는지 시험을 해 봐야겠다고 생각한 거죠. 파란 책과 하얀 책, 빨간 책 세 권을 늘어놓고 무엇이 원본인지 감정해 보라고 했습니다. 단, 책을 펼치지 않고 외양만 보고서. 제목도 밝히지 않았습니다. 참고로 저도 원본이 무엇인지 들은 바 없습니다."

"외양만 보고서······?"

231

저도 모르게 중얼거렸다. 책 세 권의 상태는 모두 달랐지만, 장정 자체는 표지 색깔 말고는 아무 차이도 없었다. 만질만질한 책의 삼면은 모두 금박 처리되어 있었다.

"왜 책을 펼쳐 보면 안 된다는 겁니까?"

"그러면 너무 쉬워지니까요. 종이 재질, 잉크, 인쇄기계……. 17세기에 만들어진 책과 현대에 만들어진 책은 여러 면에서 다르니까 쉽게 알아볼 수 있습니다."

그렇다고 제목도 가르쳐 주지 않고, 외양만 보고 가려내라는 건 너무 억지스러웠다. 그런 내 마음을 읽은 듯 요시와라가 부연했다.

"지에코 씨는 가려낼 수 있다고 단언했습니다."

세 권의 책을 바라보던 시오리코 씨의 눈동자에 희미한 동요의 빛이 어렸다. 자신은 가려낼 수 있을지, 그걸 생각하는 것이리라.

"……그 시험은 「베니스의 상인」의 상자 고르기에서 따온 건가요?"

시오리코 씨는 고개를 들며 물었다. 금, 은, 납, 세 개의 상자 중에서 바른 답을 고르는 사람이 상속녀 포셔와 결혼할 수 있다는 에피소드였다. 듣고 보니 비슷한 것도 같았다.

"네. 사장님 나름대로 공들인 이벤트였죠. 원작을 제대로 읽은 게 아니라 세부적인 내용은 꽤 달라졌지만요. 「베니스의 상인」을 모방하지 말라고 충고했는데도 말입니다. 그 역시 딸에게 배신당하는 아버지의 이야기니까요."

나뭇가지를 밟은 것처럼 뭔가 마음에 걸렸다. 그 역시? 그럼 그밖에도 짚이는 게 있다는 건가. 요시와라는 작게 헛기침을 하더니 말을 이었다.

"좌우지간 지에코 씨는 그 시험을 거절했습니다. 그런 나는 내가 아니라고 했죠. 구가야마 서방을 물려받을 생각이 없었던 겁니다."

요시와라의 표정이 떨떠름해졌다. '나는 내가 아니다'. 시노카와 지에코가 어머니에게 했던 말이다. 셰익스피어의 인용이었다.

"물론 사장님은 머리끝까지 화가 났죠. 거절당할 줄은 꿈에도 몰랐으니까요. 무엇보다 기껏 공들여 준비한 시험을 눈앞에서 엎어 버렸다는 사실을 용서할 수 없었던 겁니다. 어처구니없는 얘기입니다만…… 그래서 음험한 계략을 꾸몄습니다."

노인의 시선이 순서대로 우리의 얼굴을 훑고 지나갔다. 어쩌다 보니 그의 이야기에 홀린 듯 귀를 기울이고 있었다.

"제 아버지의 인맥을 통해 해외 골동품상에 그 책들을 팔았습니다. 브라질, 타이완, 오스트레일리아…… 한 권씩 팔았죠. 고서의 가치를 모르는 상대를 골라서 팔았다기보다는, 거저 준 거나 마찬가지였습니다. 그래 놓고 본인이 가지고 있던 검은 표지의 팩시밀리를 에이코 씨에게 억지로 떠넘겼죠. 사장님의 꿍꿍이가 무엇이었는지 아시겠습니까?"

"할머니에게 팩시밀리를 보냄으로써 어머니의 눈에 띄게 하려던 거겠죠."

시오리코 씨는 말이 끝나기가 무섭게 대답했다.

"어머니는 그 책이 아직 세상에 공개되지 않은 퍼스트 폴리오의 복제본이며, 시험에 이용됐던 세 권 중에 진품이 있다는 사실을 깨달았죠. 몰랐으면 몰라도, 사실을 안 이상 고서 마니아인 어머니로서는 절대 그냥 넘길 수 없었을 거예요. 해외로 유출됐다는 사실을 알았으면 당연히 책을 쫓아 전 세계를 떠돌았겠죠."

발밑에서 냉기가 피어오르는 것 같았다. 이 모든 게 구가야마 쇼다이의 계획이었다는 건가. 시노카와 지에코 같은 인간에게는 최악의 함정이었다.

"사장님은 지에코 씨가 굶주린 개처럼 이곳저곳을 떠도는 모습을 저세상에서 구경할 작정이었던 겁니다. 하지만 오산이 하나 있었죠. 어머니와 관계가 틀어져서 집을 나간 바람에, 지에코 씨는 십 년 전까지 검은 팩시밀리의 의미를 알아채지 못했던 거죠. 25년이 걸린 복수에 여러분도 말려든 겁니다. 저도 무척 안타깝게 생각합니다."

요시와라는 과장스러운 동작으로 고개를 저었다. 안타깝다는 말은 진심인 것 같았지만, 분명 그 이유는 다른 데 있을 것이다. 이 노인도 지금까지 퍼스트 폴리오를 찾아 헤맸을 테니, 시노카와 지에코라는 강력한 라이벌의 출현을 기뻐했을 리가 없다.

"정말 이 중에 퍼스트 폴리오가 있는 건가요?"

시오리코 씨가 싸늘하게 물었다. 요시와라는 살짝 미간을 찌푸렸다.

"그게 무슨 말입니까?"

"지금까지 세상에 공개되지 않은 게 이상하다는 뜻입니다. 책을 사들인 해외 업자가 고서에 무지했더라도, 펼쳐 봤다면 오래된 책이라는 걸 알았을 텐데요. 전문가에게 감정을 의뢰하지 않았을까요?"

아닌 게 아니라 첫 장을 펼쳐 보기만 해도 1623년에 간행된 셰익스피어의 책이라는 건 단번에 알아볼 수 있으리라. 나 같은 문외한이라 하더라도 범상치 않은 책일지도 모른다는 생각쯤은 했을 것이다.

"그리고 어렵게 입수한 폴리오를 왜 어머니에게 파시려는 건지 그 이유도 모르겠네요. 소더비즈 같은 유명 경매에 출품하면 훨씬 큰 이익을 남길 수 있을 텐데요."

요시와라는 고개를 끄덕이며 시오리코 씨의 이야기에 귀

를 기울였다. 동요하는 기색은 조금도 느껴지지 않았다.

"합리적인 의심입니다. 물론 그럴 가능성도 없다고는 하지 않겠습니다. 하지만 거기엔 사정이 있습니다. 이 책들을 펼쳐 보시죠."

요시와라의 말대로 시오리코 씨는 하얀 책을 펼치려고 했다. 하지만 곧바로 눈을 부릅뜨며 놀란 표정을 지었다. 옆에 있는 빨간 책에도 손을 뻗어 엄지손가락으로 책입을 쓸었다.

"왜 그래요?"

나는 작은 소리로 물었다.

"책이, 안 펼쳐져요……."

"네?"

나는 가까이에 있는 파란 책의 표지를 펼쳤다. '펼쳐지는데?' 하고 생각한 순간이었다.

"아!"

나와 시오리코 씨는 동시에 외쳤다. 펼쳐진 페이지는 셰익스피어의 초상화가 인쇄된 표제지의 잔해였다.

커다랗게 인쇄된 제목과 덧칠한 주변 여백은 잡아 뜯은 듯 너덜너덜했다. 반대로 페이지 중앙의 초상화에는 문자가 인쇄된 얇은 종이가 붙어 있었다. 이웃한 페이지에서 벗겨져 나온 잔해였다. 붙어 있던 책장을 억지로 뜯어낸 바람에 이렇게 된 것이다.

"세 권 다 모든 페이지에, 심지어 페이지 **안쪽**까지 강력한 접착제를 발라서 붙여 놓았고, 책머리를 비롯한 삼면에도 같은 짓을 해 놨습니다. 억지로 펼치려고 하면 이렇게 되는 거죠. 당시에 미리 알았다면 사장님을 말렸을 텐데……."

나는 세 권의 책을 뚫어져라 바라보았다. 무엇이 원본인지, 아까부터 요시와라가 한마디도 하지 않은 이유를 이제야 알았다. 그도 알지 못했고, 이제 알아낼 수 있는 사람은 아무도 없는 것이다. 먼 옛날에 가려낼 수 있다고 선언했던 시노카와 지에코를 제외하고는.

그나저나 이걸 일일이 접착제로 붙이다니, 상상만 해도 정신이 아득해졌다. 퍼스트 폴리오는 권당 900페이지가 넘는 분량이다. 집념이라기보다는 원념이라 불러야 하리라.

"잠깐만요. 설마 진짜 퍼스트 폴리오까지 접착제로 붙인 건가요?"

시오리코 씨가 새된 목소리로 외쳤다. 핏기 없는 입술이 가늘게 떨리고 있었다.

"사백 년에 걸쳐 많은 이들을 거쳐 온 책이에요. 소유자에게는 최상의 상태로 다음 세대에 책을 물려줄 책임이 있다고요! 그런 책을 접착제로 붙이다니, 대체 얼마나 훼손되었을지……."

요시와라는 배우처럼 어깨를 으쓱했다.

"저도 믿고 싶지 않습니다. 책장을 붙이는 현장을 직접 본 것도 아니고요. 하지만 사장님은 무슨 짓이든 하는 사람이었습니다. 특히 복수를 위해서라면."

어렵게 입수한 귀한 책을 훼손해서 거저나 다름없는 헐값에 팔아치웠다. 설령 딸이 그 책을 찾아내더라도 영영 펼쳐 볼 수 없다. 그의 머릿속에는 진정 복수밖에 없었던 것이다. 부모로서, 아니 인간으로서 최악이다.

"세 권의 책 중에 원본이 있더라도, 세상에 공개되지 않은 이유를 이제 아시겠죠? 이건 책의 모양을 한 장식품에 불과합니다. 실제로 별난 취향을 가진 몇몇 소유자들은 특이한 오브제로써 이 책을 곁에 두었죠. 그 덕에 목숨을 부지했고요."

기적에 가까운 일이었다. 만일 아무도 모르게 처분됐다면 시노카와 지에코는 영원히 이 책들을 찾아 헤맸을 것이다. 구가야마 쇼다이는 거기까지 계산하고 이 복수 계획을 세운 게 아니었을까.

"지에코 씨에게 이 책을 팔려는 이유도 같은 맥락에서입니다. 지금 상태로 이 중 한 권을 퍼스트 폴리오로 인정해 줄 업자는 없습니다. 접착제를 제거해서 정상적인 상태로 만들면 또 모르지만, 그 과정에서 조금이라도 실패하면 책이 훼손되지요. 일이 잘 풀린다 해도 얼마나 시간이 걸릴지 아무도 모릅니다. 살날이 얼마 안 남은 내가 그때까지 버틸 수 있을지도 모르고요."

농담처럼 말했지만, 그 목소리에서는 절실함이 느껴졌다. 대충 이야기의 앞뒤는 맞았다. 전 세계에 수백 권밖에 존재하지 않는 희귀본이라도, 이 상태로는 그 가치를 인정받을 수 없을 테니까.

"하지만 지에코 씨에게 넘기기 전에 꼭 알고 싶은 게 있습니다. 오랫동안 머릿속에서 떠나지 않았던 의문이죠. **……과연 책을 펼쳐 보지 않고도, 이 세 권의 진위 여부를 가려낼 수 있는가.**"

노인은 집게손가락을 세우며 말했다. 시오리코 씨가 말문을 열었다.

"어머니를 시험하시겠다는 건가요? 35년 전 구가야마 쇼다이를 대신해서?"

"그런 거창한 의도는 없습니다. 일종의 호기심이죠. 사장님은 이 책에 갖가지 장치를 해 놨습니다. 검은 책을 포함해 네 권의 책은 모두 같은 무게, 같은 판형으로 만들어졌습니다. X선 투사를 방지하는 소재로 표지와 뒷표지를 제작했고요. 때문에 과학적인 방법으로 내용물을 확인하는 건 불가능합니다. 지에코 씨는 대체 무슨 근거로 가려낼 수 있다고 단언했는지……. 시오리코 양은 아시겠습니까?"

시오리코 씨는 대답하지 않았다. 요시와라에게 정보를 주지 않으려는 것인지, 아니면 짐작이 가는 데가 없어서인지도 모른다.

"이미 지에코 씨에게 말했지만, 도쓰카의 고서회관에서 열리는 다음 시장에 이 세 권을 출품할 생각입니다."

"네……?"

시오리코 씨의 눈이 휘둥그레졌다. 고서회관에서 열리는 다음 시장은 경매 형식으로 진행된다. 나도 한 번 본 적 있는데, 참가하는 업자는 십여 명밖에 되지 않아서 평소 시장보다 규모가 작았다. 매주 금요일에 열리니 다음 경매는 사흘 뒤였다.

경매에서 취급하는 책의 종류는 다양했지만, 펼칠 수 없는 양서, 그것도 셰익스피어의 퍼스트 폴리오가 출품되다니, 분명 전대미문의 사태일 것이다.

"아마 입찰자는 어머니밖에 없을 텐데……. 무엇 때문에 경매에 출품하시려는 건가요?"

"공개적인 장소에서 거래하는 게 서로에게 좋을 것 같아서 먼저 제안했습니다. 물론 최저가는 제가 정할 거지만요. 한 권씩 출품할 테니, 지에코 씨는 진품이라 생각하는 책을 낙찰받으면 됩니다."

요시와라의 얼굴에 환한 웃음이 피어올랐다.

"정말 내용을 보지 않고도 진위를 가려낼 수 있는지, 다른 동업자 분들 앞에서 확인하고 싶거든요. 이거 참 기대가 큽니다. 여러분도 꼭 참석해 주십시오."

경매라기보다는 공개적인 감정 이벤트다. 실패할 경우에는 웃음거리가 된다. 무대 위에서 대사를 틀린 배우처럼. 공개적인 장소에서 거래하고 싶다는 건 구실일 뿐, 그 속내는 궁지에 몰린 시노카와 지에코의 모습을 보고 싶은 것이리라.

"……어머니는 경매에 참가할 자격이 없습니다. 이미 떠난 사람이니 저희와는 상관없어요."

"목록통판 전문점으로 간사이 쪽 고서조합에 등록했다고 하더군요."

시장에 참가할 자격은 고서조합의 가맹점에게만 주어진다. 어느 지역이든 고서조합에 등록만 되어 있다면, 전국 어느 시장에든 참가해 거래할 수 있다는 규칙이었다. 시노카와 지에코가 본인의 가게를 가지고 있던 사실은 몰랐지만, 생각해 보면 그녀는 일본 국내에서 고서 거래를 쭉 해왔다. 딱히 이상한 일은 아니었다.

"결국 오늘은 무슨 볼일로 오신 거죠?"

그러고 보니 요시와라는 아직 용건을 말하지 않았다. 이 책들에 대해 이야기했을 뿐이다.

"이제부터 말하려고 했습니다."

요시와라는 짝, 손뼉을 쳤다. 대체 무슨 말을 하려고 이러지. 온몸에 긴장이 돌았다.

"시오리코 양도 이 경매에 참여하지 않으시겠습니까?"

"……말이 되는 소리를 하시죠."

반사적으로 그런 말이 튀어나왔다. 요시와라 기이치와 시노카와 지에코, 천 년 묵은 요괴들의 다툼에 시오리코 씨가 말려들게 하고 싶지 않았다.

"그쪽한테 안 물어봤습니다."

요시와라는 태연하게 내 말을 받아쳤다.

"아까 시오리코 양이 지적한 대로, 아마 이 책들을 낙찰받으려는 사람은 지에코 씨뿐일 겁니다. 그래서는 경매라 할 수 없죠. 출품자로서 분위기를 한층 고조시킬 수 있는, 지에코 씨의 대항마가 있으면 합니다. 지에코 씨의 재능을 물려받은 시오리코 양이라면 더할 나위 없죠."

"요컨대 낙찰 가격을 최대한 끌어올리고 싶다는 말씀이시군요. 본인의 이익을 위해."

"부정하지 않겠습니다."

노인은 고개를 끄덕였다. 마치 본인이 부탁을 받는 입장인 양 몸을 앞으로 내밀며 손깍지를 꼈다.

"시오리코 양에게도 그 책을 입수할 기회가 생기는 겁니다. 다소 훼손되었다고는 하나, 누락된 곳 없이 완벽한 상태의 퍼스트 폴리오가 앞으로 시장에 나올 가능성은 한없이 제로에 가깝지요. 만일 나오더라도 매매가는 억 단위가 될 게 분명하고요. 그런 희귀본을 저렴한 가격에 입수할 수 있는 가능성이 생기는 겁니다."

저렴한 가격이라고는 해도, 분명 상상을 초월하는 가격일 것이다. 요즈음 계속 적자 신세를 면치 못하는 비블리아 고서당에 그만한 돈이 있을 리 없다. 그렇게 못을 박기 전에 요시와라는 기선 제압을 하듯 말을 이었다.

"돈이 없으니까 더욱더 참가해야 하는 게 아닐까요? 원래 이런 고가의 희귀본은 고객의 대리인 자격으로 구입하는 경우가 많지만, 시오리코 씨의 고객 중에는 그만한 큰손이 없죠. 결국 자비로 입찰하는 모양새가 되겠군요."

"자비로……?"

요시와라는 내 물음에 곧바로 대답했다.

"자비로 구입하면, 어느 정도 위험부담은 있지만 구입 희망자는 나타날 겁니다. 그럼 엄청난 차익을 남길 수 있죠. 필요한 자금은 마련하면 그만이고요. 이 집을 담보로 잡으면, 삼사천만 엔은 충분히 준비할 수 있겠군요."

그는 감정하듯 집 안을 둘러보았다. 어처구니가 없어서 반박할 타이밍을 놓쳤다.

"고서점 경영자로서 혹은 애서가로서 한 번쯤은 소장하고 싶은 책 아닙니까?"

"……아뇨."

순간 망설인 시오리코 씨는 고개를 저었다. 나는 내심 가슴을 쓸어내렸다. 그녀는 둘도 없는 애서가이긴 하지만, 희귀본 수집가는 아니다. 비블리아 고서당에서도 양서는 취급하지 않는다. 이런 위험한 거래에 그리 쉽게 손을 대지는 않을 터였다.

"그럼 실물을 보고 싶다, 시간을 들여 찬찬히 읽어 보고 싶다는 생각은 안 듭니까?"

시오리코 씨는 말문이 막힌 듯했다. 책에 대한 욕구가 들끓어 오르고 있다는 걸 눈빛으로 알 수 있었다. 긴 세월 동안 많은 이들의 손을 거치며 400여년의 이야기를 간직한 셰익스피어의 희곡집이다. 읽고 싶지 않을 리가 없다.

"출품은 금요일 아침에 할 생각입니다. 그때까지 잘 생각해 보시길."

요시와라는 흡족한 표정으로 세 권의 책을 다시 보자기에 쌌다.

시오리코 씨의 집에서 나온 건 가장 더운 오후 시간대였다. 스쿠터로 달리는 동안은 그나마 참을 만했지만, 신호 대기 중에는 꽤 힘들었다. 등이며 팔은 물론, 푹푹 찌는 헬멧 안쪽에서도 끊임없이 땀이 흘러내렸다. 구름이 떠 있기는 했지만, 태양을 가릴 정도는 아니었다.

점심으로 아야카가 국수를 해 줬다. 국수를 먹으며 요시와라의 제안을 어떻게 할 것인지 셋이서 상의했는데, 가장 의욕적으로 찬성한 이는 뜻밖에도 아야카였다.

"일단 손에 들어오기만 하면 엄청난 가격에 되팔 수 있다면서. 경쟁자는 엄마밖에 없으니까, 설령 진다고 해도 우리가 손해 볼 일은 없잖아. ⋯⋯아, 튀김 잔뜩 했으니까 많이 먹어. 오빠도요."

그렇게 말하며 아야카는 닭튀김을 입에 넣었다. 튀김 역시 그녀의 작품이었다. 국수는 1인분씩 먹기 좋게 나눠 놓았다.

"하지만 셋 중에 무엇이 진품인지 가려내야 하고, 낙찰 받는 데도 엄청난 돈이 들잖아. 몇백 만으로 끝나는 게 아니라, 몇천 만⋯⋯ 그걸로도 부족할지도 몰라."

젓가락으로 커다란 야채 튀김을 자르며 나는 반대 의견을 냈다. 애초에 그 세 권 중에 진짜가 있는지조차 장담할 수 없는 상황이다.

"그럼 그 할아버지 말대로 이 집을 담보로 대출을 받아야 하나."

아야카는 아까 요시와라가 그랬듯 집 안을 둘러보며 말했다.

"아무리 차익이 많이 남는다고 해도, 그렇게까지 할 거래는 아니지 않아?"

"그래도 돈은 많으면 많을수록 좋잖아요. 우리 가게도 상황이 좋은 건 아니니까…… 만일의 경우에 대비해야죠."

이 중에서 가장 어린 아야카가 누구보다 야무진 말투로, 엄지와 중지로 동그라미를 만들었다. 나는 야채 튀김에 섞인 새우를 씹으며 생각했다. 아마 아야카는 자기 나름대로 비블리아 고서당의 앞날을 걱정하는 것이다. 언니에게 학비를 대 달라는 말을 하지 않는 것도 그런 맥락에서겠지.

"난 찬성. 다소의 위험부담은 감수해야지."

그녀의 말도 일리는 있지만, 문제는 그 위험부담이라는 게 우리가 감당할 수 있는 선일지 장담할 수 없다는 점이었다. 만일 진품을 낙찰받는 데 실패한다면, 거금을 들여 손에 넣은 게 복제본이라면…… 비블리아 고서당을 영영 잃

246

게 될 것이다.

우리는 내내 침묵을 지키는 시오리코 씨를 보았다. 결국 그녀가 외양만으로 책의 진위 여부를 감정해 낼 수 있느냐에 모든 것이 달려 있었다. 그녀는 조용히 국수를 입에 넣더니, 장국이 든 유리그릇을 탁자에 내려놓았다.

"……생각 좀 해 볼게요."

집에 도착하자 인도와 인접한 미닫이문은 잠겨 있었다. 휴가 중인 어머니는 아직 돌아오지 않은 모양이다. 점심은 시치리가하마의 카레집에서 먹는다고 했다. 한여름에는 손님들로 붐비니까 안 가는 게 좋다고 충고했는데.

나는 폐업한 식당 안에 스쿠터를 들여 놓았다. 에어컨은 없었지만 바깥보다 훨씬 시원했다. 영화 스튜디오 부근에 자리한 이 식당은 영화 스태프들로 늘 북적거렸다지만, 의자와 테이블은 물론, 주방에 있던 조리기구와 냉장고도 모두 처분한 지금은 그저 창고일 뿐이었다.

나는 제일 먼저 주방 안쪽을 점검했다. 이전에 다나카 도시오가 다자이의 『만년』을 훔치러 안쪽 창문으로 침입한 뒤로는, 집에 오면 일단 이곳부터 확인하는 습관이 생겼다. 그때 뚫린 알루미늄 창살은 아직도 그대로였다.

나가기 전과 달라진 곳은 없었다. 안도하며 다시 밖으로 나왔다.

'다나카는 어떻게 지내고 있을까.'

딱히 교도소에서 연락 온 건 없었고, 나도 그 뒤로는 연락하지 않았다. 피가 섞이기는 했지만 가까운 사이는 아니었다. 지금까지 일을 생각해서라도 결코 빈틈을 보여서는 안 될 상대였다. 하지만 건강하게 잘 지냈으면 좋겠다는 생각은 들었다.

불현듯 시노카와 지에코가 떠올랐다. 그녀 역시 방심할 수 없는 상대였지만, 때때로 시오리코 씨에게 도움이 되는 행동을 하기도 했다. 시오리코 씨가 소장한 『만년』을 노린 구가야마 마리의 계획이 실패로 끝난 원인 중 하나는, 시노카와 지에코가 다나카를 이 일에 끌어들였기 때문이다.

이번 셰익스피어 건만 해도, 그녀가 요시와라에게 연락해 준 덕에 잔금 사백만 엔을 치르지 않을 수 있었다. 요즘은 우리 앞에 나타나지 않지만, 조만간 모습을 드러낼 거란 예감이 들었다. 우리가 전혀 예상하지 못한 타이밍에.

"예전에는 내 집처럼 편안한 식당이었을 것 같아."

식당에서 2층으로 올라가려던 나는 저도 모르게 걸음을 멈췄다. 검은 셔츠에 롱스커트, 허리까지 오는 긴 머리의 여성이 스쿠터 옆에 서 있었다. 여전히 시오리코 씨와 그림자처럼 꼭 닮은 모습이었다. 선글라스 너머의 두 눈동자는 간신히 존재만 알아볼 수 있었다.

"……어디로 들어온 겁니까?"

동요를 감추기 위해 먼저 말을 걸었다. 갑작스런 등장에
도 비명을 지르지 않을 수 있었던 건, 때마침 이 사람 생각
을 하고 있었기 때문이다.

"문이 열려 있던데?"

시노카와 지에코는 아까 내가 들어온 미닫이문을 가리켰
다. 창문 단속을 한답시고 가장 중요한 문을 깜빡했다.

"무슨 일입니까?"

"얘기 좀 하고 싶어서."

"시오리코 씨와 아야카는 만나 봤습니까?"

"아니. 오늘은 볼일이 없는데?"

왜 그런 걸 묻느냐는 투였다. 볼일이 없어도 딸들의 얼굴
을 보러 간다는 생각 자체가 없는 듯했다.

"전화했다면서요, 요시와라 기이치에게."

"슬슬 때가 됐다 싶어서."

그녀의 입가에 웃음기가 번졌다. 웃는 얼굴은 정말 시오
리코 씨와 판박이였다. 저도 모르게 경계심을 풀 뻔했다.

"왜 시오리코 씨에게 부탁받은 척한 겁니까?"

"내가 그 애를 도우려 했다고 생각하는 모양이네. 틀렸
어. 요시와라 씨가 지레짐작한 거야. 시오리코가 나한테 연

락한 거라고 자기 멋대로 착각한 거지."

그녀는 내 속을 읽은 듯 술술 이야기했다.

"아니라고 굳이 말하지 않은 건, 시오리코가 경매에 참가하길 바랐기 때문이야. 이런 고가의 양서 거래는 그 애 전문분야가 아니잖아. 마련할 수 있는 자금이 얼마 안 되면 언감생심 꿈도 꾸지 않았을 테고, 큰돈이 필요한 게 아니라면 애초에 그런 위험부담을 감수할 애가 아냐."

동생의 학비를 내주고 싶어 하는 시오리코 씨의 마음과 비블리아 고서당의 경영 상태를 모두 파악한 듯한 말투였다. 날 떠보려고 하는 소리일지도 모르지만, 이 사람이라면 전부 알고 있어도 이상할 건 없다.

"무엇 때문에 시오리코 씨가 참가하기를 바라는 겁니까?"

"시오리코에게는 재능이 있으니까."

"……재능?"

"책에 남은 단서를 통해 인간의 내면을 읽어 내는 재능. 지은이는 물론, 제본한 사람, 책을 판 사람, 그리고 소장한 사람의 내면까지……. 고서점 주인으로 태평하게 살다가는 그 재능을 꽃피울 시기를 놓치게 될 거야. 그건 너무 불행한 일이지."

시노카와 지에코는 아까부터 내 질문에 막힘없이 술술 대답했다. 미리 준비해 둔 대본을 읽는 듯한 느낌에 마음이 술렁거렸지만, 지금은 아무 말도 하지 않기로 했다.

"솔직히 네가 시오리코 앞에서 사라져 주길 바랐어. 그 애의 족쇄밖에 안 되니까. 그런 존재는 방해만 된다고 생각했지."

그녀는 담담한 말투로 내 존재를 부정했다. 지금까지도 지에코는 시오리코 씨에게 몇 번이나 함께 떠나자고 유혹의 손길을 내밀었다. 나 때문에 그 손길을 뿌리친 적도 있었지만, 이렇게 면전에서 '사라져 주길 바랐다.'는 말을 들을 줄은 몰랐다.

"하지만 이제는 생각을 좀 바꾸기로 했어. 시오리코는 널 진심으로 좋아하는 모양이니까. 쉽게 마음을 바꿀 애가 아니야."

온몸에서 힘이 쭉 빠졌다. 배배 꽈서 표현하기는 했지만, 요컨대 우리의 사이를 인정한다는 뜻일지도 모른다.

"아, 둘 사이를 인정한다, 안 한다, 그런 뜻은 아냐."

또다시 내 머릿속을 읽은 듯한 대답이었다. 그런 식으로 마무리 지을 이야기가 아니었다.

"내가 결정할 일이 아니라는 거야. 이대로는 언젠가 본인이 고통받을 날이 오겠지."

"……지금 나는 내가 아니다. 어느 날 문득 그런 생각이 든다는 겁니까."

주워들은 셰익스피어의 대사를 인용하자 그녀는 고개를 끄덕였다.

"그런 셈이지. 마음을 연 것처럼 보여도 언젠가는 떠날 거야. 내가 그랬듯, 제 의지로."

"그때는 저도 같이 갈 겁니다."

예전에 시오리코 씨에게도 그렇게 말했다. 시노카와 지에코는 처음으로 입을 다물었다. 소리 없는 웃음을 터뜨린 것이다. 진심이 담긴 말이었지만, 그녀의 귀에는 우스꽝스럽게 들린 모양이었다. 부아가 치밀었다.

"자기 의지로? 정말로 자기 자신을 다 파악하고 있다고 생각하는 겁니까?"

"무슨 소리지?"

"당신이 퍼스트 폴리오를 찾아 나서게 만든 건 구가야마 쇼다이죠. 이러쿵저러쿵해도 수십 년 전에 아버지가 친 덫에 걸려 비블리아 고서당을 떠난 거 아닙니까. 자기 의지가 아니라."

"관점을 달리하면 그렇게 보이겠지."

지에코는 맥이 빠질 정도로 순순히 대답했다.

"하지만 거기서 더 관점을 바꿔 봐. 아버지가 뭔가 계략을 꾸민 건 알고 있었어. 그런 식으로 기꺼이 딸에게 유산을 물려주려는 구가야마 쇼다이는 내가 아는 구가야마 쇼다이가 아니니까. 그걸 덥석 받는 나도 내가 아니지. 그 모든 게 신물이 나서 거절했어. 친딸을 상대로 이런 계략을 꾸미는 게 훨씬 그 사람답으니까."

그녀는 들뜬 목소리로 말했다. 진심이라는 게 느껴져서 소름이 돋았다.

"전부 당신 계획대로다. 그렇게 말하고 싶은 겁니까?"

"아니. 누가 계략을 꾸몄든 상관없다는 거야. 매 순간마다 이게 바로 나다. 그렇게 단언할 수 있는 게 진정한 자신의 모습이지. 단순히 감정의 강도라는 게 존재할 뿐이고, 인간은 그 강도에 맞춰 결단을 내리면 돼. 분명 시오리코도 그렇게 생각할 거야. 결국 요시와라 씨의 제안을 받아들일 거고."

"난 말릴 겁니다. 이런 위험한, 사기나 다름없는 거래."

"어머, 난 받아들일 건데?"

"그러니까 더 위험하다고요."

분명 내가 모르는 뭔가가 있다. 요시와라도, 이 사람도 뭔가 꿍꿍이가 있을 것이다. 절대로 비블리아 고서당에 긍정적인 것이 아닌.

"어쩌면 요시와라와 한통속일지도 모르잖습니까."

분한 마음에 그런 소리를 내뱉었다. 어차피 내 심중은 전부 꿰뚫어 보고 있을 테지.

"그건 아닌데, 아니라고 말한다고 곧이곧대로 믿지는 않을 거지?"

"……비블리아 고서당이 경매에 참가하면 낙찰가는 올라가겠죠. 그런데도 굳이 시오리코 씨를 끌어들이려는 의미를 모르겠습니다."

"아마 네가 걱정하는 건 이런 거겠지. 내가 요시와라 씨와 손을 잡고 시오리코를 경매에 끌어들인다. 비블리아 고서당을 담보로 빌린 돈으로 복제본을 낙찰받게 해서, 그 돈을 요시와라 씨와 나눠 가진다. 시오리코에게서 가게를 빼앗아서, 적성에 안 맞는 경영에서도 손을 떼게 한다. ……어머나, 나쁘지 않은 계획이네?"

다 알고 있으면서 감탄하는 시늉을 했다. 만일 정말 그렇게 되면, 예전처럼 먼저 손 내밀지 않아도 시오리코 씨는 어머니를 쫓을지도 모른다. 아버지가 물려준 가게를 빼앗은 어머니에게 복수하기 위해. 그런 시오리코 씨는 죽어도 보고 싶지 않았다.

"한통속이 아니라는 증거는 있습니까?"

"실은 내일 시오리코를 만날 예정이야. 아까 연락했더니 확실한 증거를 보여 달라고 하더라고. 그래서 나도 제안을 했지. 만일 우리 둘 다 진짜 퍼스트 폴리오를 낙찰받지 못하면, 시오리코가 이번에 내야 할 낙찰대금은 전부 내가 부담하겠다고. 이 얘기는 요시와라 씨한테도 이미 했어."

나는 잠시 생각에 잠겼다. 두 사람이 모두 진품을 가려내지 못한다면, 또는 세 권이 모두 복제본이라면…… 시오리코 씨는 한 푼도 내지 않아도 되는 것이다. 그러면 시오리코 씨에게 일방적으로 불리한 게임은 아니다.

"혹시라도 시오리코 씨가 복제본을 낙찰받고, 당신이 진품을 낙찰받을 경우에는……."

"그땐 당연히 시오리코가 책임을 져야지. 그 결과 비블리아 고서당이 문을 닫게 되더라도 난 아무것도 하지 않을 거야."

지에코는 주저 없이 딱 잘라 말했다. 어찌 되었든 시오리코 씨가 진위를 가려내지 못하면 우리에게 이득이 될 것은 없다는 것이다.

"진품을 가려낼 자신이 있는 거군요?"

"그건 어리석은 질문이지."

장난스러운 대답이 돌아왔다. 그래. 물론 자신 있겠지. 아니, 만에 하나 자신이 없다고 해도 이 자리에서 인정할 리 없다. 그녀의 말대로 어리석은 질문이다.

"아까 사기나 다름없는 거래라고 했지? 요시와라 씨를 단순히 사기꾼이라 생각한다면 그의 본질을 못 보고 지나치게 될 거야. 시오리코는 그렇게 생각이 짧지는 않겠지만."

"……무슨 본질 말입니까?"

계속해서 질문만 하는 게 꼴사나웠지만, 수치를 무릅쓰고서라도 정보를 얻어 내야겠다고 생각했다.

"요시와라 씨의 과장된 행동거지는 연기일 뿐이야. 그 사람은 본인을 「리어 왕」의 광대라 여기고 있을 테니까."

"「리어 왕」이라면 셰익스피어의 비극……."

"그래. 4대 비극 중 하나지. 그의 최고 걸작이라고 평가하는 이들도 많아. 노쇠하여 왕좌를 떠난 브리튼의 왕 리어는 영지를 나눠 준 딸들…… 첫째 고네릴과 둘째 리건의 배신으로 고독히 황야를 헤매지. 충실한 기사와 시종들을 모두 잃은 리어를 마지막까지 보필하는 이가 힘없고 짓궂은 광대야."

'마지막에는 외롭고 고독했죠. 홀로 황야를 헤매듯.'

어제 요시와라가 했던 말을 떠올렸다. 본인을 그 광대에 빗대는 거라면, 구가야마 쇼다이는 리어 왕이라는 건가.

"요시와라 씨는 마지막까지 아버지의 충실한 심복이었어. 날 위해 준비한 시험을 재현하려는 이유 중 하나는 구가야마 쇼다이의 만년을 보필했다는 자부심이겠지. 리어 왕의 광대처럼."

불현듯 본 적도 없는 광경이 머릿속에 떠올랐다. 백발의 노인과 화려한 차림의 광대가 아무것도 없는 초원을 비틀거리며 걸어간다. 어쩌면 영상으로 만들어진 「리어 왕」을 어디선가 보았던 건지도 모른다.

"황야를 떠돌던 리어 왕은 어떻게 됩니까?"

"리어의 분노로 의절당한 막내딸, 충실한 코델리아는 남편인 프랑스 왕에게 간청해 얻은 원군을 이끌고 아버지를 구출하지. 하지만 두 사람은 고네릴의 남편이 이끄는 브리튼 군에 포로로 잡히게 돼. 코델리아는 처형당하고, 절망한 리어도 숨을 거두지."

"……완벽한 비극이군요."

"맞아. 너무 음울한 결말이라 셰익스피어의 사후에 결말을 행복하게 바꾼 버전이 만들어졌고, 150년 동안이나 원작 「리어 왕」은 상연되지 못했을 정도였어."

"그건 좀 너무한 거 아닙니까?"

작가에게는 더없는 비극이다. 시오리코 씨와 비슷한 목소리라 그런지 어느새 이야기에 빠져들고 있었다.

"「리어 왕」이 그만큼 걸출하고 비범한 극이라는 반증이지. 아무도 구원받지 못하는 완벽한 비극이기 때문에, 효심 지극한 코델리아를 잃은 리어의 통곡이 관객의 가슴을 미어지게 하는 거야. 'My poor fool is hang'd'. 내 가엾은 바보가 목 졸려 죽었다……."

"fool은 분명……."

"광대라는 뜻도 있지. 리어의 마음속에서는 자신에게 충실했던 광대와 코델리아의 존재가 맞물려 있었는지도 몰라. 실은 이 두 배역을 한 배우가 연기했다는 설도 있어. 두 사람은 동시에 등장하지 않고, 엘리자베스 시대의 배우는 혼자서 여러 역을 맡는 게 일반적이었으니까."

그리고 여자 역할도 남자 배우가 맡았다고 들었다. 사실을 확인할 길은 없지만 충분히 가능성 있는 이야기였다.

"요시와라 씨는 자신을 늙은 주인의 충실한 광대이자, 효심 지극한 자식이라 생각하는 것 같아. 자식이라면 당연히 본인이 재산을 물려받으려 하겠지."

들뜬 목소리로 이야기하고 있지만, 그 추측이 맞다면 요시와라는 아버지를 배신한 시노카와 지에코를 적이라 여길 것이다. 세 권의 폴리오를 경매에 내놓아 감정하게 하려는 것도, 지에코를 향한 악의에서 비롯된 생각이 아닐까.

"요시와라 씨는 대단한 사람이야. 머리가 비상하니 광대도 될 수 있지. 광대 역을 맡으려면 지혜가 필요하니까. 조심하지 않으면 큰코다칠 거야…… 특히 시오리코는."

온몸에 긴장이 돌았다. 내가 할 수 있는 일은 없겠지만, 최소한 시오리코 씨 옆에 있……

"이럴 때 넌 아무 도움도 안 되지."

돌연 비수처럼 날아와 꽂힌 그 말에 미동도 할 수 없었다. 선글라스를 벗은 시노카와 지에코가 매서운 눈빛으로 나를 쏘아보고 있었다.

"나도 같이 갈 겁니다. 아까 그렇게 말했지? 같이 가서 뭘 어쩌겠다는 건데?"

"아……."

머릿속이 새하얘졌다. 아무것도 떠오르지 않았다. 그녀의 목소리는 누군가에게 준엄한 진실을 고할 때의 시오리코 씨의 목소리와 똑같았다.

"체력도 좋고, 다소 예리한 구석이 있는 건 인정할게. 하지만 그래 봤자 평범한 인간일 뿐이야. 네가 할 수 있는 일은 다른 사람도 충분히 할 수 있지. 시오리코 정도의 재능이라면 더 뛰어난 파트너를 쉽게 찾을 수 있어. 지금은 아직 본인이 그 사실을 알아채지 못했을 뿐이야."

귀에 익은 목소리가 텅 빈 머릿속에 메아리쳤다. 내가 그녀의 파트너로 부족할지도 모른다는 불안감은 오래전부터 마음 한구석에 존재하고 있었다.

"어차피 사랑은 광기일 뿐이야. 시오리코의 광기가 사라졌을 때, 네 존재가치는 더 이상 없을 거야. 내 말이 틀렸니?"

반박은커녕 손가락 하나 까딱할 수 없었다. 시노카와 지에코는 흡족한 표정으로 발길을 돌리더니, 문을 열며 어깨너머로 나를 돌아봤다.

"안녕, 다이스케 군."

시오리코 씨와 똑같은 목소리로 그렇게 말한 뒤, 그녀는 떠나갔다.

3

아침에 가게 문을 열자마자 매입 의뢰가 연달아 들어왔다. 모두 권수는 얼마 되지 않았고, 나 혼자서도 감정할 수 있는 책이었지만, 정리를 마칠 즈음에는 이미 정오가 되어 있었다.

내놓은 지 얼마 되지 않은 절판된 문고본을 한꺼번에 구입한 손님이 나가자, 가게 안에는 나밖에 없었다. 시오리코 씨는 어머니와 만나기 위해 나갔다. 아야카도 오늘부터 오후나의 입시 학원에서 여름방학 특강을 듣는다고 했다.

어제 시노카와 지에코에게 들은 이야기가 머릿속을 떠나지 않았다. 물론 나를 동요시키려는 작정으로 그랬다는 건 알고 있다. 생각을 좀 바꿨다고 말했지만, 결국 나라는 존재를 환영하는 건 아니었다. 사라져 주기를 바랄 테지.

하지만 그녀의 지적도 한편으로는 타당했다. 시오리코 씨가 나를 택했다는 이유만으로, 뭔가 특별한 존재가 된 듯한 기분이었던 것도 사실이었다. 냉정하게 생각해 보면 내가 아니면 안 될 이유 같은 건 없었다.

　유리문을 열고 까무잡잡한 피부의 자그마한 남성이 들어왔다. 소매를 걷은 데님 셔츠에 하얀 바지를 입고, 고급스러워 보이는 얇은 테 안경을 끼고 있었다. 희끗한 머리를 보아하니 50대 중반쯤 되는 것 같았다. 전체적으로 깔끔했지만 왠지 어색한 느낌이 들었다. 마치 친구 옷을 빌려 입은 사람처럼.

　"오랜만이야."

　남자는 손을 들어 인사를 건네며 카운터로 다가왔다. 누구지? 말쑥한 차림새와는 달리 거칠고 주름진 손이 눈길을 끌었다. 그러고 보니 목소리가 귀에 익었다. 아니, 자세히 보니 얼굴도 낯이 익었다. 특히 저 눈매가.

　"아, 설마…… 시다 씨?"

　"보면 몰라? 내가 아니면 누구겠어."

　행방이 묘연했던 책등빼기 겸 노숙자 시다였다. 예전에는 늘어난 티셔츠와 민머리가 트레이드마크였는데, 지금은 차림새도 딴판에다 머리까지 길렀다. 자세히 보지 않으면 동일인물인지 알아볼 수 없다.

　"지금까지 어디서 뭘 하다 오신 겁니까. 다들 걱정했다고요."

"집에 좀 다녀왔어."

"집에······?"

가정이 있다는 이야기는 전에 들었지만, 큰 실수를 저질 렀다고도 했다. 그래서 가정으로 돌아갈 상황이 아니라고 생각했었다.

"연락하고 지내던 가족의 건강이 안 좋아져서, 그동안 내가 병수발을 좀 들었어. 그것 때문에 한동안 바빴는데 이 제 좀 상황이 나아져서 지인들에게 인사나 하려고 왔지. 사 장 아가씨는 없어?"

사장 아가씨. 시다는 시오리코 씨를 그렇게 불렀다.

"잠깐 외출했어요."

"아쉽네. 일 때문에?"

"······그렇겠죠."

나는 말을 흐렸다. 지금은 시노카와 지에코의 이름을 입 에 올리고 싶지 않았다.

"고스가가 시다 씨를 찾았어요."

"아까 학원 앞에서 만났어. 아야카도 함께. ······아주 혼쭐 이 났어. 그간 걱정 끼쳐서 미안할 따름이지, 애들한테는."

이제 머리카락이 있다는 걸 잊었는지 그는 예전처럼 머 리를 쓰다듬었다. 고스가 나오는 '선생님'이라 부르며 따 를 정도로 가까웠고, 시노카와와 아야카는 고민 상담을 들어

주던 사이였다.

"아, 맞다. 이거 받아."

그는 가늘고 긴 꾸러미를 카운터에 놓았다. 보아하니 기다란 병 같았다.

"이게 뭡니까?"

"아가씨가 좋아하는 일본 술이야. 여러모로 신세 많이 졌잖아. 같이 마셔. 둘 사이는 여전하지? 음? 왜 그래. 둘이 싸웠어?"

아까까지 하던 생각이 표정에 드러난 모양이었다.

"아닙니다."

나는 억지웃음을 지었다. 몇 달이나 기별도 못할 만큼 바빴다는 것으로 미루어 보아, 가족의 병세는 결코 가볍지 않을 것이다. 솔직히 조언을 구하고도 싶었지만, 나까지 부담을 줘도 되는 걸까⋯⋯ 고민하고 있는데 시다의 두 눈이 렌즈 밖으로 빠져나올 정도로 휘둥그레졌다.

"⋯⋯설마 사채라도 끌어다 썼어?"

"네?"

"아니, 부도난 회사 사장 같은 표정이잖아. 아가씨랑 싸운 것도 아니고, 다른 문제도 없다면 남은 건 돈밖에 더 있어? 나도 경험자라 하는 소린데, 돈은 아주 무서운 거야⋯⋯. 고민 상담은 언제든 들어줄게. 돈 빌릴 거면 정상적인 루트 알아봐 주고."

"아니, 사채 같은 거 안 썼습니다……. 그런 거 아니에요."

혼자 상상의 나래를 펼치며 다가오는 시다를 간신히 막아 냈다.

"그럼 뭔데? 괜찮으면 말해 봐."

상대가 먼저 말을 꺼냈다. 시다는 비블리아 고서당의 사정에도 정통했다. 한때 시오리코 씨 자매의 근황을 어머니에게 전하는 역할도 했는데, 예전에 신세를 졌던 지에코에게 은혜를 갚기 위해서였다. 의리도 있고 입도 무거워서, 상담 상대로는 더할 나위 없었다. 아버지가 없는 나는 같은 남자로서 속 이야기를 터놓고 할 만한 상대가 거의 없었다.

"실은……."

잠시 망설인 끝에 나는 간략하게 설명했다. 지금까지 요시와라와 있었던 일, 셰익스피어의 퍼스트 폴리오가 다음 경매에 출품된다는 이야기, 시오리코 씨가 참가 여부를 고민한다는 이야기, 그리고 그녀의 어머니에게 존재가치를 부정당한 일…….

말없이 끝까지 이야기를 들은 시다는 내 심정을 이해한다는 듯 신음을 흘렸다.

"그런 희귀본을 입수할 기회가 생기다니, 굉장하군. 나도 꼭 한 번 보고 싶어. 한 번이라도 보면 평생 자랑거리로 삼을 수 있는 귀한 책이잖나. 그래서 그때 지에코 씨는 타이완에 있었던 거군. 퍼스트 폴리오를 찾고 있던 거야."

"네?"

"3년 전, 지에코 씨에게 신세를 졌다고 했지? 타이완에서 우왕좌왕했던 시절에……. 그래서 무척 중요한 일 때문에 왔다는 식으로 이야기한 거군."

당연히 기억하고 있다. 시다가 스파이 역할을 자처한 것도 그때의 은혜를 갚기 위해서였다. 그러고 보니 구가야마 쇼다이가 책을 판 곳 중의 하나가 타이완의 골동품상이었다. 지금까지 까맣게 잊고 있었다. 시노카와 지에코 역시 빨강, 파랑, 하얀색 책을 찾고 있었을 것이다. 하지만 결국은 모두 요시와라의 손에 들어갔다.

'요시와라 씨는 정말 대단한 사람이야.'

어제 들었던 말이 머릿속을 스쳐 지나갔다. 적어도 책을 찾는 능력만큼은 시노카와 지에코를 능가할지도 모른다. 그런 상대와의 거래에 도전하려는 시오리코 씨에게 내가 대체 무슨 힘이 되어 줄 수 있겠는가. 이럴 때 시오리코 씨의 곁에 있는 게 더 뛰어난 파트너라면, 그녀를 위험에 처하게 할 일도 없을 텐데.

"지에코 씨가 한 말 같은 건 신경 쓰지 마."

내 의문에 답하듯 그렇게 말하는 시다의 모습이 보였다.

"자네는 평범한 사람이야. 살다 보면 언젠가 그 아가씨는 자네를 떠날지도 모르지……. 하지만 그게 뭐?"

부담을 주려는 것도, 조롱하려는 것도 아니었다. 나는 고개를 들었다. 시다는 편안하게 서서 똑바로 나를 바라보았다.

"지금 그 아가씨가 선택한 건 자네야. 그걸로 충분하잖아. 내가 보기에 자네는 번듯한 청년이고, 그 아가씨는 좀 많이 이상해. 자네라는 번듯한 청년이 그 괴짜 아가씨를 선택했다고도 말할 수 있는 거야. 자신을 가져. 중요한 건 마음의 준비야. 남은 인생이 어떻게 굴러 갈지는 아무도 몰라."

아무 말도 할 수 없었다. 시다의 말이 마음에 와 닿았다. 하지만 그렇다고 쉽게 마음을 정할 수 있는 것도 아니었다. 어제 시노카와 지에코가 던진 말도 분명 일리가 있다는 생각이 들었다.

"좌우지간 아가씨하고 먼저 상의해 봐. 그래도 안 되면 나한테 전화하고. 언제든 이야기 들어줄 테니. 연락처 알려 줄게."

시다는 카운터에 놓인 서류 홀더에서 매입 서류를 꺼내 연락처를 적기 시작했다. 처음 만났던 날, 책을 팔러 온 그가 지금처럼 서류를 기입하던 모습이 떠올랐다.

하지만 거기 적힌 주소는 히키지가와 강 다리 밑이 아니었고, 이름도 시다가 아니었다. 복잡한 사정으로 숨어 살던

이 사람은 그동안 시다라는 가명을 썼다.

이제 내가 아는 시다라는 인물은 아무 데도 없다. 마음이 놓이면서도 한편으로는 쓸쓸한, 묘한 기분이었다.

시다가 만날 사람이 더 있다며 떠난 뒤, 나는 다시 홀로 남았다. 문자로 가득한 이 가게 안에, 시다가 남긴 말이 아직 떠돌고 있는 것 같았다. 머릿속에는 시노카와 지에코의 말이 눌러 붙어 떨어지지 않았다. 어디를 봐도 말, 말, 말이다. 누구의 말이 옳은지, 도저히 판단을 내릴 수가 없었다.

유리문이 열리는 소리가 났다. 하얀 민소매 니트에 낙낙한 와이드 팬츠를 입은 시오리코 씨가 지팡이를 짚고 들어왔다. 흡사 뜀박질을 한 사람처럼 숨을 헐떡이며 어깨를 들썩이고 있다. 두 뺨도 불그스름하게 상기되어 있었다.

"어서 와…… 요?"

그녀는 전에 없이 빠른 걸음으로 카운터로 다가왔다. 카운터와 배가 부딪치는 소리가 났다. 방해물이 있다는 걸 까맣게 잊은 모양이었다. 손에서 떨어진 지팡이가 바닥으로 쓰러졌다.

"괜찮아요?"

대답은 없었다. 그녀가 두 손으로 카운터를 짚고 내 쪽으로 다가왔다. 다리는 전보다 많이 좋아졌지만, 지팡이 없이 걷는 건 아직 위태로웠다. 부축하려고 뻗은 손이 닿기 전에, 온몸을 부딪치듯 내 품에 안기더니 두 손으로 내 몸을 꼭 안아 주었다.

'아⋯⋯.'

그 몸은 김이 피어날 정도로 뜨거웠다. 햇빛 냄새와 뒤섞인 달콤한 체향에 허리 부근에서부터 전율이 일었다. 간신히 붙잡은 이성으로 출입문을 보았다. 밖에서 훤히 들여다보이지 않은가. 유리문은 활짝 열려 있었다.

시오리코 씨의 두 손이 나를 붙잡고 아래로 당겼다. 그녀의 코가 내 코에 닿았다.

"⋯⋯날 봐요."

거친 숨소리 사이로, 시오리코 씨가 거부할 수 없는 목소리로 낮게 속삭였다. 그저께 카페에서 내가 했던 행동이다. 하지만 그녀의 표정에는 화난 기색이 역력했다.

"어머니가 뭐라고 했죠?"

그래. 오늘 그녀는 어머니를 만나기로 했다. 우리 집에 불쑥 찾아왔던 이야기도 본인에게 직접 들었으리라.

"네. 어제⋯⋯."

"잊어버려요."

말이 끝나기도 전에 그녀는 그렇게 말했다.

"나는."

서로의 입술이 가볍게 맞닿았다. 그녀는 떨리는 목소리로 말했다.

"당신이 아니면 아무하고도 사귀지 않을 거예요. 다른 어떤 남자도 나에겐 아무 가치가 없어요……. 당신을 사랑하는 내가 나예요."

순간 안개가 걷히듯 머릿속이 맑아졌다. 무슨 고민을 하고 있었는지, 그조차 순간적으로 잊어버렸다. 매 순간마다 이게 바로 나다, 그렇게 단언할 수 있는 게 진정한 자기 모습이다. 시노카와 지에코도 그렇게 말하지 않았는가. 무엇이 옳은지, 앞으로 무슨 일이 일어날 건지, 모두 내다볼 수 있는 인간 따위는 존재하지 않는다. 무대 위에 있는 등장인물이나 마찬가지다.

앞을 내다볼 수 없는 상황에서 어떻게 할지 판단을 내리는 건 나 자신이다. 어떤 결말이 기다릴지, 그런 생각만 하다 보면 끝이 없다. 시다의 말대로 스스로 내린 결정이라 말하며 가슴을 펴면 된다. 모두 마음먹기에 달렸다.

"금요일 경매에 참가하기로 했어요. 실제로 입찰하는 건 세 권 중 무엇이 진품인지 가려낸 다음이겠지만."

시오리코 씨는 자신의 다짐을 말했다. 가게를 담보로 자금을 마련할 작정인 것이다.

"이 거래를 성공시켜서 아야카의 학비를 마련할 거예요.

그리고 진짜 퍼스트 폴리오를 내 눈으로 보고, 내 손으로 펼쳐 보고 싶어요. ……그리고 어떤 내용인지 당신에게 이야기하고 싶어요. 천천히, 아주 오랫동안."

나는 힘주어 고개를 끄덕였다.

"……듣고 싶어요."

이 사람이 책 이야기를 하고, 내가 그 이야기를 듣는다. 1년 전, 처음 만났을 때부터 우리의 역할은 그랬다.

"책은 내가 가려낼게요. 다이스케 군은 날 가려내 줘요. 내가 잘못된 판단을 내릴 것 같으면 붙잡아 줘요……. 그에 따를게요. 알겠죠?"

"물론이죠."

나는 단호하게 말했다. 앞으로 내가 해야 할 일이 무엇인지, 지금이라면 알 것 같았다. 고개를 숙여 그녀의 입술에 진하게 키스했다. 누가 보든 이제는 상관없었다.

"다 끝나면 우리 집에 같이 가요."

잠시 뒤, 나는 입술을 떼며 속삭였다.

"어머니를 만나 줬으면 좋겠어요."

그녀는 약간의 망설임도 없이 내 눈을 보며 힘주어 고개를 끄덕였다.

"네. 꼭 갈게요."

4

금요일, 우리는 9시 반에 도쓰카의 고서회관에 도착했다.

주차장에 빈자리가 없어서 하는 수 없이 평소처럼 길가에 차를 댔다. 이곳에 드나드는 업체들의 가장 큰 고민거리는 주차위반 딱지였다. 거래를 통해 이문을 얻어도, 벌금을 내면 남는 게 없다.

"오늘은 차가 많네요."

시오리코 씨가 차에서 내리며 말했다. 그러고 보니 전에 견학 왔을 때보다 많은 것 같았다. 월요일 시장보다 참가하는 업체 수는 더 적을 터인데.

여름치고는 날씨가 흐렸다. 끈적하게 달라붙는 공기가 불쾌했다. 일기예보에 따르면 오후부터 비가 내린다고 했다.

접수처에서 명찰을 받아 2층으로 올라갔다. 스태프들은 경매 준비에 한창이었다. 월요일에 왔을 때와 배치가 좀 달라졌는데, 회장 한가운데에 테이블 여러 개를 붙여 하나의 큰 책상을 만들었다. 창문 맞은편에 있는 책상은 그대로 두고 오늘 출품되는 고서를 쌓아 두었다.

수십 명의 참가자들이 오늘 출품될 고서를 확인하고 있었다. 어떤 책에 입찰할지 정하는 것이리라. 지난번보다 사람이 많았다. 시작할 즈음에는 더욱 늘어날 것이다. 아직 요시와라 기이치와 시노카와 지에코의 모습은 보이지 않았다. 잠깐 자리를 비운 건지도 모른다.

"일단 그 책을 보고……."

시오리코 씨가 입을 다물었다. 그녀의 시선 끝으로 벽에 기대 이야기를 나누는 다키노 렌조와 히토리 서방의 이노우에의 모습이 보였다. 일상적인 대화라고 하기에는 진지한 표정이었다. 둘 다 우리의 존재를 알아채고 고개를 돌렸다.

"안녕하세요."

우리는 인사를 건넸다.

"셰익스피어의 퍼스트 폴리오 얘기 들었어?"

이노우에는 우리를 보자마자 다짜고짜 물었다. 그러는 이 사람은 어디까지 알고 있는 걸까. 갑작스런 질문에 얼떨떨해하는 우리를 보고 이노우에는 말을 이었다.

"어제 잠깐 여기 들렀다가 이상한 소문을 들었어. 오늘 경매에 출품되는 복제본 중에 진품이 섞여 있다더군. 오늘 아침에 왔더니 마이스나 도구점에서 책을 내리고 있었고. 저 책, 너희가 저번에 낙찰하려고 했던 복제본하고 색깔만 다른 책 아냐?"

출품되기 전부터 소문이 돌고 있다면, 분명 그 출처는 요시와라일 것이다. 시노카와 모녀를 압박하기 위해 이 회장을 극장으로 꾸민 것이다. 두 사람이 진품을 가려내지 못했을 경우, 더 큰 망신을 주기 위해서.

"소문은 사실이에요. ……적어도 저는 그렇게 생각합니다. 오늘은 세 권 중에 진품을 가려내 입찰할 생각이에요."

시오리코 씨는 작은 소리로 대답했다. 두 남자는 힐끗 서로를 보았다.

"……믿기 힘든 이야기로군."

이노우에가 신음을 흘렸다. 그도 그럴 법했다. 쇼난 지부의 경매는 소규모로 이루어졌다. 그런 작은 시장에 세계적인 희귀본이 출품된다는 이야기를 들어도 쉽게 납득이 가지 않을 것이다.

"다른 분들도 알고 계시나요?"

"반쯤은 알고 있을 거야."

다키노가 대답했다.

"평소에 경매장에 안 나오는 사람도 많아. 전부 믿는 건 아니겠지만, 혹시나 해서 확인하러 왔겠지. 책장을 다 붙여 놓은 걸 보고 다들 어이없어하고 있어. 대체 어떻게 된 거야?"

시오리코 씨는 눈을 내리깔았다. 그들에게 사정을 숨길 필요는 없지만, 어디서부터 이야기해야 할지 망설이는 것이리라. 그러자 다키노가 질문을 철회하듯 손사래를 쳤다.

"길어질 것 같으면 됐어. 지금은 들을 시간도 없고. 자세한 얘기는 나중에 하자. 슬슬 준비하러 가 봐야 해."

지금은 운영위원인 다키노가 제일 바쁠 시간대였다. 이노우에와 이야기를 나누던 건 복제본에 대한 정보를 교환하기 위해서였겠지. 출품된 다른 책들과는 성질이 너무 달랐다. 이질적이라 해도 좋았다.

"오늘은 달리 눈에 띄는 책도 없으니까, 저 책들이 마지막 순서가 될 거야. ……아마 파란색, 하얀색, 빨간색 순서로."

말을 마친 다키노는 다른 운영위원들이 있는 곳으로 갔다. 쇼난 지부 경매의 최저낙찰가격은 백 엔으로, 먼저 백 엔 언저리의 잡다한 책들부터 출품한다. 눈에 띄는 고가의 책들은 맨 나중으로 밀린다. 세 권의 폴리오에 입찰 경쟁이 붙을 가능성을, 다키노를 비롯한 운영위원들은 꿰뚫어 보고 있는 것이라.

"내 전문이 아니기도 하지만, 나는 손대지 않는 게 좋을 것 같군."

이노우에는 반대쪽 창가를 바라보며 말했다. 몇몇 운영위원들이 벽 쪽에 놓인 긴 테이블에 모여 있었다. 세 권의 폴리오는 저기 있는 모양이다.

"단순한 입찰이 아니라 감정도 해야 하는 거지? 이곳에 출품하는 것도 그렇고, 책장이 모두 붙어 있는 것도 그렇고…… 어딜 봐도 정상적인 물건은 아냐. 네 어머니가 얽혀 있겠지."

"……네."

시오리코 씨의 대답에 이노우에의 표정이 어두워졌다. 이 사람도 시노카와 지에코에게 해묵은 원한이 있었다.

"자금을 얼마나 준비했는지는 모르지만, 너무 무리하지는 마. 한순간도 방심하지 말고."

"감사합니다."

우리는 인사를 하고 발길을 돌렸다. 유감이지만 그 충고를 따를 수는 없었다. 시오리코 씨는 이 거래를 위해 사천오백만 엔을 대출할 작정이었다. 비블리아 고서당과 개인적으로 소장한 책들을 담보로 잡으면 그 정도 금액을 빌릴 수 있다고 했다.

원래대로라면 퍼스트 폴리오를 살 수 없는 금액인 데다, 시노카와 지에코가 얼마를 준비했는지도 모르기 때문에 시오리코 씨로서는 요 며칠간 확보할 수 있는 최대 금액이었다. 물론 오늘 그 돈을 가져온 건 아니다. 물건을 낙찰받으면 2주 안에 대금을 지불하면 된다.

시노카와 지에코가 본인도 진품을 낙찰받지 못할 경우에는 전액을 부담하겠다는 각서를 써 준 덕에 위험부담은 제법 줄었지만, 예상치 못한 사태가 일어난다면 시오리코 씨는 모든 것을 잃게 될 것이다.

그리고 만일 낙찰을 받더라도, 붙어 있는 책장을 모두 떼어 낸 뒤에 판매할 수 있을 것이다. 그것이 과연 가능한 일인지 또한 지금부터 책을 보고 판단해야 한다.

창가의 긴 테이블 주변에 있던 사람들이 사라졌다. 세 권의 폴리오는 왼쪽에서부터 파란색, 빨간색, 하얀색 순서로 놓여 있었다. 시오리코 씨는 나무 발판을 가져다 앉은 뒤 지팡이와 가방을 옆에 놓았다.

세 권의 책은 저마다 상태가 달랐다. 그녀는 먼저 파란 책부터 확인했다.

파란 가죽 표지에 십자 표시가 그어져 있었다. 소유자가 책을 분해하려 했던 흔적일지도 모른다. 같은 날붙이로 책 입과 책머리, 책발도 훼손한 듯했다. 억지로 펼치는 데 성공한 게 이 파란 책이었다.

시오리코 씨는 표지를 펼쳤다. 열 대여섯 장은 될 법한 면지도 표지와 한데 붙어 있었다. 너덜너덜해진 표제지가 나타났다. 셰익스피어의 초상화는 이미 형태를 분간할 수 없었다. 거기서 책장을 떼어 내는 걸 포기한 듯, 그나마 내용을 확인할 수 있는 건 이 표제지뿐이었다.

"……너무해."

마치 본인이 다치기라도 한 것처럼 시오리코 씨의 표정이 일그러졌다.

"그냥 벗겨 낸 게 아니라 일부를 도려냈네요."

그녀는 표제지 구석을 가리켰다. 검게 칠한 주변 부분이 삼각형으로 잘려 나가 있었다. 그녀는 촉감을 확인하듯 표면을 살며시 쓸었다.

"진품입니까?"

나는 시오리코 씨를 내려다보며 물었다. 만일 이 파란 책이 진품이라면 400년 전에 인쇄된 귀중한 한 페이지가 끔찍하게 훼손된 것이다.

"아뇨, 17세기의 종이는 아니에요. 할머니의 검은 책과 같은 종이 같아요……. 다른 페이지가 진짜일 수도 있지만요."

시오리코 씨가 대답했다. 한마디로 파란 책은 진품일 가능성이 적다는 것이다.

그녀는 책을 덮고 옆에 있는 빨간 가죽 표지를 집었다. 세 권 중에 가장 상태가 좋았다. 표지에도 눈에 띄는 흠집은 없었다. 책입에 칼끝으로 찍은 듯 작고 평평한 흠집이 군데군데 뚫려 있었지만, 그 이상 훼손하지 않고 단념한 모양이었다. 파란 책처럼 엉망진창은 아니었다.

하지만 책입의 모서리가 1센티쯤 비스듬히 깎여 나가 있었는데 나중에 보수한 것인지 주변과는 미묘하게 다른 질감의 금박이 입혀져 있었다.

"이 빨간 책은 펼쳐 볼 수도 없는데 소중히 보관한 것 같네요."

나는 그렇게 말했다. 훼손된 부분을 보수까지 해 놓았다.

"그 점이 마음에 들었을지도 모르죠. 고서 수집가 중에는 별난 사람이 많으니까요."

시오리코 씨는 남의 일이라는 듯이 말했다. 상태 여부와는 상관없이 고서의 느낌은 전혀 들지 않았다. 구가야마 쇼다이가 제본했다고 하는 1970년대 이전의 책이라고는 보이지 않았다. 책입과 책머리, 책발도 검은 책과 똑같았다. 400년의 세월을 간직한 책이라면 한눈에 봐도 질감이 다르지 않을까.

시오리코 씨는 오른쪽 끝에 놓인 하얀 책 앞으로 이동했다. 이 책이 세 권 중에서 가장 상태가 나빴다. 하얀 가죽에는 희미하게 오염이 있었고, 곳곳에 찍힌 자국도 있었다.

자세히 보니 책입과 책머리, 책발이 살짝 울어 있었고, 다른 책들과 금박 색깔도 달랐다. 전 주인이 책을 막 다루었는지 책발에도 후벼 판 듯한 흠집이 있었다. 하지만 책을 억지로 펼치려 한 흔적은 찾아볼 수 없었다.

같은 책이지만, 저마다 지내 온 과거와 소유자들의 성격이 다르다는 걸 알 수 있었다.

"물에 젖은 모양이에요. 접착제를 벗겨 내려고 물에 담갔던 건지도 모르겠네요."

그럼에도 책장을 붙인 접착제는 꿈쩍도 하지 않은 것 같았다. 시오리코 씨는 뒤표지가 보이도록 책을 뒤집었다.

"모두 무게는 거의 비슷해요. 각각의 상태를 고려했을 때 충분히 허용 가능한 오차 범위예요. ……아, 깜빡했네요."

그녀는 바닥에 놓은 가방에서 작은 줄자를 꺼내더니 책들의 크기를 꼼꼼히 측정했다. 책장과 표지의 길이와 폭, 책뿐 아니라 표지와 책등의 두께까지 잰 다음에 줄자를 집어넣었다.

"크기는 다 똑같아요. 할머니의 검은 책과 같은 사이즈네요."

그녀는 턱에 줄자를 대고 생각에 잠겨 있었다. 갑갑한 침묵이 흘렀다.

"저도 좀 봐도 될까요?"

"물론이죠."

그녀는 옆으로 비켜 앉으며 말했다. 아무리 진위를 가려내는 게 시오리코 씨의 역할이라 해도, 나도 일단 보기는 봐야겠지. 한 권씩 책을 들여다보았다. 아마 빨간 책이나 하얀 책 중 하나가 진품일 것이다. 먼저 빨간 책의 책입을 집어 들어 봤다. 순간 떨어뜨릴 뻔해서 황급히 왼손으로 책등을 받쳤다. 뭔가 손에서 스르륵 빠져나가는 느낌이었다. 뒤표지도 쓱 본 뒤에, 이번에는 하얀 책을 방금 전처럼 한 손으로 집었다.

"음……."

하얀 책은 집었을 때 안정적으로 손에 착 감기는 것 같았다. 기분 탓일지도 모르지만.

"왜요?"

"왠지 하얀 책을 집었을 때 더 안정적인 것 같아서요."

"이리 줘 보세요."

시오리코 씨는 하얀 책을 좌우 양쪽에서 집었다. 그리고 진지한 표정으로 책등을 톡톡 쳤다. 이어서 빨간 책을 집어서 책등을 쳤다. 쳤을 때 나는 소리를 확인하는 모양이었다. 그렇게 책을 번갈아 들고 계속 같은 동작을 반복했다.

"……그렇게 된 일이었군요."

뭔가 짚이는 게 있는 모양이었다. 지금 그녀의 손에 있는 건 하얀 책이었다. 어떻게 판단을 내렸는지는 모르겠지만, 하얀 책이 진품일지도 모른다.

표지와 책등 같은 장정과 달리, 책입과 책머리, 책발로 보이는 본문 종이는 400년 전의 것일 터였다. 가장 중요한 단서는 본문 종이였다. 세 권 중 겉으로 보기에 종이 질이 다른 것은 하얀 책뿐이었다. 그 원인이 단순히 물에 젖었기 때문이 아니라면.

"하얀 책이 진짜인가요?"

옆에 사람이 있어서 나는 귓속말로 물었다. 돌아본 시오리코 씨의 얼굴에 순간 당혹스러운 표정이 나타났다 사라졌다. 예상치 못한 질문이었던 모양이다. 그녀가 숨을 들이쉬며 대답하려던 순간이었다.

"빨간 책이 진짜야. 볼 필요도 없어."

뒤에서 시오리코 씨와 비슷한 목소리가 울려 퍼졌다. 돌아보자 선글라스를 낀 긴 머리의 여성이 서 있었다. 어째서인지 검은 바지에 하얀 셔츠가 꼭 상복처럼 보였다. 두 사람의 시선이 맞부딪쳤다. 먼저 미소 지은 건 시노카와 지에코였다.

"그럼 이따가 보자, 시오리코."

시노카와 지에코는 발길을 돌려 밖으로 나갔다. 시오리코 씨는 그 뒷모습이 보이지 않을 때까지 물끄러미 바라보았다.

"방금 그 말, 무슨 뜻일까요?"

"우리를 동요시키려는 거겠죠. 어머니답네요. 깊은 뜻은 없을 거예요."

하지만 그녀는 빨간 책이 진짜라고 똑똑히 말했다. 분명 뭔가 의미가 있을 것이다.

"시오리코 씨는 어떤 책이 진짜라고 생각합니까?"

잠시 망설이던 시오리코 씨는 빨간 책을 만졌다. 모녀의 답이 일치했다. 이것이 정답이라면 시노카와 지에코는 본인이 옳다고 생각하는 답을 굳이 우리에게 알려 준 셈이 된다. 도무지 이해할 수가 없었다. 시오리코 씨도 같은 책에 입찰하면 본인에게 불리할 뿐인데. 주변에 다 들리도록 말한 것도 마음에 걸렸다.

불현듯 시선을 느끼고 주변을 둘러보았다. 요시와라 기이치가 산더미처럼 쌓인 책 옆에서 우리를 주시하고 있었다. 눈이 마주치자, 미안한 기색도 없이 씩 웃었다. 이 거리라면 분명 시노카와 지에코의 말을 들었을 것 같았다.

'요시와라가 들으라고 한 소리인가?'

뭔가 이유가 있어서 거짓말을 했을 가능성도 있었다. 그렇다면 시노카와 지에코가 생각하는 정답은 다른 책일지도 모른다. 시오리코 씨가 틀렸을 가능성도…….

고개를 저어 잡념을 털어 버렸다. 분명 시오리코 씨의 말대로 우리를 동요시키려는 작전이다. 계속 의미를 곱씹어 본들 소용없다.

"어쨌든 진품이 무엇인지 알겠어요."

시오리코 씨가 곧은 목소리로 선언했다.

"별 문제없을 거예요……. 경매에 참가하죠."

한 손으로는 책상을, 나머지 손으로는 지팡이를 짚고 힘차게 일어났다. 그녀가 진짜라 말하는 빨간 책이 돌연 기우

뚱 흔들렸다. 책을 들자 어느샌가 연필이 밑에 깔려 있었다. 누가 쓰고 놔둔 연필인 모양이었다.

나는 연필을 치우고 책을 제자리에 내려놓았다. 하얀 책이 진품이라 생각한 건 내가 문외한이기 때문이리라. 그녀가 빨간 책이 진품이라 판단했으면, 나는 그 결정을 믿고 따를 뿐이다.

하지만 목소리와는 달리 표정에는 일말의 불안이 남아 있었다. 그것만이 마음에 걸렸다. 그녀의 판단이 흔들리지 않아야 할 텐데.

5

경매 시작 시간이 되자 장내는 더욱 붐비기 시작했다. 평소에 못 보던 얼굴들도 제법 많았다. 퍼스트 폴리오가 출품되었다는 소문을 듣고 찾아온 다른 지역 업자들도 많은 것 같았다.

하지만 세기의 희귀본을 둘러싼 열기는 느껴지지 않았다. 지금까지 들은 이야기로는 책장이 붙어서 떨어지지 않는 세 권의 책을 실제로 보고 뜬소문이라며 낙담한 이들도 많다고 했다. 그런데도 이곳에 남아 경매에 참가한 까닭은 일부러 발품을 팔아 이곳까지 왔기 때문이겠지. 쓸 만한 책을 찾아 본전이라도 건지려는 것이다.

회장 한가운데에는 테이블 여섯 개를 붙여 놓았다. 경매는 이곳에서 이루어진다. 진행 방식은 조합마다 다르다고 들었는데, 쇼난 지부에서는 행사를 주관하는 진행자가 테이블 한쪽에 서고, 입찰자들이 나머지 삼면을 에워싼 형태로 진행된다.

오늘 진행자는 스기오라는 50대 중반의 남자로, 도쓰카에 있는 교카이도라는 고서점의 2대 주인이었다. 그의 아버지는 과거 구가야마 서방에서 일했다고 한다. 고서조합의 이사이기도 해서 옛날에 있었던 일에도 빠삭했다. 다자이의 『만년』에 얽힌 사건에서는 신세를 진 바 있었다.

아까 인사를 나누면서 전후 사정을 설명하고, 평소 경매와는 다른 양상을 띠게 될 것 같다고도 귀띔했다. 대놓고 우리 편을 들 수는 없지만, 공정한 경매가 되도록 특별히 신경을 쓰겠다고 약속해 주었다.

진행자의 뒤에 우리가 살펴본 책들이 놓여 있었다. 앞으로 출품될 순서대로 번호를 붙여 놓았다. 다키노의 말대로 맨 끝에 놓인 세 권의 폴리오는 파란 책, 하얀 책, 빨간 책 순으로 차례를 기다리고 있었다.

삼삼오오 흩어져 있던 참가자들이 테이블 쪽으로 다가왔

다. 진행자의 정면, 창가 쪽에는 노약자를 위해 의자 몇 개를 놓아두었다. 앉을 사람은 대충 정해져 있는 듯했지만, 낯익은 고서점 주인이 다리가 불편한 시오리코 씨에게 앉으라고 권했다. 고서회관에 드나드는 중장년층은 그녀를 딸처럼 예뻐했다.

시오리코 씨는 공손하게 사양했다. 우리가 노리는 건 마지막 물품뿐이었다. 그때까지 자리를 지킬 필요도 없었다. 시노카와 지에코도 마찬가지인지 아직 나타나지 않았다.

"그럼 제가 좀 앉겠습니다. 이제 나이가 있어서……."

그렇게 말하며 끼어든 건 요시와라였다. 그 역시 고령이긴 했지만, 비슷한 연배의 사람들 중에 앉을 자리가 필요한 사람은 얼마든지 있었다. 쏟아지는 싸늘한 시선에도 아랑곳하지 않고 요시와라는 싹싹하게 웃으며 주변을 둘러보았다.

"그럼 시작하겠습니다."

스기오가 경매 시작을 선언했다. 전에 왔을 때에는 시작한 뒤로도 참가자들끼리 계속해서 잡담을 나누었는데, 오늘은 너 나 할 것 없이 입을 다물었다. 펼쳐 볼 수 없는 퍼스트 폴리오 세 권이 평소와는 다른 장내 분위기를 자아내는 것 같았다.

경매 물품인 고서를 진행자인 스기오에게 건네는 역할은 다키노가 담당했다. 그밖에도 장부를 기입하는 이와 거래

내역을 컴퓨터 데이터베이스에 입력하는 이도 있었다. 물론 모두 조합에 소속된 프로들이었다.

다키노가 상품이 놓인 테이블에서 가장 먼저 꺼낸 건 편의점에서 파는 염가판 만화책이었다. 그는 참가자들에게 책등이 보이도록 책을 쌓았다. 모두 다섯 세트였다.

"만화책 세트 다섯 개, 데즈카 오사무 작품 포함. 경매 시작가는 백 엔입니다."

스기오가 또랑또랑한 목소리로 말했다. 상품을 설명하고 경매 시작가를 정하는 것도 진행자의 역할이었다. 순간적으로 가격을 매겨야 하기 때문에 풍부한 지식과 경험이 필요했다.

이백 엔, 삼백 엔. 여기저기서 가격을 부르는 소리가 들렸다. 우리 옆에 있던 젊은 참가자가 사백 엔을 불렀다. 그 이상의 가격을 부르는 이는 없었다.

"사백 엔. 낙찰입니다. 스나바 서방."

스기오는 만화책 세트를 낙찰자에게 하나씩 던졌다. 아주 무겁지 않은 이상 낙찰된 물품은 이런 식으로 던져서 전달했다. 낙찰자는 눈앞의 테이블에 떨어진 책을 주워서 준비한 대차에 실었다. 그러는 동안에도 다음 물품이 등장했다. 경매는 이처럼 일정한 리듬에 맞춰 진행되었다.

처음에는 서푼짜리 책들이 출품되었지만, 진행자 뒤에

쌓인 책 더미가 점점 줄어들면서 고가에 낙찰되는 물품들도 하나둘 늘어났다.

"추리소설 문고본 세트 세 개, 오오쓰보 스나오 작품 포함."

스기오가 그중 한 권을 꺼내 높이 들었다. 꽤 귀한 책인 듯 일부 참가자들의 낯빛이 달라졌다. 상태 좋네. 그런 소리도 터져 나왔다. 개중에서도 유난히 관심을 보인 사람은 히토리 서방의 이노우에였다. 단순히 출품자로 참가한 게 아니라 구매 의사도 있는 모양이었다.

삼천 엔으로 시작한 가격은 눈 깜짝할 사이에 만 엔을 돌파했다. 이노우에가 만 팔천을 부른 직후에 누군가가 삼만을 불렀다. 아까 시오리코 씨에게 앉으라고 권했던 노인이었다. 그 이상의 가격을 부르는 이는 없었다.

"……삼만 엔. 낙찰입니다. 기분도."

스기오가 다시 문고본 세트를 던졌다. 기분도라 불린 노인은 울컥한 표정으로 받은 책을 의자 뒤에 놓았다.

"왜 갑자기 가격을 올린 겁니까?"

다음 경매가 진행되는 가운데 나는 작은 소리로 시오리코 씨에게 물었다. 처음부터 삼만 엔을 부를 작정이었더라도, 만 팔천에서 갑자기 삼만으로 건너뛸 필요는 없었을 터였다. 게다가 낙찰을 받았는데도 표정이 썩 좋지 않은 것 역시 마음에 걸렸다.

"아마 기분도에서 출품한 책일 거예요. 출품자도 자기 물건에 한 번은 입찰할 수 있거든요. 원치 않는 가격에 낙찰되는 사태를 방지하기 위해서겠죠. ……말하자면 방지표와 같은 시스템이에요."

요컨대 출품자가 원하는 낙찰 가격이 있지만, 아무도 그 가격에 사려 하지 않은 것이다. 표정이 좋지 않은 것도 이해가 갔다.

'물론 최저가는 제가 정할 거지만요.'

세 권의 폴리오를 경매에 출품한다고 이야기했을 때, 요시와라가 했던 말을 떠올렸다. 아마 이런 식으로 정하려는 거겠지. 그 역시 가격을 조정하려 들 것이다.

문득 맞은편에 서 있는 시노카와 지에코의 모습이 눈에 들어왔다. 우리는 진행자의 왼쪽에, 그녀는 오른쪽에 있었다. 내 시선을 알아챘을 테지만 거들떠도 보지 않았다. 오로지 내 옆에 있는 시오리코 씨를 주시할 뿐이었다. 타인의 모든 것을 남김없이 파악하려 드는 그 눈빛이었다.

이제 남은 물품은 거의 없었고, 주인을 찾은 책들은 제각각 낙찰자들 뒤에 쌓여 있었다. 다키노가 파랑, 하양, 빨강의 대형본을 테이블에 올려놓았다. 드디어 구가야마 쇼다이가 남긴 세 권의 책이 등장했다. 시오리코 씨는 한 손을 가슴에 올리고 크게 심호흡을 했다. 지팡이를 짚은 손에도 힘이 들어간 걸 알 수 있었다.

다른 참가자들의 시선도 모두 세 권의 책에 쏠려 있었다. 이 순간을 손꼽아 기다렸다기보다는, 이곳에 어울리지 않는 이질적인 존재에 당혹감을 감추지 못하는 분위기였다. 첫 타자인 파란 책을 받아 든 스기오는 억지로 떼어 내려던 흔적이 남은 표제지를 펼쳐 들고 말했다.

"양서입니다. 셰익스피어의 복제본 같은데……."

"저 세 권 중 한 권이 진짜 퍼스트 폴리오일 가능성이 있습니다. 구가야마 쇼다이가 소장했던 책들이죠."

진행자의 말을 끊고 나선 건 거만한 자세로 앉아 있던 요시와라 기이치였다.

"물론 확실하게 보증할 수는 없습니다만, 진위를 가려낼 수 있는 분은 입찰에 참여해 주시기 바랍니다."

"요시와라 씨, 진행자는 접니다."

주의를 주는 스기오의 차분한 목소리에서 노기를 느낄 수 있었다. 요시와라는 순순히 고개를 숙이며 사과했다.

"보시다시피 거의 모든 페이지가 붙어 있습니다. 표제지는 훼손되었고요. 표지는 가죽. 삼면에 금박 처리."

스기오가 설명을 이어 나갔다. 참가자들이 나지막하게 웅성거렸다. 연배 있는 이들은 구가야마 쇼다이라는 이름에 반응을 보이는 것 같았다.

"천 엔부터 시작하죠."

시작가는 낮았다. 상태를 고려해 책정한 가격이리라. 하지만 천오백, 이천, 이천오백. 여기저기서 목소리가 터져 나왔다. 설마 진품일까 하면서도 그 작은 가능성을 버리지 못하는 것일지도 모른다. 구가야마 쇼다이의 책이기 때문이다.

시노카와 모녀는 침묵을 지키고 있었다. 두 사람이 노리는 건 다른 색깔의 책이니 그도 당연하겠지만.

"일만."

팔천 엔까지 올랐을 때, 돌연 시노카와와 지에코가 날카롭게 외쳤다.

"아……."

시오리코 씨가 숨을 삼키는 소리가 들렸다. 나도 어안이 벙벙해졌다. 아까는 빨간 책이 진품이라 하지 않았던가. 그녀의 말을 너무 믿은 건가.

그렇다고는 해도 파란 책은 가장 가능성이 적다고 생각했다. 시오리코 씨도 너덜너덜한 표제지를 보고 복제본이 분명하다고 말했다. 아니면 뭔가 비밀이 숨겨져 있는 건가?

1만 이천, 다른 업자가 불렀다. 1만 이천, 1만 삼천. 천 엔 단위로 가격이 올라갔다. 1만 오천이 나왔을 때, 시오리코 씨의 입이 벌어졌다.

"이만."

가슴이 두근거렸다. 순간적으로 시오리코 씨의 목소리인 줄 알았는데, 실제로 외친 건 어머니 쪽이었다. 그녀는 더욱 가격을 올렸다.

"이만, 더 없습니까?"

스기오가 다른 참가자들을 둘러보며 말했다.

"십만."

갑자기 다섯 배나 높은 가격을 제시한 건 요시와라였다. 출품자로서 최저가격을 제시한 것이다. 모든 참가자들이 일제히 노인을 보았다. 팔짱을 낀 시노카와 지에코의 입가에는 희미한 미소가 걸려 있었다. 그 이상은 아무도 입을 열지 않았다.

"십만, 마이스나 도구점."

스기오가 노인에게 파란 책을 던졌다. 첫 번째 책은 주인의 품으로 돌아갔다.

"지금부터 시작이에요."

시오리코 씨가 나에게 속삭였다. 시노카와 지에코는 파란 책을 살 생각이 없는 듯했다. 지금까지는 분위기를 살핀 것에 불과했다. 요시와라도 그걸 확인한 것이겠지.

"진품이라 생각하지 않는데도 입찰을 하네요. 그게 가장 큰 문제예요."

나는 숨을 삼켰다. 한마디로 시노카와 지에코는 남은 책들에도 입찰할 가능성이 있다는 것이다. 본인 입으로 한 권만 살 거라고 말하지 않았던가. 자금을 얼마나 준비했는지는 모르겠지만, 경우에 따라서는 두 권 다 사려고 들 수도 있었다.

빨간 책과 하얀 책 중 한 권이 진품이라 생각하는 건가…….

"시오리코 씨는 빨간 책이 진품이라 생각하는 거죠?"

일단 확인했다. 그녀는 입술을 잘근 씹었다.

"네……. 어머니의 답과 같다는 게 마음에 걸리지만요."

처음과 달라지지 않은 결론에 마음이 놓였다. 우리를 동요시키려는 수작이라고 딱 잘라 말하기는 했지만, 어머니와 같은 판단을 내렸다는 것에 저항감을 느꼈을 게 분명했다. 시오리코 씨는 잘못된 판단을 내리려고 하면 말려 달라고 했지만, 지금으로서는 걱정할 필요는 없을 것 같았다.

"양서로 추정되는 책입니다. 펼칠 수 없습니다. 처음 책처럼 표지는 가죽, 삼면에 금박 처리. 침수 오염 있음."

우리가 이야기를 나누는 동안 스기오는 두 번째 하얀 책을 설명하기 시작했다. 내가 진품이라 생각했던 책이다.

"오천부터 시작하겠습니다."

육천, 칠천…… 금세 경쟁이 붙었다. 다들 책장 상태가 별로인 파란 책보다 진품일 가능성이 크다고 생각한 걸까.

일만. 그때 시노카와 지에코가 값을 확 올렸다. 어떻게 할 거냐는 표정으로 딸을 바라보고 있었다. 시오리코 씨가 처음으로 입을 열었다.

"만 오천."

찔러 보려는 것이다. 어머니가 진심으로 입찰을 생각하는지, 아니면 아까처럼 상황을 지켜보려는 것인지. 다른 입찰자들이 하나둘 나서며 입찰가는 순식간에 이만 엔으로 뛰었다.

"삼만."

시노카와 지에코가 태연히 가격을 올렸다. 삼만 오천, 시오리코 씨가 말했다. 사만, 어머니가 응수했다. 그때부터 오천 엔 단위로 가격이 올라갔다. 이제 다른 입찰자는 없었다. 불확실한 정보를 믿고 모험을 하기에는 금액이 너무 컸다.

"십만."

시노카와 지에코의 목소리가 울려 퍼졌다. 아까 요시와라가 설명한 최저가격에 도달했다. 최소한 파란 책 때보다는 진심이 담겨 있었다. 십만이라는 금액에 시오리코 씨도 망설이는 눈치였다.

"십만, 더 없습니까."

스기오가 회장을 둘러보며 말했다. 그때 요시와라가 갑자기 입을 열었다.

"백만."

눈이 번쩍 뜨였다. 백만 엔. 순식간에 금액이 열 배로 뛰었다. 이제 더 이상 간보기라 할 수 없었다. 진품이라는 확신이 없으면 더 이상의 금액은……

"백십만."

말이 끝나기가 무섭게 시노카와 지에코가 외쳤다. 옆에 있는 시오리코 씨가 파르르 몸을 떨었다.

'백십만……?'

간신히 목소리를 억눌렀다. 한마디로 '빨간 책이 진품'이라는 발언은 거짓말이라는 것이다. 시노카와 지에코가 진품이라 생각하는 건 하얀 책이었다.

찰나에 불과했지만 시오리코 씨는 생각을 정리하듯 눈을 감았다.

"백이십만."

시오리코 씨가 입을 열었다. 어째서 이 사람까지 동참하는 거지? 동요하는 내 팔을 시오리코 씨가 어루만졌다. 괜찮아요, 그렇게 말하는 것 같았다.

백삼십만. 지에코의 입찰에 눈 깜짝할 사이 금액이 또 올라갔다. 이제야 상황 파악이 됐다. 만일 백만 엔 대에서 낙찰이 되면 시노카와 지에코는 하얀 책의 대금을 지불하고도 충분한 자금을 남기게 된다. 그대로 빨간 책까지 사들일 수 있을 정도로. 무엇보다 진품이라 여기는 책에만 입찰한다는 보장은 없다. 그러한 사태를 방지하기 위해서는 가급적 이 책의 낙찰가를 올려서 상대의 자금 소모를 유도해야 한다.

"이백 오십."

이제 엔은 물론 만 단위까지 생략했지만, 입찰은 계속해서 이어졌다. 모두가 숨을 삼키며 이 대결의 향방을 지켜보았다. 정적에 휩싸인 회장에 분간조차 되지 않는 비슷한 두 목소리가 번갈아 울려 퍼졌다.

위화감이 들기 시작한 건 금액이 삼백만을 넘었을 때부터였다.

'빨간 책이 진짜야. 볼 필요도 없어.'

그렇다면 무엇 때문에 그런 소리를 해서 시오리코 씨를 동요시키려 했을까. 시노카와 지에코라면 분명 우리 대화를 들었을 것이다. 본인이 하얀 책에 입찰하고, 딸이 빨간 책에 입찰해서 서로가 적당한 가격에 낙찰하면 될 일이었다.

그리고 파란 책에 입찰한 이유 역시 알 수 없었다. 자신이 가품이라 생각한 책에도 입찰할 거란 사실을 굳이 알려 줄 필요가 있을까.

"아……."

갑자기 차가운 얼음 덩어리를 목덜미에 가져다 댄 기분

이었다. 왜 더 빨리 알아채지 못했을까. 이대로 가다간 위험하다.

"오백."

옆에서 시오리코 씨가 말했다. 나는 고개를 들어 맞은편의 시노카와 지에코를 보았다. 한 번만 더 입찰해 달라고 간청하는 심정이었다. 하지만 어느새 그녀 역시 나를 뚫어져라 바라보고 있었다. 내가 자신의 속셈을 알아챘다는 걸, 표정을 보고 파악한 것이다. 굳게 닫힌 입꼬리가 쓱 올라갔다. 이 세상에 마녀가 존재한다면 분명 저렇게 웃을 것이다. 당했다. 분한 마음에 이가 갈렸다.

"오백, 더 없습니까?"

진행자의 목소리가 울려 퍼졌지만 장내에 흐르는 건 침묵뿐이었다. 시오리코 씨의 얼굴에서도 차츰 핏기가 사라졌다. 그녀도 깨달은 것이다. **우리가 이 하얀 책을 사게 만들려는 시노카와 지에코의 계획을.**

"오백만, 비블리아."

스기오는 냉정한 목소리로 고하더니 우리에게 하얀 책을 던졌다. 진품이라 생각하지 않는 하얀 책의 입찰에 참가해 금액을 실컷 올려서 상대의 자금을 소모시킨다. 저 사람은 시오리코 씨가 그런 판단을 내리고 입찰에 참여하도록 유도한 것이다.

경매 시작 전에 의미심장한 말을 던져 냉정함을 잃게 한
뒤, 파란 책에도 입찰함으로써 본인이 세 권의 책에 모두
입찰할 가능성을 암시했다. 그리고 거기에 개입하려는 딸
의 행동을 역이용한 것이다.

시노카와 지에코가 진품이라 생각하는 건 본인의 말대로
마지막 빨간 책이다. 진품을 눈앞에 두고, 우리는 지에코의
계략에 넘어가 복제본에 소중한 자금을 오백만 엔이나 날
리고 말았다.

6

실수를 깨달은 나는 가장 먼저 시오리코 씨의 손을 꼭 붙
잡았다. 떨리는 그 손에서는 아무런 온기도 느껴지지 않았
다. 아마 서 있기조차 힘든 상황이리라. 그녀는 고개를 숙
인 채 미동조차 하지 않았다.

"진정해요."

말은 그렇게 했지만 어떻게 진정할 수 있겠는가. 나 역시
속으로는 무섭게 동요하고 있었다. 한 손으로 하얀 책을 집
으며 재빨리 장내를 돌아보았다. 맞은편에 선 시노카와 지
에코는 미소 띤 얼굴로 고개를 갸웃했다. 벌써 끝이야? 그

런 표정이었다. 상대를 얕잡아 보는 그 태연한 얼굴에 울화가 치밀었다. 그 덕에 간신히 마음을 다잡을 수 있었다. 아직 끝나지 않았다.

그동안에도 경매는 이어졌다. 다키노가 걱정스러운 표정으로 시오리코 씨 쪽을 힐끔거렸지만, 진행자인 스기오의 눈짓에 빨간 책을 내놓았다.

"하얀 책처럼 펼칠 수 없습니다. 양서로 추정됩니다. 표지는 가죽, 삼면에 금박 처리……. 책입에 흠집 있음. 책 모서리도 깎여 나가서 금박으로 보수했습니다."

말투는 여전했지만, 설명은 아까보다 정중했다. 진행자로서 공정함을 잃지 않는 선에서 시오리코 씨에게 침착함을 되찾을 시간을 주려는 것 같았다. 하지만 그것으로는 부족했다. 더 시간이 필요하다. 가급적이면 단둘이 이야기를 나눌 시간이.

'어쩌지.'

지금 상태로 봐서는 과연 입찰을 계속할 수 있을지조차 의문이었다. 가장 큰 무기였던 책에 대한 지식에 발목을 잡혀 완전히 자신감을 상실한 나머지 나와도 눈을 맞추려 하지 않았다. 지금 여기 있는 건 지독하게 내성적인 여자일 뿐이었다.

건강이 안 좋다는 핑계로 잠시 경매를 중단하는 방법도

있었다. 하지만 시오리코 씨를 내보내고 다시 경매를 재개할 테니 그 역시 좋은 수는 아니었다. 지금 이곳에서 경매가 중단되기를 원하는 사람은 우리밖에 없었다. 경매가 아주 길어지지 않는 이상, 웬만해서는 중간에 쉬는 시간 없이 쭉 간다.

아무리 어처구니없어도 상관없다. 여기 있는 대다수의 사람들이 중단을 원할 구실이 있다면…….

"아…….."

하얀 책을 든 채 창가로 달려가 아래를 내려다보았다. 행운의 여신은 우리 편이었다. 녹색 유니폼 차림의 중년 남자가 걸어가는 모습이 보였다. 경매가 열리는 날이라 오늘은 불법주차가 유난히 많았다.

"그럼…….."

나는 스기오의 목소리를 묻어 버릴 기세로 돌아보며 외쳤다.

"밖에 차 세우신 분들, 주차 단속 떴습니다!"

그 말에 참가자들이 일제히 웅성거리기 시작했다. 불법주차 벌금, 이곳에 드나드는 누구나가 공유하는 고민거리였다.

"그럼 십 분간 휴식하겠습니다!"

스기오가 선언하자마자 켕기는 데가 있는 사람들이 부리

나케 밖으로 뛰쳐나갔다.

장내는 순식간에 한산해졌다. 스기오를 비롯한 운영진들은 담배 한 대 피우고 오겠다며 밖으로 나갔다. 시노카와 지에코와 요시와라 기이치도 보이지 않았다. 나는 시오리코 씨의 손을 잡고 구석으로 데려갔다.

아까 앉았던 자리에 그녀를 앉혔다. 검은 머리에 가려서 얼굴이 잘 보이지 않았다.

"다 망쳤어요."

시오리코 씨는 고개를 숙인 채 모기만 한 목소리로 중얼거렸다.

"저 때문이에요……. 남기기는커녕 오백만 엔이나 빚을……. 이제 아야카 학비고 뭐고 끝이에요."

지금 어떤 기분일지, 그 심정은 충분히 헤아릴 수 있었다. 하얀 책은 단순한 복제본이라 아무 가치가 없다. 그렇지만 낙찰을 받은 이상, 요시와라에게 오백만 엔을 지불해야 하니 돈을 마련해야만 한다.

"시오리코 씨."

나는 무릎을 꿇고 그녀의 두 손을 잡았다. 아래에서 들여다보는 나를 보고 겨우 눈을 들어 시선을 맞춰 주었다. 두 눈은 눈물로 젖어 있었다.

"아직 안 끝났어요."

나는 한 글자씩 또박또박 말했다. 그녀의 마음에 전해지도록.

"우리가 지에코 씨보다 우위에 있어요."

"……네?"

"지에코 씨는 낙찰 가격이 오를 걸 뻔히 알면서도 시오리코 씨가 참가하도록 유도했어요. 그런데도 정정당당히 가격을 제시하고 낙찰하지 않는 게 이상하지 않아요?"

아주 미세하지만 표정이 바뀌었다. 좋은 징조였다.

"아마 뭔가 문제가 생겨서 자금을 충분히 마련하지 못했을 거예요. 우리 생각보다 사정이 안 좋은 거죠. 그래서 저런 잔꾀를 써서 우리 자금을 소모시키려고 한 겁니다. ……내가 잘못 생각하는 건가요?"

시오리코 씨는 그제야 고개를 들어 정면으로 내 얼굴을 보았다. 하지만 아직 표정은 어두웠다.

"하지만 이제 사천만 엔밖에 없어요……."

"사천만이나 있는 거죠. 아직 가능성은 있어요. 빨간 책이 진품이라는 건 확실한 거죠?"

내가 도중에 알아채지 못했다면 돈을 더 잃었을 것이다. 비블리아 고서당의 문을 닫아야 할 정도로. 그런 상황이 오더라도 돕지 않고 지켜보겠다, 시노카와 지에코는 분명히 그렇게 말했다. 그만한 각오를 가진 사람에게 대항하기 위해서는, 우리 역시 굳건한 의지를 가져야 했다.

"중요한 건 마음의 준비입니다."

어째서인지 시다가 했던 말이 튀어나왔다. 시오리코 씨의 두 눈이 놀란 듯 휘둥그레졌다.

"「햄릿」의 대사죠. The readiness is all. 제5막 2장, 레티어스와 결투를 앞둔 햄릿이 자신의 결심을 말하는 명대사예요."

"그런 겁니까?"

"네. readiness는 직역하면 '준비'라는 뜻이지만, 이 경우는 마음의 준비라고 해야 할까요."

전혀 몰랐다. 분명 셰익스피어 이야기를 들은 시다가 넌지시 인용한 것이리라. 어쩌면 모르는 사이에 흘려 넘겼거나 자연스레 입에 담는 말들 중에도, 수백 년 전의 이야기가 살아 숨 쉬고 있을지도 모른다.

"역시 다이스케 군은 굉장해요. 이런 때에…… 정말 대단해요."

시오리코 씨는 얼굴을 붉히며 연신 중얼거렸다. 실제로 대단한 건 내가 아니라 셰익스피어와 시다겠지만, 이 상황에 그게 뭐가 중요하겠는가. 그녀는 지팡이를 짚고 일어났다. 두 뺨이 붉게 상기되어 있었다.

내가 아는 시노카와 시오리코였다.

10분간의 휴식이 끝나자 참가자들은 회장으로 돌아왔다. 아까와 마찬가지로 중앙에 있는 테이블을 에워싸고 섰다. 생각해 보면 이토록 많은 구경꾼들이 있는 이 자리도 무대나 다름없지 않을까. 나는 제 역을 충실히 수행할 작정이었다. 성공도 실패도 모두 내가 어떻게 하느냐에 달렸다.

"그럼 다시 시작하겠습니다."

진행자인 스기오가 선언했다. 요시와라는 다시 의자에 앉아 있었고, 맞은편에는 시노카와 지에코가 서 있었다. 그녀는 의연한 표정의 시오리코 씨를 흥미진진한 눈빛으로 관찰하고 있었다.

그녀가 충분한 자금을 마련하지 못했다는 건 물론 나의 가설에 불과했다. 이제껏 그런 내색은 한 번도 하지 않았다.

"빨간 책, 상태는 아까 설명했죠. 오천 엔부터 시작합니다."

드디어 시작됐다. 육천, 칠천…… 여기저기서 값을 불러 댔지만 요시와라의 외침이 그 흐름을 끊었다.

"오백만!"

속마음이 그대로 터져 나온 듯한 들뜬 목소리였다. 요시와라는 경매가 다시 시작된 뒤로 계속 웃음을 참고 있었다. 하얀 책이 오백만 엔에 팔려서일까. 빨간 책도 그 이상의 가격으로 팔려는 것 같았다.

"육백."

시노카와 지에코가 조용히 말했다. 장내가 웅성거리기 시작했다. 이렇게까지 비싸게 부르는 걸 보니, 퍼스트 폴리오가 아니더라도 엄청난 희귀본임에 틀림없다. 모두가 그렇게 생각하는 눈치였다. 아마 이 지부가 창설된 이래 최대 규모의 거래일 것이다.

팔백만. 시오리코 씨가 응수한 뒤로는 이백만 단위로 금액이 뛰었다. 천만 대로 진입했을 때에도 시노카와 지에코는 조금도 주저하지 않았다. 이런 자리를 한두 번 겪은 게 아닌 듯했다.

"천이백."

시오리코 씨가 내 손을 잡았다. 태도는 당당했지만 땀에 젖은 손이 가늘게 떨리고 있었다. 나는 힘을 주어 그 손을 맞잡았다. 눈 깜짝할 사이에 금액은 이천만까지 치솟았다.

참가자들은 이제 놀라움을 넘어서 미심쩍은 기색을 보이기 시작했다. 정말 저 책을 저 가격에 사들이려는 건가, 만에 하나 진품이 아니라면 기다리는 건 파멸뿐이다. 그런 소리가 들리는 것 같았다. 내 내면의 소리일지도 모른다.

그런 가운데, 홀로 테이블에 엎드려 있는 요시와라의 모습은 눈길을 끌기에 충분했다. 몸이 불편해서 그러는 건 아

닌 것 같았다. 어깨가 위아래로 들썩거렸다. 웃음을 참고
있는 것이다.

"삼천."

시노카와 지에코는 낯빛 하나 바꾸지 않고 말했다.

"삼천백."

시오리코 씨의 목소리에 회장이 또다시 술렁거렸다. 금
액 인상폭이 백만 엔으로 줄었기 때문이다. 그 변화는 자금
이 한계에 달했음을 말해 주고 있었다.

"삼천삼백."

하지만 시노카와 지에코는 이백만 엔의 폭을 유지했다.
시오리코 씨가 순간 이를 악무는 게 느껴졌다.

"삼천사백."

"······삼천육백."

여전히 이백만 엔 단위로 입찰가를 불렀지만, 희미한 망
설임이 느껴졌다. 경매가 시작되고 나서 처음 보이는 동요
였다. 시오리코 씨는 맞은편의 어머니를 강렬한 눈빛으로
쏘아봤다.

"삼천칠백."

"삼천팔백."

시노카와 지에코도 이제는 백만 엔 단위로 입찰가를 부
르기 시작했다. 아직도 표정에는 여유가 넘쳤지만 속으로

는 힘겨운 것이리라. 어쩌면……. 그런 기대가 살며시 고개를 들었다.

"삼천팔백오십."

드디어 입찰 단위가 오십만 엔대로 떨어졌다. 땀방울이 맺힌 시오리코 씨의 뺨에 머리카락이 달라붙었다.

"삼천구백."

시노카와 지에코의 입찰 단위도 오십만 엔대로 떨어졌다.

"삼천구백오십."

시오리코 씨의 목소리가 떨리고 있었다. 시노카와 지에코는 조용히 눈을 감았다. 그 입가에 이제 웃음은 없었다. 잠깐의 침묵이 장내를 뒤덮었다.

"삼천구백오십, 더 없습니까?"

스기오의 목소리가 울려 퍼졌다. 여기서 더 부를 사람은 한 명밖에 없지만, 원칙대로 모든 참가자들을 둘러보며 물었다. 물론 대답하는 사람은 아무도 없었다. 이제 끝난 건가 싶어 가슴을 쓸어내렸을 때였다. 시노카와 지에코가 살며시 두 눈을 떴다. 즐거웠어. 그렇게 말하듯 딸을 보며 싱긋 웃었다.

"사천백."

그녀는 또렷한 목소리로 말했다. 우리가 낼 수 있는 최대 금액인 사천만 엔의 벽이 무너졌다. 역시 시오리코 씨보다

넉넉하게 자금을 준비해 온 것이다. 시오리코 씨의 몸이 휘청거렸다. 맞잡고 있던 손에서도 힘이 빠져나갔다. 나는 그 손을 꼭 쥐었다.

아직 끝나지 않았다. 이럴 가능성도 있을 거라 각오하고 있었다. 그래서 이에 대비해 사전에 모든 준비를 마쳤다.

"……사천이백만."

이번에는 내가 입을 열었다. 처음이라 긴장한 나머지 목소리가 잠겼다. 그리고 아마 '만'까지 말할 필요는 없었을 것이다.

"네?"

시오리코 씨는 화들짝 놀란 표정으로 나를 올려다봤다. 물론 설명할 시간 같은 건 없었기에 주머니에서 종이 한 장을 꺼내 시오리코 씨의 손에 쥐여 주었다.

"사천삼백."

시노카와 지에코가 응수했다. 놀란 눈치였지만, 그다지 동요한 것 같지는 않았다.

내가 시오리코 씨에게 쥐여 준 건 수표였다. 시다가 가게로 찾아온 날 밤, 나는 그가 적어 준 번호로 전화를 걸었다. 돈을 빌릴 정상적인 '루트'를 소개받기 위해서였다.

"사천사백."

이번에는 조금 더 또렷하게 말할 수 있었다. 물론 아르바이트생에 불과한 내가 돈을 빌리려면 확실한 담보가 필요하다. 그래서 외할머니에게 물려받은 집을 담보로 내놨다. 시다는 최단 기일에 대출 심사를 해 준다는 업자를 소개시켜 주었다.

"사천오백."

하지만 유산의 절반은 어머니 것이다. 모든 사정을 털어놓고 도움을 청하는 수밖에 없었다. 당연히 반대하리라 생각했는데, 어차피 팔리던 집이었다며 뜻밖에도 흔쾌히 허락했다.

"사천육백."

그렇게 말하며 두 다리에 힘을 줬다. 대출 가능한 금액은 시오리코 씨가 마련한 금액보다 훨씬 적었다. 내가 마련한 돈은 천오십만. 기타가마쿠라 역 앞의 비블리아 고서당에 비해 오후나의 우리 집은 자산가치가 떨어졌다. 천만 엔을 대출받았고, 개인 적금이 오십만 엔이었다. 시오리코 씨의 사천만 엔과 합쳐도 모두 오천오십만 엔이었다.

"사천칠백."

시노카와 지에코의 목소리에서 여유가 느껴졌다. 하지만 나와 마찬가지로 백만 엔 단위로만 입찰가를 불렀다. 자금에 여유가 있다면 더 높게 불렀을 것이다.

"사천팔백."

이제 목 끝까지 늪에 잠긴 느낌이었다. 만일 이 거래에 아직 우리가 모르는 숨겨진 함정이 존재하고, 아무 이익도 얻지 못한다면 어떻게 될까. 시오리코 씨와 나는 나고 자란 집을 잃게 된다. 무엇보다 시오리코 씨의 동생과 우리 어머니의 인생까지 송두리째 바뀔 것이다.

"……사천구백."

상대가 잠시 뜸을 들였다. 아까처럼 우리를 희롱하려는 것인지, 아니면 정말 한계가 온 것인지. 그걸 판단할 여유가 나에겐 없었다. 더 이상의 심리전은 무리였다. 이번에도 안 된다면 정말 포기하는 수밖에.

"오천오십만!"

가슴을 펴고 마지막 힘을 짜냈다. 도저히 눈을 뜨고 있을 수가 없었다. 회장에 정적이 감돌았다. 이 자리에 있는 모두가 마른침을 삼키고 있는 게 느껴졌다.

"오천오십. 더 없습니까?"

귓가에 들리는 건 스기오의 침착한 목소리뿐이었다. 어떻게 될까. 숨이 가빠서 하는 수 없이 눈을 떴다. 정면에 서 있는 시노카와 지에코는 여전히 미소 짓고 있었다. 하지만 이내 가만히 고개를 저었다.

"오천오십, 비블리아!"

온몸에서 힘이 빠져나가서 두 손으로 테이블을 짚었다.

주저앉지 않은 게 기적이었다. 스기오는 오천만 엔에 낙찰된 책을 차마 던질 수 없었는지 우리 쪽으로 힘껏 밀었다. 모든 시선이 그 동작에 집중되었다.

빨간 가죽 표지의 아름다운 책이 나와 시오리코 씨의 앞에서 멈췄다.

7

경매가 끝나자 낙찰된 책들은 저마다 밖으로 운반되었다.

테이블 역시 제자리로 돌려놓았다. 나는 낙찰받은 두 권의 책을 품에 안고 시오리코 씨와 회장 한구석에 서 있었다. 이 지부가 창설된 이래로 최고 낙찰 금액을 기록한 경매였지만, 막상 끝나고 보니 다들 냉정하게 평소와 다름없는 모습으로 돌아가 있었다.

"왜 저한테 한마디 상의도 없이 이런 일을 벌인 거죠?"

시오리코 씨는 나에게 수표를 내밀며 부루퉁하게 입을 삐죽였다.

"그게…… 말했으면 분명 반대했을 거 아닙니까."

낙찰 대금은 2주 안에 지불하면 되니까 굳이 이 자리에 수표를 가져올 필요는 없었지만, 그때가 아니면 받아 주지 않을 거라 확신했다. 내가 시오리코 씨였더라도 그랬을 것이다.

"다이스케 군네 집까지 날아가 버리면 어쩌려고 그랬어요."

"그건 시오리코 씨도 마찬가지잖아요."

이 사람이 확신을 가지고 책을 고른 이상, 나는 그 결정을 믿고 응원해야 한다고 생각했을 뿐이다. 대단한 재능 없는 평범한 사람이지만, 나름대로 각오는 되어 있다는 걸 보여 주고 싶었다.

"축하해. 내가 졌어."

갑자기 나타난 시노카와 지에코가 나를 향해 말했다. 맥빠질 정도로 태연한 말투였다. 오랫동안 쫓던 책을 바로 눈앞에서 놓쳤는데도 아쉬워하는 기색은 눈곱만큼도 없었다. 경매가 시작되기 전과 똑같은 태도였다.

"굳은 의지를 가지고 이곳에 왔다는 건 알고 있었지만, 지금까지 준비했을 줄은 몰랐네. 시오리코도 그런 내색 안했고……. 적절한 판단이었어."

정말 예상 밖이었던 걸까. 그녀가 굳이 집까지 찾아와 존재가치를 부정하지 않았더라면, 나도 이렇게까지 결의를 다지며 준비하지는 않았을 것이다. 어쩌면 이건 나를 시험하려던 것일지도 모른다. 내가 딸의 반려자로 적합한지……. 물어봐도 대답해 주지는 않겠지만.

"낙찰 감사합니다."

요시와라가 불쑥 끼어들었다. 우리 셋의 얼굴을 쓱 보더니 뭐가 그리 우스운지 침까지 튀기며 웃음을 터뜨렸다. 그러고 보니 경매 내내 웃음을 참지 못했다. 얼굴을 찌푸리는 내 팔을 툭 치며 노인은 말을 이었다.

"이거 실례했습니다. 이렇게 거래가 성립된 이상 진품 여부에 상관없이 낙찰 대금은 치르셔야 합니다. 두 권 합쳐서 오천오백오십만 엔, 어떤 이유로도 한 푼도 깎아 드릴 수 없습니다."

"드리겠습니다."

시오리코 씨가 무뚝뚝하게 대답했다. 그 대답이 또 마음에 들었는지 요시와라는 주먹을 입에 대고 또다시 웃음을 터뜨렸다. 어찌나 좋은지 입이 귀에 걸려 있었다. 노인 특유의 푸석푸석한 뺨에 깊은 주름이 패여 있다.

"그러셔야죠. ……그나저나 이번 경매에 출품한 세 권의 폴리오 말입니다만, 모두 책장이 찢겨져 나가거나 훼손되어 있었죠. 실은 제가 그랬습니다."

나는 품 안의 빨간 책을 내려다보았다. 그러고 보니 금박을 다시 입히기는 했지만 모서리에 잘려 나간 자국이 있었다. 하얀 책에도 도려낸 흔적이 있었고, 파란 책은 책장이 찢어져 있었다. 대체 무엇 때문에 그런 짓을 한 거지?

"인맥을 동원해 세 권의 책을 구성하는 종이 일부를 분석해 달라고 전문가에게 의뢰했습니다. 오래전부터 이상하다고 생각했죠. 낡은 희귀본을 다시 제본하면서, 왜 박스를 만들지 않았을까. 책을 보호해야 할 텐데. 고서에 정통한 사장님이 책을 왜 이렇게 볼품없이 만들었을까. ……**과연 이 중에 진짜 폴리오가 존재하기는 할까.**"

순간 품 안의 빨간 책이 난데없이 정체 모를 불길한 것처럼 느껴졌다. 이제까지 요시와라가 했던 말들을 떠올렸다. 그러고 보니 이 노인은 세 권 중에 진품이 있다고 단언한 적이 없었다. '그럴지도 모른다', '가능성이 있다'는 식으로만 표현했던 것 같다. 설마…… 그런 말도 안 되는 일이…….

"진품이든 아니든 시오리코 양은 책값을 지불하겠다고 했습니다. 지에코 씨는 진품을 가려내지 못하면 모든 대금을 부담하겠다고 약속했다죠? 이렇게 다 모였으니 진실을 말씀드리겠습니다!"

요시와라의 외침에 장내의 모든 사람들이 동작을 멈추고 무슨 일인가 하는 표정으로 우리를 보았다.

"방금 분석 결과를 메일로 받아 봤습니다! 오늘 경매에 출품한 세 권의 책은 모두 17세기에 만들어진 것이 아닙니다! 20세기의 종이로 만들어진 복제본입니다!"

목소리가 얼마나 큰지 순간 책을 떨어뜨릴 뻔했다. 이거 하나만큼은 확신할 수 있었다. 방금 결과를 알았다는 요시와라의 말은 거짓이다. 이 거래를 제안하기 전에 이미 분석은 끝나 있던 게 분명하다. 세 권의 책이 17세기의 종이로 만들어진 것이 아니라는 사실을 처음부터 알고 있었던 것이다.

"사장님도 참 못 말리는 분이십니다. 처음부터 세 권 중에 진품은 없었습니다. 세 권 다 가짜다, 그게 그 시험의 정답이었어요. 그 답을 맞추면 진품을 물려줄 작정이었겠죠. 지금은 진품이 어디 있는지 알 수 없는 게 아쉽긴 하지만…… 궁금하면 마음껏 찾아보셔도 좋습니다. 두 분 다 뛰어난 감식안을 가지고 있으시군요. 고작 삼십여 년 전에 만들어진 볼품없는 책에 그런 큰돈을 걸고 피 터지는 경쟁을 하다니…… 정말 볼 만한 구경거리였습니다. 아, 인간이란 어쩌면 이렇게 어리석은지!"

우리 말고는 아무도 알아듣지 못할 이야기를 주절주절 늘어놓더니, 요시와라는 미친 듯이 웃음을 터뜨렸다.

이것으로 그의 의도는 모두 밝혀졌다. 두 사람에게 거래를 제안한 것도, 그 무대로 이 소규모 경매를 택한 것도, 전부 시노카와 모녀를 속여 세 권의 책을 비싼 값에 팔아 치워 동업자들 앞에서 굴욕을 주기 위해서였다. 구가야마 쇼다이가 계획한 복수를 완성시키고, 본인은 큰돈을 얻는다. 마지막까지 그를 보필한 충실한 부하로서의 역할을 완수한 것이다.

"……잠시 시간 좀 내주시겠어요?"

요시와라의 웃음이 멎을 즈음 시오리코 씨가 낮은 목소리로 말했다.

"드릴 말씀이 있습니다."

나와 시노카와 모녀, 그리고 요시와라는 3층에 있는 작은 회의실로 자리를 옮겼다. 이 고서회관 곳곳에는 앞으로 처분될 고서, 주인 없는 고서, 주인이 방치해 둔 고서들이 넘쳐 났지만, 이 회의실만큼은 딴 세상 같았다.

이곳에는 처음 들어와 봤지만, 방문객들을 접대하는 용도로도 쓰이는지 사무용 의자와 테이블도 들여놔 비교적 깔끔한 느낌이었다. 문을 열어 준 다키노는 끝까지 지켜보겠다는 듯 문 앞에 그대로 서 있었다.

시오리코 씨의 눈짓에 나는 두 권의 책을 테이블에 내려놓았다. 여기 오는 동안 그녀의 얼굴을 제대로 쳐다볼 수가 없었다. 요시와라의 이야기는 어디까지 진실일까. 적어도 분석 결과에 대한 이야기는 사실이겠지. 알아보면 진위를 알 수 있는 일인데 굳이 거짓말을 할 필요는 없다.

만일 세 권 모두 가짜일 경우 시노카와 지에코가 전액을 부담한다고 했지만, 우리보다 사정이 좋지 않은 듯한 그녀가 얼마까지 낼 수 있을지 불확실했다. 최악의 경우에는 우리가 끌어안아야 할지도 모른다.

"다이스케 군, 이것 좀 들어 줄래요?"

시오리코 씨는 난데없이 커다란 커터 칼을 내밀었다. 이게 뭐지? 그제야 나는 그녀와 눈을 맞출 수 있었다.

'아……'

그 얼굴에서 동요의 빛은 찾아볼 수 없었다. 냉정하다기보다는 그저 담담했다. 혹시 단념한 건가? 그런 생각을 하다가 이 칼로 뭘 어쩌라는 건지 물을 타이밍을 놓쳤다.

"돈 얘기라면 타협은 없습니다. 원칙대로 2주 안에 전액을 조합에 납부해 주십시오. 무슨 일이 있어도요."

요시와라는 히죽거리며 시오리코 씨에게 선언했다.

"아, 이 경우에는 지에코 씨가 내기로 했던가요. 두 사람 다 진위를 판별하지 못했으니까요. 십 년 전처럼 훌쩍 해외로 떠나는 건 반칙입니다, 지에코 씨. 이번에는 돈이 걸린 문제니까요."

끈질기게 이름을 불러 대는데도 시노카와 지에코는 딸과 쑥덕거리고 있었다. 누가 이야기를 할 것인지 정하는 모양이었다. 결국 말문을 연 건 시오리코 씨였다.

"하나만 묻겠습니다. 세 권의 책을 입수하신 순서가 어떻게 되죠?"

요시와라의 얼굴에서 살며시 웃음기가 가셨다. 그 질문에 무슨 의미가 있는지, 대답해서 얻는 이익은 무엇인지 머리를 굴리는 모양이었다.

"제가 맞춰 볼까요……? 파란 책, 빨간 책, 하얀 책 순서죠? 파란 책과 빨간 책을 입수한 건 십 년도 넘었고, 마지막 하얀 책은 가장 최근에 타이완에서 찾아냈고요."

"뭐, 대충 맞습니다. 그게 뭐가 중요하다는 겁니까?"

요시와라는 마지못해 대답했다. 타이완이라면 시노카와 지에코가 시다와 우연히 만난 곳이다. 벌써 몇 년이나 된 이야기일 텐데, 그때까지 하얀 책을 찾아내지 못한 것이리라.

"아뇨, 중요한 건 그게 아닙니다. ……다이스케 군."

"아, 네."

갑작스런 부름에 움찔해서 허리를 폈다.

"그 칼로 이 빨간 책의 삼면을 천천히 뜯어 주세요. 가급적 표지 쪽을 따라서요."

"하지만 그랬다가는……."

어렵게 손에 넣은 퍼스트 폴리오가 못 쓰게……. 아, 아니라고 했지. 요시와라는 20세기에 만들어진 종이라고 했다.

"괜찮아요. 날 믿어요."

"……알았어요."

그렇다고는 해도 신중해질 수밖에 없었다. 이러쿵저러쿵

해도 이 빨간 책에 오천만 엔이나 되는 거금을 쏟아부은 건 사실이니까. 나는 칼날을 표지 바로 밑, 책입 쪽에 댔다. 플라스틱처럼 단단했다. 서서히 힘을 줘서 칼끝을 위에서 아래로 움직였다. 삼면을 다 잘라 내려면 제법 시간이 걸릴 것 같았다.

"이 책을 처음 봤을 때, 처음 든 의문은 판형이었어요. 현존하는 어떤 퍼스트 폴리오보다 컸죠."

시오리코 씨가 말을 이었다. 요시와라는 흥, 하고 코웃음을 쳤다.

"처음 발행되었을 때의 사이즈를 재현했기 때문이죠. 복제본이니 판형은 마음대로 정할 수 있으니까요. 복제본이 반드시 원본의 크기를 반영해야 한다는 법은 없지 않습니까. 그 얘기를 하려고 불러낸 겁니까?"

"네……. 하지만 삼면은 정확히 재단해서 다듬어 놓았어요. 원본의 사이즈는 아니란 거죠. 더 작아야 해요."

여러 번 칼질을 하다 보니 점점 칼날이 깊숙이 들어갔다. 펼치는 게 불가능하지는 않을 것 같다. 억지로 펼치는 셈이니 파란 책처럼 책장의 훼손은 피할 수 없겠지만.

"그 역시 복제본이기 때문이죠. 사장님은 현실에 존재하지 않는 환상의 책을 재현해 낸 겁니다."

"그리고 또 하나의 의문은 박스가 없다는 겁니다. 이렇게까지 공들여 만들었는데 박스를 맞추지 않은 게 이상해요."

"탐정 놀이를 하고 싶으면 말리지는 않겠습니다만……."

요시와라가 짜증스레 말을 잘랐다.

"내 이야기를 제대로 들은 게 맞습니까? 아까 분명히 설명했을 텐데요. 굳이 박스까지 만들어 보호해야 할 만한 책이 아니기 때문이라고 했잖습니까. 모두 진품이 아니라 단순한 복제본이라면 당연히 그럴 수 있죠."

"그럴 가능성도 생각했습니다만, 그 경우에는 진품의 행방이 수수께끼로 남죠. 세 권 모두 가짜라면, 쇼다이 씨는 왜 아무도 손대지 못하도록 소중히 다뤘을까요. 저는 박스가 존재한다고 생각합니다."

"없다니까요. 그 집에서 살았던 나도, 지에코 씨도, 쓰루요 씨도 박스 같은 건 본 적이 없습니다. 여기 있는 게 전부예요."

"박스는 여기 있어요."

"뭐라고요? 대체 무슨 소리를 하는 겁니까."

나는 이야기에 귀를 기울이며 칼날을 깊숙이 넣었다. 순간 칼끝에 닿는 감촉이 달라진 것 같았다. 끝에 닿는 게 아무것도 없는지 자유자재로 움직였다.

"결정적인 단서는 책의 중심이었어요."

시오리코 씨는 아랑곳하지 않고 말을 이었다.

"중심?"

"아마 표지 소재를 미세하게 조절해서 세 권의 무게를 거의 동일하게 맞췄겠죠. 하지만 그중에 한 권은 다른 두 권과 무게중심이 달랐어요. 일반적으로 책등에 무게중심이 쏠리는 법이긴 하지만, 이 빨간 책은 그 비중이 더 컸어요. ⋯⋯다이스케 군 덕에 알아챘죠."

경매가 시작되기 전에 있었던 일을 떠올렸다. 한 손으로 잡았을 때, 빨간 책은 손에서 미끄러졌고 하얀 책은 안정적으로 손에 착 감겼다. 두 권 다 책입 쪽을 잡았다. 무게중심이 달라서였던 건가.

그 후, 시오리코 씨가 책등을 두드렸던 건 소리를 들으려던 게 아니었다. 책등에서 손을 뗐을 때와 손을 댔을 때 중심이 달라지는지를 확인하려던 것이다. 지금 생각해 보면 빨간 책 밑에 연필이 깔려 있던 것도 이상했다. 아마 시오리코 씨가 넣었겠지. 중심의 위치가 어느 쪽인지 알아내기 위해서.

나는 책을 돌려서 책머리 쪽에도 칼질을 했다. 시오리코 씨가 무슨 말을 하려는 것인지 대충 알 것 같았다.

"그리고 마지막으로 책장의 여백을 검게 칠해 놓은 것⋯⋯. 요시와라 씨 말대로 반드시 원본의 크기를 반영하고 있다고 단정 지을 수는 없어요. 원본을 사진제판해서 더 큰 판형으로 인쇄했을 경우에는 여백의 색이 달라질 수밖에 없으니까요.

17세기의 제지 기술은 지금보다 훨씬 수준이 낮았고, 당시 사용됐던 종이 빛깔도 독특하죠. 어디까지가 사진이고 어디까지가 여백인지 그 경계를 명확히 알 수 있어요. …… 경계를 구분하지 못하게 하려면 검게 칠하는 수밖에 없죠. 본문을 에워싼 박스 바깥을 전부 검게 칠해 버린 건 그만큼 원래 페이지가 작았다는 걸 나타내고 있는 거라고 생각했어요."

이제 요령이 생겼는지 책머리는 책입보다 빨리 잘라 낼 수 있었다. 칼끝의 감촉이 가벼워지자 방향을 바꿔 책발에 칼날을 넣었다. 슬쩍 눈을 돌려 요시와라를 보니 혈색 좋던 얼굴에서 핏기가 사라져 있었다. 이제야 사태를 파악한 모양이었다. 그 모습은 마치 사람 몸 위에 달걀 하나를 얹어 놓은 것처럼 보였다.

"수백 년 동안 여러 사람의 손을 거친 퍼스트 폴리오는 여러 차례에 걸쳐 다시 제본되었어요. 그때마다 페이지가 잘려 나가 판형이 작아졌죠. 현존하는 퍼스트 폴리오의 페이지 크기는 가로세로 4센티미터에서 5센티미터까지 차이가 나요. 한마디로 **최소 사이즈의 폴리오는 속을 도려낸 최대 사이즈 폴리오 속에 넣을 수 있다**는 거죠."

　책발 쪽도 드디어 칼날에 닿는 감촉이 달라졌다. 내부의
빈 공간에 닿은 모양이다. 이로써 삼면 모두를 잘라 냈다.
나는 고개를 들어 시오리코 씨에게 신호를 보냈다.

　"책을 펼쳐 주세요."

　나는 힘을 주어 빨간 책의 표지를 들어 올렸다. 찌이익,
검은 면지가 떨어지는 소리가 났다. 펼쳐진 빨간 표지 아래
에서 같은 재질로 장정한 작은 표지가 나타났다. 그 책은
페이지를 도려낸 빈 공간에 딱 맞게 들어가 있었다. 책장을
붙인 빨간 복제본 자체가 이 작은 책의 박스 역할을 했던
것이다. 이러니 모서리를 잘라 내 분석 의뢰를 해도 17세기
에 만들어진 종이가 아니라는 결과밖에 나올 수 없는 것이
다. 박스의 일부에 불과했으니까.

　작은 책은 마치 어제 제본된 것처럼 최상의 상태를 유지
하고 있었다. 지난 35년 동안 구가야마 쇼다이 말고는 아
무도 손댄 적 없는, 환상의 퍼스트 폴리오였다.

8

　"이, 이럴 수가……. 설마 진품이 존재했다니……. 이럴
수는 없어!"

요시와라의 비명이 터져 나왔다. 나는 비틀거리며 빨간 책으로 다가가려는 그의 앞을 막아섰다. 아까 말했듯, 이미 거래는 끝났다. 이 책의 소유권은 시오리코 씨에게 있다.

시노카와 지에코가 기척도 없이 빨간 책 앞으로 다가갔다.

"내가 펼쳐 봐도 될까?"

그녀는 고개를 숙인 채 우리에게 물었다. 나는 상관없었기에 시오리코 씨를 보며 고개를 끄덕였다.

"……그러세요."

시오리코 씨가 대답했다. 시노카와 지에코는 잠시 망설이더니 집게손가락으로 표지를 집었다. 그 손이 순간적으로 떨린 것 같기도 했지만 내가 잘못 본 것일지도 모른다. 표제지가 나타났다. 제목과 함께 인쇄된 셰익스피어의 초상화가 그녀를 올려다보았다. 낡기는 했지만 책 상태에 별 문제는 없었다. 오염이나 필기 흔적도 없었고, 복제본처럼 여백을 검게 칠해 놓지도 않았다.

구가야마 쇼다이의 유산이자, 자신이 오랜 세월에 걸쳐 찾아 헤맸던 책과 마주했는데도 시노카와 지에코는 큰 감정의 변화를 보이지 않았다. 선글라스 너머로 눈을 한 번 부릅뜨더니 작게 한숨을 쉴 뿐이었다. 안도한 것 같기도, 실망한 것 같기도 했다.

"왜요?"

시오리코 씨가 머뭇거리며 물었다. 그 대답은 한참 뒤에야 돌아왔다.

"별거 아냐. ……그냥, 책장에 아무 짓도 안 하고 멀쩡하게 넣어 놓은 게 좀 놀라워서."

순간 '아!' 하고 소리를 지를 뻔했다. 구가야마 쇼다이가 처음부터 끝까지 복수만 생각했다면, 진짜 폴리오도 접착제로 붙였을 것이다. 아니, 그전에 진짜를 이 박스에 넣어 둘 필요도 없었다. 요시와라의 말처럼 내용물을 처분하고, 같은 무게의 다른 물건을 넣어 둘 수도 있었다.

최종적으로 딸이 이 책을 찾아낸다면, 진짜 폴리오를 손에 넣을 수 있는 여지는 남겨 놓은 것이다.

구가야마 쇼다이, 그는 결코 선량한 사람이 아니었다. 하지만 그런 그에게도 인간다운 마음이 조금쯤은 남아 있었던 건지도 모른다. 굳게 닫힌 책 속에 이 폴리오가 숨겨져 있던 것처럼.

침묵을 깬 건 처음 듣는 휴대전화 착신음이었다. 시노카와 지에코는 구석으로 가서 누군가와 통화를 했다. 내용은 들리지 않았지만 중요한 일 같았다.

"시오리코 양, 고우라 군, 잠깐 얘기 좀 할 수 있을까요."

시노카와 지에코가 자리를 비우기를 기다렸다는 듯 요시와라는 말 그대로 두 손을 비비며 우리에게 말을 걸었다.

"이제 와서 거래를 파기하겠다는 말은 안 하겠습니다. 깨끗하게 그 폴리오를 넘겨 드리겠습니다. 이제 그 폴리오를 다른 데다 팔 생각이겠죠? 이런 큰 거래 경험이 없는 두 분에게는 좀 어려울 텐데……. 그래서 말씀입니다만, 저에게 그 역할을 맡겨 주시지 않겠습니까?"

방금 전과는 너무도 다른 태도에 화보다는 웃음이 났다. 시오리코 씨도 웃음을 참는 것 같았다. 그런 우리를 보고 용기를 얻었는지, 요시와라는 살갑게 웃으며 말을 이었다.

"아, 물론 사례는 충분히 하겠습니다. 빨간 책과 하얀 책의 책값은 받지 않겠습니다. 오천만 엔도 얹어 드리죠. 거기다 얼마 전에 받은 『만년』의 책값도 돌려 드리겠습니다. 전 세계를 돌며 이 책들을 찾아낸 사람은 다름 아닌 접니다. 반드시 두 분의 도움이 되리라……."

"요시와라 씨."

부드러운 미소를 지은 채 시오리코 씨가 상대의 말을 끊었다.

"정말 본인의 힘으로 이 책들을 찾아냈다고 생각하시나요?"

공손하게 머리를 조아리던 노인의 움직임이 순간 멈칫했다. 날카롭게 번뜩이는 눈빛에 그때까지의 서글서글한 표정은 온데간데없이 사라졌다.

"무슨 말씀이시죠?"

"어머니가 퍼스트 폴리오를 찾기 시작했을 때 이미 파란색과 빨간색, 두 권의 책은 요시와라 씨의 수중에 있었어요. 하지만 그중에 진품이 있다는 건 알아채지 못했죠……. 그 사실을 숨긴 채 요시와라 씨가 빨간 책을 팔게 하려면 어떻게 해야 할까요?"

시오리코 씨는 상대의 얼굴을 들여다보았다. 의도한 것인지 그 불온한 미소는 그녀의 어머니와 판박이었다.

"저라면 이렇게 하겠어요. 요시와라 씨가 세 권을 모두 입수하도록 계획을 꾸미겠죠. 그중에 진품이 없다는 판단을 내리면, 그다음은 분명히 나에게 팔아치우려 들 것이다. 그때까지 적당한 거리를 유지한 채, 상대를 애태우며 기다리면 된다……."

"얼토당토않은 소리. 그런 증거가 어디 있다는 겁니까."

"물론 없습니다. 제 억측이죠. 하지만 어머니는 이미 3년 전에 타이완을 찾은 바 있어요. 하얀 책을 찾으러 갔겠죠. 만일 그때 성과가 있었다면……. 그냥 그런 생각이 들었을 뿐입니다."

뭔가 짚이는 데가 있는지 요시와라의 표정이 점점 달라졌다. 쭉 찢어진 음침한 눈과 꾹 다문 입술. 그 얼굴에서 핏기가 사라졌다. 모든 가면을 벗어 던진, 요시와라 기이치의 민낯을 비로소 본 것 같았다.

"⋯⋯이토록 지독한 굴욕을 맛본 이가 또 있을까."

그는 맥없는 목소리로 중얼거렸다.

"수십 년 동안 그분을 모셨어. 그분이 세상을 떠난 뒤에도⋯⋯. 진정한 후계자는 나였어야 해. 저 건방진 계집애들이 아니라. 그분의 재능, 광기, 증오, 그 모든 걸 사랑한 이는 나뿐이야. 이런 비참한 결말은 인정할 수 없어. ⋯⋯그래, 맞아. 지금이 제일 비참하다고 할 수 있는 동안은 아직 제일 비참한 게 아니라 했지. 그래⋯⋯."

느닷없이 요시와라가 칙칙한 머리를 홱 들었다. 당당하게 가슴을 펴려는 것 같았지만, 평소보다 갑절은 왜소해 보였다. 조금 전까지와는 딴사람이었다. 거기에는 평범하기 그지없는 노인이 서 있었다.

"난 인정 못해⋯⋯. 이런 거래, 무슨 수를 써서라도 엎어버리겠어. 이사 중에 내 지인들도 많으니까⋯⋯."

그는 혼잣말을 중얼거리며 비틀거리는 걸음으로 회의실을 나갔다. 깨끗하게 폴리오를 넘기겠다는 말은 완전히 잊어버린 듯했다. 그 뒷모습을 지켜보던 다키노가 우리를 보며 쓴웃음을 지었다.

"운영진들에게 억지를 부리려는 모양이야. 정말 답 없는 영감님이군⋯⋯. 거래 자체를 없던 일로 만들 수는 없을 테니 마음 놔. 누구든 원칙은 지켜야 하니까. 우리한테 맡겨."

우리가 고맙다는 인사를 하기도 전에 다키노는 문을 닫고 나가 버렸다. 회의실에 남은 건 이제 셋뿐이었다.

"······시오리코."

통화를 마친 시노카와 지에코가 다가왔다.

"그 폴리오, 일억 오천에 나한테 팔지 않을래? 책값은 바로 지불할게."

"네······?"

갑작스러운 이야기에 어안이 벙벙해졌다.

"그런 거금이 있었던 겁니까?"

우리가 준비한 금액의 세 배다. 그만한 돈이 있었다면 아까 경매에서 충분히 우리를 꺾을 수 있었을 터였다.

"아까는 낼 수 있는 상황이 아니었어. 갑자기 다른 곳에서 진행되고 있던 큰 거래에 내 자금을 융통할 수밖에 없어서, 가져온 돈이 얼마 안 됐거든. 방금 우리 직원에게 연락이 왔는데 해결된 모양이야."

시오리코 씨는 복잡한 표정을 지었다. 아마 나와 비슷한 생각을 하는 것이리라. 타이밍이 너무 절묘하다. 어쩌면 우리에게 책을 양보한 게 아닐까. 아니, 그런 뉘앙스를 풍김으로써 우위를 차지하려는 건지도 모른다.

어디까지가 진심인지 여전히 알 수 없는 사람이었다.

"요시와라 씨 말대로 너희에게는 무거운 짐이야. 그리고 나한테 팔면 대출을 받지 않아도 되고, 다이스케 군이 준 수표도 안 써도 되잖아."

시오리코 씨는 진지하게 생각에 잠겼다. 더 비싸게 팔 수 있을지도 모른다. 하지만 애초부터 큰돈을 벌 욕심으로 시작한 일이 아니었다. 아야카의 학비를 벌면 족하다 생각할 것이다.

"그리고 하나 더."

시노카와 지에코는 딸에게 뭐라고 귓속말을 했다. 시오리코 씨가 놀란 듯 어머니를 응시했다. 작은 소리로 뭐라고 두세 마디 더 나누고 나서야 두 사람은 떨어졌다.

"……지금 당장은 대답 못해요."

시오리코 씨는 그렇게 말했다.

"알아. 생각 있으면 연락해. 그럼 조만간 봐. 다이스케 군도."

시노카와 지에코는 몸을 돌려 가벼운 걸음으로 밖으로 나갔다. 그러고 보니 저 사람도 나를 다이스케 군이라 부르고 있었다. 대체 언제부터였을까. 기억 나지 않았다.

다른 이들이 모두 떠난 뒤, 회의실에는 우리 둘만 남았다. 아, 셰익스피어의 퍼스트 폴리오도. 한동안 시오리코 씨는 의자에 앉아 신중하게 페이지를 확인했다.

나는 닫힌 문을 등지고 서서 그 모습을 지켜보았다.

세계적인 희귀본을 입수한 셈이지만, 잘 생각해 보면 이 빨간 책이 진품이라고 판단할 근거는 거의 없었다. 간신히 다른 두 권과의 차이를 발견했을 뿐이다. 그럼에도 그녀가 무모한 도전을 한 건, 결국 책에 대한 애착……. 엄밀히 말하면 집착 때문이었으리라. 뭐가 됐든 아직 발견되지 않은 퍼스트 폴리오를 본인의 손으로 확인하고 싶었던 것이겠지.

늘 일이 잘 풀리리란 보장도 없으니 아마 마음 단단히 먹어야 할 것이다. 하지만 지금은 이렇게 책을 읽는 그녀를 바라보고 싶었다. 아무에게도 방해받지 않고, 정신없이 책을 읽는 그녀의 얼굴을 독차지하고 싶었다.

이내 그녀는 책을 덮고 정중하게 다시 박스 속에 넣었다. 책장에서 떨어져 나온 자잘한 종잇조각도 잊지 않고 챙겨 넣었다. 그리고 나를 보며 웃었다.

"이제 됐어요?"

"네…… 오늘은요."

물론 더 읽고 싶겠지만 꼭 이곳이 아니라도 상관없겠지. 나는 커다란 보자기를 꺼내 책 모양의 박스를 쌌다. 박스가 있다고는 해도, 이대로 들고 다닐 수는 없으니까.

빨간 가죽 표지가 그 모습을 감추기 직전, 시오리코 씨는 살짝 아쉬운 듯 미간을 찌푸렸다. 그녀가 책을 읽을 기회는 얼마든지 있다. 그리고 내가 그 모습을 볼 기회도. 앞으로

도 수많은 책을 읽을 이 사람 곁에 나는 있을 것이다. 평생
그럴 작정이었다.

세상은 극장이고, 사람들은 그 무대에 서는 배우다. 솔직
히 그 말이 맞는지는 잘 모르겠다. 하지만 시오리코 씨의
옆자리만큼은 아무에게도 양보하고 싶지 않다. 그렇게 결
심했다.

"……그러고 보니."

나는 방을 나서기 전, 문득 생각난 듯 말했다. 시오리코
씨는 걸음을 멈추고 안경 너머로 나를 바라보았다.

"집에는 언제 올래요?"

에 필 로 그

경매가 끝난 뒤 며칠간은 별일 없이 지나갔다.

나는 여느 때처럼 출근해서 일하다 집으로 돌아왔다. 셰익스피어의 퍼스트 폴리오는 은행 대여 금고에 보관해 두었다. 시오리코 씨는 어머니의 제안을 받아들일지 아직 정하지 못한 눈치였다.

비블리아 고서당이 유명한 희귀본을 입수했다는 사실을 아는 이들은 거의 없었다. 스기오와 다키노 등 고서조합 운영진들이 비밀을 지켜 준 덕분이었다.

오히려 경매가 끝난 뒤, 요시와라가 고가에 낙찰된 책이 가짜라고 떠벌린 덕에 비블리아 고서당이 엄청난 빚을 지게 됐다는 소문이 돌고 있었다. 정정하고 싶은 마음은 굴뚝같았지만, 수억 엔짜리 희귀본이 여자 둘만 사는 집에 있다는 소문이 도는 것보다는 낫다고 생각했다.

요시와라 기이치는 그 뒤로 우리 앞에 나타나지 않았다. 그날 거래를 엎겠다고 얼마나 소란을 피웠는지, 가벼운 심장 발작을 일으켜 병원에 실려 갔다고 했다. 생명에 지장은 없지만, 나이가 있어서 한동안 입원하게 되었다고 했다.

'그 영감님이 퇴원하기 전에 폴리오를 처분하는 게 좋을 것 같아.'

다키노는 그렇게 충고했지만, 한동안은 평온한 날들이 이어질 것 같았다.

셰익스피어의 퍼스트 폴리오를 둘러싼 일들에 대해 이제 더 이야기할 것은 없다. 사소한 의문점이 하나 남아 있기는 했지만, 별일은 아니었다.

정기 휴일 날 오후, 나는 시오리코 씨의 집에 있었다. 오늘은 스쿠터가 아니라 전철을 타고 왔다. 돌아갈 때 혼자가 아니기 때문이다.

초인종을 누르자 들어오라는 대답이 돌아왔다. 나는 문을 열었다. 시오리코 씨는 칼라가 달린 고급스러운 파란 원피스 차림으로 복도에 서 있었다. 옅은 화장이 단정한 얼굴을 돋보이게 했다.

"……들어오세요."

"실례하겠습니다."

나는 안으로 들어갔다. 평소보다 긴장이 됐다. 늘 신는 운동화 대신 신은 가죽 구두는 벗기 힘들었다. 옷도 새로 산 폴로셔츠에 면바지를 입었다. 나름대로 신경 쓴 복장이었다.

오늘 저녁, 시오리코 씨와 우리 집에 인사를 가기로 했다. 일찍 퇴근하는 어머니와 셋이서 저녁을 먹을 예정이었다.

경매가 끝난 지 얼마 지나지 않았는데 급히 날을 잡은 건, 내가 집을 담보로 대출을 받았기 때문이다. 제 사정 때문에 폐를 끼쳤으니 어머니를 직접 만나 사죄하겠다며 시오리코 씨는 물러서지 않았고, 그렇다면 만나는 김에 서로 정식으로 인사하는 자리를 갖기로 했다.

일부러 자리를 만들어 인사를 하기로 했으니 분명 결혼 이야기가 나올 것이다. 그대로 이야기가 진행되는 것도 나쁘지 않지만, 그전에 정식으로 프러포즈를 하고 싶어 따로 시간을 냈다. 시오리코 씨 역시 같은 마음이었을 것이다. 어제 통화했을 때 그녀 역시 하고 싶은 이야기가 있다고 했다.

응접실로 들어가자 탁자에는 이미 찻잔이 놓여 있었다. 마주 보고 앉으면 너무 거리감이 느껴질 것 같아서 탁자 귀퉁이 근처에 앉았다.

"아야카는 학원 갔나 봐요?"

그것부터 먼저 확인했다.

"네. 학원 끝나고 바로 할머니 집에 가서 같이 음식을 만들기로 했대요."

그 이야기에 가슴을 쓸어내렸다. 프러포즈까지 엿들을까 봐 내심 걱정했었다.

"요즘 자주 가네요."

예상했던 대로 아야카는 에이코 씨 가족과 무척 가까워졌다. 집안 분위기가 어떤지 넌지시 물었더니 별 문제없이 화목하다고 대답했다.

얼마 전, 미즈키 류지가 비블리아 고서당으로 찾아왔다. 새어머니와 마음을 터놓고 이야기할 수 있게 도와줘서 고맙다고 했다. 오랫동안 숨겨 온 비밀을 아버지에게 어디까지 털어놓았는지는 말하지 않았고, 우리도 굳이 묻지 않았다. 그리 쉽게 해결할 수 있는 일이 아니라는 건 알지만, 그래도 지금까지보다는 상황이 나아졌기를 바란다.

"그래서, 할 얘기가 뭔가요……?"

시오리코 씨가 고개를 갸웃했다. 순간 말문이 막혔다. 설마 다짜고짜 질문부터 던질 줄이야. 아직 앉은 지 3분도 채 지나지 않았다. 이런저런 이야기를 하다가 본론으로 들어가고 싶었다. 나에게도 일생일대의 중대한 이벤트였다.

"그, 그러고 보니 궁금한 게 있는데요."

나는 시오리코 씨의 물음을 못 들은 척 넘기고 억지로 화제를 바꿨다.

"일전에 경매가 끝난 뒤에 회의실에서 어머니하고 무슨 이야기를 나눴잖아요. 뭐였습니까?"

사소한 의문이란 그것이다. 고서회관에서 나온 뒤로 퍼스트 폴리오를 은행에 맡기고, 미즈키 에이코에게 검은 책을 돌려주며 사정을 설명하는 등 할 일이 많아서 물어볼 틈이 없었다.

"그때 이야기는……."

시오리코 씨는 말끝을 흐리며 발치로 시선을 떨궜다. 그런 기색은 전혀 못 느꼈는데, 생각보다 심각한 이야기였던 모양이다. 덩달아 나도 고개를 떨궜다. 다리를 옆으로 모으고 앉은 시오리코 씨의 하얀 맨다리가 원피스 자락 아래로 뻗어 있었다.

'어?'

지금까지 알아채지 못했는데, 그녀의 뒤로 커다랗고 하얀 꾸러미가 있었다. 우리 집에 가져갈 선물이라고 하기에는 너무 호화로운…… 아니, 분명 선물은 아니었다. 그녀가 준비한 선물은 우리 어머니가 좋아하는 고치현의 특산주로, 아까 현관에 놓여 있는 걸 봤다.

"실은…… 어머니가 몇 년 정도 자기 일을 도울 생각 없느냐고 하더라고요."

"정말요?"

그런 제안이었을 줄이야. 상상도 못했다.

"양서를 다뤄 본 경험이 없어도 믿을 만한 사람이 필요한 모양이에요. 이번 일로 너희 능력을 확인했다, 내 지식과 경험을 아낌없이 전수해 주겠다고요…… 물론 강요하는 건 아니고, 당장 결정을 내리라고도 안 했어요. 아야카가 대학 들어가고 한숨 돌린 다음에 생각해 봐도 된다고."

예전에 시오리코 씨를 억지로 데려가려고 했을 때와 비교하면 훨씬 온건한 제안이었다. 어디까지 믿어야 할지는 의문이지만.

"그 제안…… 받아들일 겁니까?"

"처음에는 거절하려고 했지만…… 그냥 일적으로만 생각하면, 같이 일하는 건 분명 플러스가 될 거예요. 아직 시간도 많으니까 일단 어떻게 할지 다이스케 군과 상의해 보고 싶어서……."

그녀의 말대로 플러스가 될 것은 분명했다. 만일 몇 년쯤 가게 문을 닫아야 한다고 해도, 퍼스트 폴리오를 팔아 얻은 이익으로 아야카의 학비와 생활비는 충분히 댈 수 있을 것이다. 뭐…… 나한테 묻는다면 시오리코 씨를 어머니와 단둘이 보낼 수는 없다고 대답하겠지만.

"아, 그러고 보니 아까 '너희'라고 했죠?"

"네. 저뿐 아니라 다이스케 군도 같이 와 달라는 것 같아요. 아마 어머니는 다이스케 군이 마음에 든 모양이에요. 책을 못 읽는 건 단점이지만, 그런 건 문제가 되지 않을 정도로 단련시킬 수 있대요."

심한 소리도 많이 들었지만, 지난번 경매를 통해 시노카와 지에코의 마음속에서 그저 쓸모없기만 했던 나라는 인간의 존재가치도 조금은 달라진 모양이다. 하지만 제멋대로 평가를 높였다 낮췄다 하는 건 마음에 들지 않았다.

"그런 제안을 덥석 받아들이는 것도 좀 그런 것 같아요."

"맞아요."

시오리코 씨는 힘주어 고개를 끄덕였다.

"언제 어디서 무엇을 할지, 어떻게 살아갈지는 우리가 정하는 거니까……. 어머니의 제안은 단순히 제안일 뿐이에요."

그래, 우리는 우리다. 급하게 정할 필요는 없다. 천천히 생각해 보면 된다.

"또 뭐라고 하던가요?"

별생각 없이 물어봤는데 시오리코 씨는 입을 다물었다. 당황한 듯 손가락 끝을 맞대고 몸을 배배 꼬았다. 순식간에 얼굴이 붉어졌다.

"저기…… 아마 둘 다 생각은 하고 있겠지만, 결혼을 할 거면 반대는 안 한다고 했어요……. 다이스케 군하고 제가……."

실내에 침묵이 감돌았다. 눈을 감고 고개를 들었다. 설마 이것까지 시오리코 씨가 먼저 말할 줄은 꿈에도 몰랐다. 이 상황에서 말을 꺼내려니 외려 더 쑥스러웠다.

"아, 신경 쓰지 마세요. 그래서 어떻게 하자는 건 아니고, 이런 일은 어디까지나 당사자들이 정해야……."

"시노카와 시오리코 씨."

나는 그녀의 이름을 불렀다. 아무리 쑥스러워도 꼭 말해야 한다.

"오늘 할 얘기란 건 바로 그겁니다……."

거기서 말을 끊고 숨을 깊게 들이마셨다.

"저와 결혼해 주십시오."

"네."

순간의 망설임도 없이 그녀는 단호하게 대답했다. 그리고 공손히 고개를 숙였다.

"앞으로 잘 부탁드립니다."

"아, 저, 저야말로 잘 부탁드립니다."

살짝 말을 더듬으며 나도 시오리코 씨를 따라 고개를 숙였다. 이 자세로 얼마나 있었을까. 서로의 안색을 살피며 고개를 들었다. 이제 무슨 이야기를 해야 할지 감을 잡을 수 없었다. 5분 만에 볼일이 다 끝났다. 저녁까지 이렇게 마주 앉아 있을 수도 없었다. 너무 쑥스러웠다.

"그, 그러고 보니."

시오리코 씨가 새된 목소리로 짐짓 손뼉을 쳤다.

"깜빡할 뻔했어요. 저도 할 얘기가 있었어요."

"네……?"

결혼 이야기가 본론이 아니었던 건가? 내심 당황했다. 어떤 이야기를 하려는 건지 짐작 가는 데가 없었다.

"퍼스트 폴리오 말인데, 결국 어머니에게 팔기로 했어요. 2주 뒤에 넘기기로 했고요."

갑자기 책 이야기가 나와서.맥이 빠졌다. 아니, 이 역시 중요한 일이다. 단순 계산해도 일억 엔에 가까운 차익을 얻었다. 아직 실감은 나지 않았지만 어마어마한 금액이었다.

"그래서 팔기 전에 말이죠……."

시오리코 씨는 뒤에 놓아둔 꾸러미를 탁자 위에 올려놓았다. 제법 무게가 나가는 물건인 듯 내려놓는 소리가 컸다. 꾸러미를 풀자 안에서 낯익은 빨간 가죽 표지가 나타났다. 셰익스피어의 퍼스트 폴리오였다.

"어, 어떻게 여기에……. 은행 대여 금고에 맡겨 둔 거 아니었습니까?"

"오늘 하루만 가져왔어요."

시오리코 씨의 얼굴에 웃음이 번졌다. 왠지 그리움이 느껴지는, 내가 좋아하는 얼굴이었다.

"내용을 다이스케 군에게 얘기하고 싶어서요."

그랬다. 경매에 참가하기로 정한 날, 그녀는 나에게 말했다. 여기 적힌 내용을 아주 오랫동안 이야기하고 싶다고. 나는 시계를 보았다. 아직 시간은 충분했다. 아니, 이 책을 말하기에는 충분하지 않을지도 모르지만.

어찌 되었든 시오리코 씨의 이야기를 듣고 싶다.

나는 책이 잘 보이게 그녀 곁으로 자리를 옮겼다. 문득 오후나 역 앞에서 다자이의 『만년』 이야기를 들었던 그날을 떠올렸다. 그러고 보니 비블리아 고서당에서 일하기 시작한 지 1년이 되었다. 이번에는 책 한 권 들어갈 틈 없이 그녀에게 딱 붙어 앉았다.

시오리코 씨는 책을 펼치고 나를 올려다보았다. 그리고 편안한 목소리로 유창하게 말문을 열었다.

"예전에도 잠깐 이야기했었지만, 퍼스트 폴리오는 1623년에 간행된 셰익스피어의 희곡집이에요. 이 책은 그가 소속된 극단의 동료였던 존 헤밍스와 헨리 콘델이 셰익스피어를 추모하기 위해 기획했다고 해요. 서문에서는 당시 실제 극장 공연에 쓰인 원고를 실었다고 했지만, 실제로 꼭 그렇다고는……."

〈완결〉

작가 후기

거의 10년 전부터 일기 비슷한 걸 써 왔습니다. 옛날부터 드문드문 일상생활에서 있었던 일이나, 소설 아이디어에 관한 메모를 적어 오긴 했지만 기억력 감퇴로 전보다는 꼼꼼하게 기록해야겠다고 생각한 거죠.

말이 일기지 실제로는 일주일에 한두 번, 책이나 영화를 본 감상이나 업무 관련한 기록이 대부분입니다. 아무에게도 보여 준 적 없고, 가족들도 모르는 곳에 몰래 숨겨 두었습니다.

그 일기장에 '비블리아 고서당 사건수첩'의 기획 시작 단계부터 지금에 이르기까지 일어난 모든 일들을 기록해 놨습니다. 당시 담당편집자였던 다카바야시 씨에게 기획을 보낸 게 2010년 3월의 일입니다. 집필이 난항을 겪은 탓에 실제로 출판된 건 2011년 3월이었죠. 동일본대지진이 일어난 달이었습니다.

이 소설은 '실제로 존재하는 고서를 소재로 한 엔터테인먼트 소설'이라는 콘셉트로 썼습니다. 진귀한 경험도 많이 했습니다만, 저에게는 넘어야 할 장애물이 많은 시리즈였습니다.

대부분의 독자들이 고서에 대해 잘 모른다고 가정했을 때, 작품을 어떻게 엔터테인먼트로서 완성시킬 것인지. 시리즈 작품으로 기획하지 않았던 것을 어떻게 시리즈로 만들어 나갈지. 고서라는 소재를 가지고 이야기를 어떻게 다양하게 꾸며 갈지. 단편뿐 아니라 장편은 어떻게 구성해야 할지. 그리고 펼쳐 놓은 이야기를 어떻게 수습할지. 이제 아무것도 생각나지 않는다, 다음 권은 못 낼지도 모른다. 일기에는 그런 우울한 하소연들이 줄줄이 적혀 있습니다.

특히 7권은 해외 작품을 소재로 삼은 탓에, 이번에야말로 못 쓰겠다 싶었던 순간이 여러 차례 있었습니다. 혼자만의 힘으로 필요한 정보를 얻기가 어려워서, 이번에는 더 많은 전문가들의 이야기를 들었습니다.

그중에서도 귀중한 셰익스피어 관련 도서를 흔쾌히 보여 주신 메이세이 대학 관계자 여러분, 희귀본 거래를 상세히 설명해 주신 마루젠유쇼도 관계자 여러분, 고서 교환전에 대해 자세히 알려 주신 후르호니즘의 후쿠다 씨, 이 자리를 빌려 감사의 뜻을 전합니다.

지난 몇 년간의 일기를 복기하면서 새삼 깨달은 사실이 있습니다.

젊은 시절, 프로 작가들은 분명 나와는 다른 인종이며, 고생하지 않고 술술 작품을 써 내려갈 것이라 상상했었습니다. 하지만 실제로 작가로 데뷔해 어느 정도 경력을 쌓고 보니, 이 바닥에서 작품을 쉽게 쓰는 사람은 아무도 없었습니다. 제가 아는 사람들은 모두 고생에 고생을 거듭하며, 머리를 쥐어짜 안간힘을 다해 집필하고 있습니다.

아마 작가에게 필요한 건 그런 고생조차 쾌감으로 바꾸는 변태 같은 집중력과 어느 방향으로 고생해야 하는지 파악하는 센스, 그 두 가지겠죠. 때문에 이 시리즈를 쓰면서 제가 고생한 건 지극히 당연한 과정일 뿐이고, 이 일을 앞으로도 계속하려면 그에 익숙해지는 수밖에 없습니다.

물론 읽어 주신 독자 여러분의 성원이 없다면 작가는 존재할 수 없습니다. 지금까지 이 시리즈를 응원해 주신 여러분께 진심으로 감사 인사를 드립니다. 정말 감사합니다.

그리고 기획 단계부터 저와 함께하며 지지부진한 원고를 끝까지 기다려 준 담당편집자 다카바야시 씨, 후임 편집자 요시오카 씨, 사토 씨, 쓰치야 씨. 책의 운명을 결정하는 아름다운 일러스트를 그려 주신 일러스트레이터 고시지마 하구 씨. 인용한 작품의 원전까지 찾아가며 내용을 확인해 준 교열자 도이 씨, 어떻게 보면 심심한 소재의 이 작품을 간행 당시부터 전면적으로 추천해 주신 서점 직원 여러분, 그리고 카도카와의 영업 담당 직원 분들을 비롯해, 이 시리즈에 관련된 모든 분들께 감사드립니다.

그리고 잘 써질 때도, 써지지 않을 때도 늘 곁을 지켜 준 아내에게도 감사합니다.

늘 고마워.

……여기까지 쓰고 나니 '비블리아 고서당 사건수첩'이 완전히 막을 내린 느낌이네요. 7권 집필을 끝내고, 그 감격이 너무 컸던 걸까요. 일단 다이스케와 시오리코의 이야기는 여기서 마무리 지을 생각이고, 본편으로서는 완결된 게 맞습니다.

하지만 지면 관계상 본편에 넣지 못했던 이야기, 다이스케의 시점으로 진행되는 이야기상의 제약으로 풀어 놓지 못한 이야기, 등장인물들의 전일담이나 후일담으로 생각해 둔 게 많아서 꼭 쓰고 싶다고 생각해 왔습니다.

어디까지 이어질지는 모르겠지만, 번외편이나 스핀오프

라는 형태로 '비블리아'는 계속됩니다. 그리고 새롭게 애니메이션과 실사영화도 제작될 예정입니다. 영화관에서 '비블리아'를 만날 날이 기대됩니다.

물론 다른 작품도 선보일 예정입니다.

앞으로도 잘 부탁드립니다.